魔弾の王と叛神の輝剣

Presented by Tsukasa Kawaguchi / Illust. = Itsuka Miyatsuki

前回までのお話

約二年前、南方の大国キュレネーは突如として「神征」を宣言。瞬く間に近隣諸国を征服し、北の大陸へも侵略の矛先を向けた。

ブリューヌ王国と同盟を結んだジスタート王イルダーは、キュレネー軍との戦いで壮絶な戦死を遂げる。王国を守る要である戦姫たちも次々に命を落とした。

負け戦を生き延びたブリューヌの英雄ティグルと、その相棒にして恋人の傭兵エレンは、キュレネー軍と、その背後に潜む冥府の神アーケンに

二人は旅の

い弓の名手ア

い、行動をとも

アーケンの

竜具アリファー

なったまではよかったが、姿を現したアーケンにティグルは呑みこまれる。彼はアーケンに忠実な戦士に変貌して、ジスタートの王都を攻め落とした。

エレンとティグルの戦い、そしてアーケンの秘密を知るアヴィンとミルは何を狙うのか。新たな戦いがここに始まる。

JN054337

「アヴィンは動くな！
こいつは私たちで
おさえる！」

射放たれた矢は、それぞれ上と右と左に
向かって弧を描き、エレンに襲いかかる。
エレンは上から迫る矢だけをアリファー
ルで打ち砕きながら、飛翔した。

「なっ……なに見てるのよっ！」
ミルが顔を真っ赤に染める。

ダッシュエックス文庫

魔弾の王と叛神の輝剣2

川口 士

ルヴーシュ
オステローデ
レグニーツァ
●王都シレジア
ブレスト
●ヴァンペール
ジスタート
サス
ライトメリッツ
ポリーシャ
オルミュッツ
ヴィール
ヴァルティス
ムオジネル
王都パルティア（陥落）
黄金の海

アスヴァール島
王都コルチェスター
ルテティア
王都アスカニア（陥落）
ブリューヌ
アスヴァール
ナヴァール城砦
王都ニース
ネメタクム
ザクスタン

プロローグ

　早朝から降り続けている秋の雨によって、ジスタート王国の王都シレジアは冷たさと暗さに包まれている。

　かつて、シレジアでは百万を超える民が生活し、各地の隊商や旅人がひっきりなしに訪れ、近隣諸国のさまざまな品が露店に並んで、日が暮れるまで活気が絶えなかった。商売にならないような雨の日は、酒場という酒場が喧噪(けんそう)で満ちていた。

　いまのシレジアにそのような光景はない。大通りや脇道を見ても、城壁上や城門を見ても、いるのは褐色の肌を持つ兵士と、神官ばかりだ。

　彼らはキュレネー人だ。キュレネーは遠く海を隔てた南の大陸にある王国だったが、二年前に突如、「神征(アテン)」を宣言した。神征とは、彼らの崇めるアーケンという神にあらゆる命を捧げるための戦である。

　近隣諸国に戦を仕掛けたキュレネー軍は、驚くべきことに勝ち続けた。そうして南の大陸の国家をことごとく滅ぼしたあと、彼らは北の大陸に目を向けて、神征を続けた。

　北の大陸でもキュレネー軍は勝ち続け、進み続けた。ムオジネル王国、ザクスタン王国、アスヴァール王国を滅ぼして、残ったジスタート王国とブリューヌ王国に侵攻した。

このシレジアをキュレネー軍が攻め落としたのは、四日前のことだ。彼らはキュレネー人でない者はすべて敵と判断し、兵と民の区別なく、老若男女を問わず殺害した。積みあげられた死体は数万に及び、おびただしい量の血が道という道を赤黒く染めあげた。

また、キュレネー兵と神官たちは神殿を片端から破壊し、あるいはアーケンを崇める神殿につくりかえた。彼らにとって、神とはアーケンただ一柱だからだ。一方で、彼らは神殿以外のものはほとんど壊さなかったし、略奪も行わなかった。

いま、彼らはシレジアの住人として静かに過ごしている。市街の巡回をしている者や城壁の守備についている者、割り当てられた家で身体を休める者などさまざまだ。仲間と談笑している者もいる。そうした光景からは、戦場で見せる人間離れした猛々しさと、どれだけの傷を負っても戦い続ける狂気はうかがえない。

だが、彼らの会話を聞いてみれば、その異質さはすぐにわかるだろう。どうやって神のために死ぬかということばかり話しているからだ。他に考えることなどないというかのように。

これが戦場から離れたキュレネー兵の日常であり、シレジアの現状であった。

雨に打たれるそんな市街を、王宮の柱廊から黙然と眺める男がいる。

キュレネー人ではない。ブリューヌ人だ。年齢は二十一。くすんだ赤い髪の持ち主で、右目が閉ざされている。飾り気のない麻の服を着て、骨を思わせる白い弓を背負っていた。

彼の名はティグルヴルムド＝ヴォルン。ブリューヌ王国に仕え、アルサスの地を治めるヴォルン伯爵家の当主で、親しい者からはティグルと呼ばれている。生まれ育ったブリューヌで、王女を守って内乱に勝利したことから英雄と讃えられ、ジスタートでは客将として数々の戦に参加し、武勲をたてていた。

だが、いまの彼は肉体と精神をアーケンに侵食され、己の意志でジスタートを裏切ったキュレネーの将だ。四日前にキュレネー軍がシレジアを攻めたとき、超常の力を用いて城門を破壊したのはティグルだった。そこからキュレネー兵たちが怒濤のごとくなだれこんで、勝敗は決したのだ。

不意に、ティグルの背後に二つの人影が出現する。伝わってきた気配から、ティグルはふたりが誰なのかすぐにわかったが、振り返ろうとはしなかった。

衣が床を擦るかすかな音とともに、ひとりの娘がティグルの右隣に立つ。

一見して十七、八歳と思われる、褐色の肌の美しい娘だった。白を基調として襟や袖口に刺繡をほどこした神官衣の上から、華奢なようでいて肉づきのよい身体の曲線がわかる。黒髪は腰に届くほど長く、頭には黄金の額冠をつけていた。目のまわりにはうっすらと化粧をほどこし、口元には好意的で妖艶な微笑を浮かべている。

彼女の名はセルケト。アーケンに仕える使徒であり、ひとならざるものだった。

「――『魔弾の王』よ、何を見ているのですか」

セルケトたちは、ティグルのことをそう呼んでいる。

以前、それはどういう意味なのかと彼女に尋ねたところ、「神に近き者」という答えが返ってきた。意味がわからなかったので、さらに問いかけを重ねたが、セルケトは笑顔と沈黙で応じた。それ以上は知らなくてもよいというふうに。ティグルも、それ以上は聞きだそうとしなかった。彼女らに名前を呼ばれるよりはましだと思ったからだ。

「市街の様子を」

セルケトを見ずに、ティグルはそっけなく答えた。

正確には、兵と神官たちに酒かスープを振る舞うべきではないかと考え、それから、この軍ではそうした気遣いが必要ないと思い直していたのだ。キュレネー人の多くは、神征がはじまる前は持っていただろう欲を失っており、アーケンのことしか考えていない。

「そのようなことより、初代国王の遺骸は見つかったのか」

冷淡にすら聞こえる声で問うてきたのは、ティグルの背後から動かずにいる、もうひとつの気配の主だ。褐色の肌をした男で、セルケトと同じく襟や袖口に刺繍のほどこされた白い神官衣をまとっている。端整な容貌の中で、蛇に似た小さな両眼が暗い光を放っていた。

男もアーケンの使徒で、名をメルセゲルという。セルケトとは対照的に、彼は不審と警戒の眼差しをティグルの背中に向けていた。

「棺は、この王宮の最上階にあった」

メルセゲルに背を向けたまま、ティグルは答える。

シレジアを攻め落としたあと、アーケンはティグルに奇妙な命令を下した。「ジスタートの初代国王の遺骸をさがせ」と、いうものだ。

ジスタート王国が誕生したのは、いまから約三百年前である。初代国王がいつごろ亡くなったのかは知らないが、二百数十年以上前には違いない。どうしてそのような古い遺骸を求めるのか、ティグルは訝ったものの、神の命令は絶対だ。翌日、兵たちに捜索を命じた。

捜索は、思ったよりも時間と手間がかかった。キュレネー兵たちは逃げそこなった者をことごとく殺していたので、王宮の内部に詳しい者がいなかったのだ。

ティグルはジスタートの客将だったころ、王宮に一室を与えられていたが、初代国王の遺骸がある場所など考えたこともない。どこに何があるのかを地道に調べていって、ようやく見つけたのである。

つまらなそうに、ティグルは続ける。

「だが、棺の中は空だった。骨のかけら、衣服の切れ端すらなかった」

「その言葉に偽りはないだろうな」

背中に感じる眼差しが、疑惑のそれに変わった。ティグルはうんざりしたというふうにため息をついて、前を向いたまま吐き捨てる。

「疑うなら、自分の目で確認するといい。それより、俺も訊きたいことがある」

メルセゲルがその場から動かないのを確認して、ティグルは問うた。

「ジスタート軍は西へ逃げている。なぜ追わない」

シレジアが陥落したとき、多数の民と兵が、北と西の門から外へ逃げ延びた。ティグルは追撃をかけるべきだと考えたが、実行に移せなかった。

キュレネー兵たちが、王都の中での戦闘と殺戮を優先したからだ。彼らは目の前の敵がいなくなるまで戦いをやめず、組織的な行動をとることもできない。ジスタート軍が王都の各所に放った火を消そうともしなければ、大通りや他の城門をおさえようともしなかった。

戦いのあとで、ティグルはようやく斥候を放ったのだが、約三十万の民と、約一万の兵が細長い列をつくって西へ向かっていることがわかった。北からも数十万の民が逃げたはずだが、こちらは早々に散ってしまったようで、正確な数と位置を把握することはできなかった。

それから今日までに、キュレネー軍はジスタート軍を追っていない。

五十や百ほどの部隊をいくつも派遣して、周辺の小さな町や村に向かわせてはいるが、そのていどだった。それが、ティグルには不思議でならない。

王都を奪われて心身ともに疲弊しながら、三十万もの民を守って逃げているジスタート軍は格好の獲物だ。キュレネー軍には歩兵しかいないが、民の歩く速さに合わせなくてはいけない相手なら、休息をとりながらでも問題なく追いつける。一万ほどの兵で向かっても、充分な打撃を与えることができるだろう。

「その身にアーケンを宿しておきながら、その意志をいまだに知らされていないのか」

　メルセゲルの声は、おさえきれずににじみでた嘲りを含んでいる。

「戦姫たちに経験を与えぬために、しばらく様子を見る。それがアーケンの意志だ」

「戦姫……？」

　思わぬ答えに、ティグルは左目をしばたたいた。

　ジスタートには、戦姫と呼ばれる七人の女性がいる。王国が誕生した時代から伝わる不思議な武器――竜具(ヴィラルト)に選ばれた者たちで、王国が内部に抱える七つの公国をそれぞれ治めるのだ。彼女たちはいずれも優れた戦士であり、指揮官であり、統治者である。

　戦姫たちはキュレネー軍との戦いの中で次々に倒れ、一時は『煌炎の朧姫(ファルプラム)』の異名を持つサーシャことアレクサンドラ＝アルシャーヴィンだけになった。

　だが、アーケンに従う前のティグルが封印されていた竜具アリファールを解放し、彼の想い人で傭兵だったエレンことエレオノーラが新たに戦姫となったのだ。

　この二人は、西へ逃げているジスタート軍の中にいるはずだった。

「魔弾の王よ、貴様は罪深いことに、戦姫を誕生させた。させてしまった」

　メルセゲルの視線が強烈な怒りを帯びた。こちらが反応するよりも早く、襲いかかってくるのではないかと思うほどの激しい怒気を、背中に感じる。

「戦姫たちは、あの忌まわしい女神を地上に降臨させかねない存在だ。それゆえに、我々がひとりひとり確実に葬り去り、竜具を封じこめていたというのに……」

呪詛を唱えるかのような声音で、メルセゲルは続けた。

「貴様は戦姫を二人にしてしまった。ことに、長剣使いの戦姫を誕生させたのは致命的だ」

長剣使いの戦姫というのは、エレンの方だ。ティグルは不思議そうな顔になった。

彼女たちについては、よく知っている。

双剣の竜具バルグレンを操るサーシャは、尋常でない強さを備えた戦士だ。以前、ジスタート軍がキュレネー軍に敗北した戦場で、彼女はメルセゲルに手傷を負わせながら、自分とエレンを守って逃げるという離れ業をやってのけたことがある。アーケンが彼女を警戒するのであれば、もっともだと思う。

一方、エレンは戦姫になったばかりだ。彼女は長く傭兵として生きてきた身で、ひとりの戦士としては充分に強く、戦姫として大きく成長する可能性も秘めているが、まだサーシャには及ばない。致命的という言葉には疑問が残った。

「あの戦姫は呼び水になる恐れがある」

懸念するように、メルセゲルが言った。

「戦姫たちは、新たな竜具を奪おうとするだろう。それが可能だと知ってしまったがゆえに。その場合、次に狙われるのは槍の竜具だ。あれが解放されると面倒な事態になる」

「それなら、なおのこと、急いでジスタート軍を追うべきだろう」

「アーケンの意志はすでに伝えたぞ」

言い終えると同時に、メルセゲルの気配が消える。ティグルはわずかに首を動かして後ろを見たが、そこには冷たい石の床があるだけだった。

「あいつは、どうして俺を警戒している？」

ティグルは顔をしかめる。メルセゲルは言葉を紡いでいる間、ずっと自分の動きを見張っていた。いまの自分がおかしなことをするはずがないのに。

ティグルがその身にアーケンを宿したのは、約一ヵ月前のことだ。数人の仲間とともにアーケンの神殿に潜入したときだった。

竜具を解放してエレンを戦姫にしたティグルたちだったが、そこへ現れたアーケンに、まったく歯が立たなかった。神の圧倒的な力に追い詰められた。

エレンたちを逃がすべく、ティグルは決死の覚悟でアーケンに立ち向かった。彼女たちを逃がすことはできたが、自身は捕らえられた。

そして、ティグルはアーケンに侵食されたのだ。それは形のない水のように頭頂部から爪先まで広がっていった。

いまのティグルは、自分がアーケンの忠実な僕（しもべ）であることに何の疑問も抱いていない。そのことはメルセゲルも知っているはずで、怒りはともかく、どうして自分に不審や疑惑を抱くのか不思議だった。

「教えてさしあげましょうか」

くすりと笑って、セルケトが両腕をティグルの右腕に絡めてくる。甘えてくる想い人のような仕草に、ティグルは眉をひそめたものの、振りほどこうとはしなかった。その態度を肯定と受けとったのか、彼女は爪先立ちになって耳元にささやきかけてくる。

「アーケンをその身に宿していないのですよ、メルセゲルは。あなた様と違って、『分かたれた枝の先』の存在ですから」

またそれかと、ティグルは思った。分かたれた枝の先。以前にも聞いたことがあり、意味を尋ねたのだが、教えてもらえなかった。

「アーケンを宿していないといっても、使徒だろう。俺よりもよほど近しい存在のはずだ」

腑に落ちないという顔をするティグルに、セルケトは可愛らしく小首をかしげてみせる。答えようがないという表情だ。たしかに、これは彼女に言っても仕方のないことだった。

「様子を見るというアーケンの考えはわかったが、相手に時間を与えることにならないか」

「そうともかぎりません」

セルケトは楽しそうに答える。

「アーケンは冥府を支配し、管理する神。冥府に送られる魂が増えるほど、使徒である我々の力も増していく。あなた様は、アーケンがなじむまで待つ必要があるようですが」

うなずいたティグルは、ついでとばかりに気になっていた疑問をぶつけた。

「おまえはなぜ俺に協力する？」

　ティグルはセルケトを見つめた。

　メルセゲルの非協力的な態度はわずらわしいが、セルケトの説明に加えて、自分のこれまでの行動を思えば理解はできる。自分に好意的な彼女の方が、むしろおかしい。

　セルケトは年齢相応の娘のようなやわらかな微笑を浮かべて、ティグルの腕から離れる。

「ひとつは、さきほども言ったように、あなた様がその身にアーケンを宿しているからです。私たちのような使徒でこそありませんが、あなた様はアーケンに認められたのですよ」

「光栄なことだ」

　そう言って、ティグルは続きを促した。ひとつは、と言ったからには、まだあるはずだ。

「もうひとつは、あなた様がアーケンの器になるかもしれないからです」

　そうなることを心から願うような笑顔と声音でセルケトは言ったが、ティグルは器という単語に、胸の奥底がざわめくような不安を感じた。

「どういう意味だ？」と尋ねた声は、自分でもわかるほど低い。

「アーケンにとって地上はあまりにもろく、そのお力を充分に振るうことができないのです。少しでも加減を誤れば、大地は吹き飛び、大海は弾けてしまう」

「以前、そんな話を聞いたことがある」

　たしか、墓守でもあり賢者でもあるガヌロンという男が言っていた。アーケンにとって地上は小さすぎる靴のようなもので、無理に履こうとすれば裂けてしまうと。

セルケトは身を乗りだすと、ティグルの胸に指先をとんと軽く当てた。

「ですが、肉体を得れば、いまよりもお力を振るうことができるようになります。地上を冥府に変えるだけでなく、忌まわしい夜と闇と死の女神との戦いにも打ち勝てる……」

夜と闇と死の女神と聞いて、ティル＝ナ＝ファのことかと、ティグルは内心でつぶやいた。ブリューヌとジスタートでおもに信仰されている十柱の神々の一柱で、司っているものの不吉さから恐れられ、忌み嫌われている女神である。

あることを思いだして、ティグルは口を開いた。

「いつだったか、神話の時代にアーケンがティル＝ナ＝ファと戦ったと聞いたが……」

事実なのかと聞こうとして、にわかに息苦しさを感じ、言葉を呑みこむ。セルケトは笑みをそのままに、優しく叱るようにティグルの胸を指でつついた。

息苦しさはすぐにおさまり、ティグルは小さく息を吐きだす。おそらく、自分の身体に宿っているアーケンの意志が反応したのだろう。つまり、事実ということだ。

セルケトが上目遣いにティグルを見上げる。

「あなた様のことですから、なぜ自分を器に、と思っているでしょう。キュレネーの神官や巫女の方がふさわしいのではないかと。そうではないのです。あなた様は魔弾の王。神に触れ、神を知り、神に近き者です。あなた様こそが器としてふさわしい。ですが……」

さまざまな角度から観察するように、セルケトは一歩ごとに姿勢を変えてティグルのまわりをぐるりと一周した。

「いまのままでは不充分です。日に一度、身体を清めて、器として適した身体にしていきましょう。私がお手伝いさせていただきます」

「それが必要ならそうしてくれ」

ティグルはアーケンに忠誠を誓っているが、自分の役目はジスタート軍をはじめとする敵と戦うことだと思っている。それ以外のことについては関心を持てない。セルケトが手配してくれるのなら、任せてしまえばいい。

セルケトは承知したというふうに笑いかけると、音もなく姿を消した。雨音が強くなったように思えるのは、静かな空気が戻ってきたからだろう。

雨に濡れる市街を一瞥して、ティグルは己の部屋へ戻ることにした。


ティグルは王宮の一室を己の部屋にしている。兵たちに指示を出しやすいよう、出入り口に近い場所を選んだ。

広い部屋で、床には絨毯とヒグマの毛皮が敷かれ、引き出しの多い棚や大きな机、燭台、ベッドが置かれている。窓には地味な色合いのカーテンがかかっていた。いずれも用意させたわけではなく、もとからあるものだ。絨毯などは踏み荒らされて汚れていたが、ティグルは気にせずそのままにしている。

ベッドに腰を下ろして、ため息をついた。無意識のうちに、閉じられている右の瞼(まぶた)へと手を伸ばす。何度か撫でてから、瞼の奥に違和感を覚えた。

――セルケトやメルセゲルと話をしたあとは、いつもこうだ。

痛みや痒(かゆ)みなどではない。熱さや冷たさでもない。ただ、瞼の奥に、何かがあるような気がする。むろん、何もないことはわかっているし、何かがあれば、自分の身体に宿っているアーケンが反応しているに違いない。

左目を閉じて、暗闇の中で時間が過ぎるのを待った。どれぐらいの時間が過ぎただろうか、ようやく違和感が消えて、目を開ける。

そのとき、扉が外から叩かれて、聞き慣れた声が聞こえた。キュレネー語だが、いまのティグルは正しく理解できるようになっている。アーケンが宿っているからだろう。

――ディエドか。

入るように告げると、キュレネー人の若者が姿を見せた。袖の長い麻の服を着て、腰に帯を締めている。表情が硬いのは恐縮しているためだ。武器の類は身につけておらず、手に羊皮紙(ようひし)の束を持っていた。

彼の名はディエド。ティグルの従者を務めるキュレネー兵である。年齢は十七。

「閣下、昨日までの作業の進捗についてご報告にまいりました」

シレジアを攻め落とした日、ティグルはアーケンの命令を遂行する一方で、兵たちに死体の埋葬と街路の清掃を命じた。大気が冷たくなりつつある秋とはいえ、死体や流血の跡を放置しておけば疫病が発生する。アーケンの加護を受けているキュレネー兵たちは、もしかしたら疫病にかからないかもしれないが、ティグルは徹底的にやらせた。

キュレネー兵たちは素直に従った。シレジアを囲む城壁の外には、ジスタート軍が掘った広く深い壕がある。彼らは味方と敵の死体をそこまで運び、片端から投げこんで、土をかけて埋めたのだ。街路の清掃についてもしっかりやっているという。

過度に緊張しているためか、ディエドの報告には至らない点がいくつかあったが、ティグルはあまり気にしなかった。

従者としてのディエドの能力は、よくいって平均点というところだろう。彼よりも優れている兵士は他にいくらでもいる。それにもかかわらず、ティグルがディエドを従者にしたのは、他の兵士にはない人間らしさを、この若者から感じたためだった。目を輝かせながら、勇敢に戦って死に、アーケンに命を捧げようなどと、ディエドは言わない。

「いま、動かせる兵は？」

報告が一段落したところで、ティグルが聞いた。

「歩兵が三万。戦象は十頭になります」

このシレジアを、キュレネー軍は三万の兵と、三十頭の戦象で攻めた。もっとも、戦象は壕を埋めるために使い潰したので、戦力と考えるべきではないのかもしれない。

シレジアを完全に制圧したとき、キュレネー兵の数は二万以下にまで減っていた。激戦の中で一万以上の兵が命を落としたのだ。

だが、翌日には死者と同じ数の兵と十頭の戦象が南の果てから現れ、キュレネー軍の兵は三万に回復したのである。しかも、その兵たちは皆、武装を整えていた。

アーケンの力によるものだった。兵と武具だけではない。キュレネー軍においては、食糧さえもアーケンが用意するので、足りなくなるということがない。

このことを知ったとき、ティグルは驚愕を禁じ得なかった。神にとってはささやかな力の行使なのだろうが、人間にしてみれば途方もない話だ。キュレネー軍と戦った諸国が次々に滅ぼされたのも納得できる。

「兵はいいとして」と、ティグルはディエドを見る。

「戦象は動かせるのか？　寒さに弱いと聞くが」

戦いになれば、戦象も猛々しく突撃するだろう。だが、戦場にたどりつけなければ、その力も発揮できない。ディエドは少し考えたあと、こう答えた。

「我が国でも、冬に動かしたことはありませんでした」

その直後、ディエドが不意にくしゃみをする。洟をすすった。

「風邪か？」

ティグルが何気ない口調で聞くと、ディエドはびくりと肩を震わせる。

「いえ、風邪ではありません。その、閣下、私は南の大陸の生まれなもので……」

たどたどしいその返答に、ティグルは少し考えた。ジスタートの南にあったムオジネル王国の民は暑さに強く、寒さに弱かったと聞いている。それなら、ムオジネルよりもさらに南にあるキュレネーの民も、寒さに対しては似たようなものなのだろう。

「寒いのか」

尋ねると、ディエドはいくばくかの間を置いたあと、「はい」と小さな声で答えた。

「兵たちにスープと酒を振る舞ってやれ。神官たちにもな。おまえにすべて任せる」

何の前置きもなく言ったからか、ディエドは呆気にとられた顔でティグルを見つめる。十を数えるほどの時間をかけて理解すると、彼は驚きと緊張とで頬を紅潮させた。

「よろしいのですか……？」

「問題ない。おまえもスープをたっぷり飲んで身体を温めろ」

「閣下、ありがとうございます」

よほど嬉しかったらしい、ディエドはおおげさなほどに深く頭を下げて、退出する。

ひとりになったティグルは、左目を閉じて、考えごとに沈んだ。

——人間でこれなら、戦象は使えないと考えた方がよさそうだ。

運よく動く戦象がいても、少数の偵察隊に加えるぐらいにとどめた方がいい。歩兵だけを動かす前提で計画をたてるべきだ。

西へ逃げているジスタート軍は、中途半端なところで足を止めないだろう。国境を形成しているヴォージュ山脈を目指すに違いない。どのように戦うべきだろうか。

──アーケンは気にとめていないようだが、危険な敵は戦姫だけじゃない。

エレンに協力している二人の旅人──アヴィンと、ミルことミルディーヌは、ともに優れた力量を持つ戦士であり、不思議な武器を持っている。

──それに、メルセゲルは槍の竜具が狙われると言っていたが……。

文官のリュドミラの姿が浮かんだ。戦姫になるべく育てられた、戦姫の娘。彼女の母も、祖母も、曾祖母も槍の竜具ラヴィアスを操る戦姫だったと聞いている。

彼女は七年前、戦姫になれなかった。だが、いまならどうだろうか。

エレンと同じように、リュドミラも戦姫になる可能性を秘めているのではないか。

思案にふけりながら、またティグルは無意識のうちに右の瞼を撫でる。その動作は、失われてしまったものを探し求めるかのようだった。


ティグルの部屋から退出したディエドは、胸に手をあててそっとため息をついた。

彼にとって、ティグルは恐怖と安堵感を同時に覚える不思議な将軍だった。

ディエドの知るかぎり、これまでキュレネー軍は裏切り者を受けいれたことがない。降伏した者も、寝返りを申しでてきた者も、残らず殺された。ティグルがはじめてなのだ。

しかも、そのティグルに誰もが当然のように従っている。兵たちも、神官たちも。神官たちのまとめ役のひとりであるセルケトも、ずいぶん親しげにしている。

ちなみに、まとめ役には、以前まではセルケトとメルセゲルの他に、黒い犬の頭部のかぶりものをしたウヴァートという者もいたのだが、いつのまにか見なくなった。ジスタート兵に殺されたらしいという噂を聞いたことがある。

ともかく、そのような男の従者を務めることが決まったとき、ディエドは絶望を感じた。自分の信仰心の薄さを見抜かれており、仲間たちから引き離されて殺されるのだと思った。

だが、実際に接してみたティグルは、現在の仲間たちよりよほどまともだった。

ディエドにとってブリューヌ人の表情の変化はわかりにくく、ティグルが何を考えているのかは想像もできない。だが、彼はアーケンに命を捧げるという類の言動をまったくしない。

そばにいると言いようのない畏怖(いふ)を覚えて身体がすくむものの、高圧的でもなければ乱暴な振る舞いもせず、さきほどのようにこちらを気遣ってくれることもある。

――いつまでお仕えすることになるのかわからないけど。

誠実に従おうと、このときのディエドは思ったのだった。

1 遭遇戦(そうぐうせん)

黒灰色の空からばらまかれる大粒の雨が、音高く地面を叩いている。

「これは当分やみそうにないな……」

大振りの枝を持つ木の下で空を見上げながら、アヴィンはもの憂げにつぶやいた。

年齢は十七。頭に布を巻き、長い銀色の髪をうなじのあたりで結んで背中に流している。褐色の上着の上に泥だらけの外套(がいとう)をまとい、黒い弓を背負って、腰に矢筒を下げていた。面立ちには凛々しさがあり、若いながらに熟練の狩人のようだ。

──こんなに強い雨はひさしぶりだな。前はたしか……。

王都を脱出して四日後のことだったと思いだし、アヴィンは顔をしかめる。

キュレネー軍に王都を奪われた日から、もう一ヵ月近くが過ぎていた。現在、ジスタート軍はヴォージュ山脈を形成する山のひとつに拠点をかまえている。

アヴィンのそばには、彼と同じような格好をした男が三人と、馬が四頭いた。少し離れた木にも、五人の男と五頭の馬が雨を避けてたたずんでいる。

アヴィンたちはジスタート軍の偵察隊だ。十人一組で構成されており、ヴォージュ山脈の北東に広がっている草原や森を見てまわり、キュレネー兵や野盗など危険な存在がいないかどうかを確認するのが役目である。アヴィンはこの部隊の隊長だった。

「まったく……レヴのやつはどこをほっつき歩いてるんだ」

　年配の男が腹立たしげに吐き捨てる。レヴは、この部隊ではいちばん若い十五歳だ。戦士としては未熟だが、馬の扱いがうまく、目もよい。ただ、功名心が強く、決められた範囲の外にまで足を伸ばしがちだった。

「すまない。出発前によく言い聞かせたんだが」

　アヴィンが謝ると、仏頂面をつくっていた男は太い首を横に振った。

「隊長があいつに厳しく言っていたのは見ていました。だから余計に我慢ならねえんです」

「また遠出しているとはかぎらないでしょう」

　中年の、穏やかな風貌の男がなだめるような口調で言う。年配の部下は鼻を鳴らした。

「だが、この雨だ。野盗や獣だっておとなしくしているだろう。他に考えられるのは……」

「怪我をして動けなくなっているという可能性はあるな」

　アヴィンの言葉に、中年の男が「どうしますか、隊長」と聞いた。

「そうだな……」

　すでに考えは決まっていたが、アヴィンはあえて二つ数えるほどの間を置いた。この偵察隊の隊長になってから十日ほどたつが、どうも自分はすぐに考えを示すより、こうして短い沈黙を挟んだ方が、部下たちを安心させられるらしい。

昨日、このことをミル――ミルディーヌに話したら、「すぐに指示を出しているときは何も考えてないと思われてるんじゃないの」と、辛辣(しんらつ)を通り越してほとんど悪口のようなことを言われて笑われた。

ミルも、自分と同じように偵察隊の隊長を務めている。だから、「おまえはどうなんだ」と言い返すと、彼女は不満そうに腕組みをして、「私はいつもすぐに指示を出してるわよ。長く考えこんだりすると心配されるのよね」と言った。

――そういえば、ミルの部隊が近くにいるはずだな。

そのことを思いだしながら、アヴィンはそばにいる三人の部下を見回した。

「あと三百を数えるまで待とう。それまでにレヴが戻ってこなかったら、何人かを選んで、彼が行ったあたりを見てきてもらう。それ以外は、他の偵察隊をさがして話を聞く」

「承知しました」

部下たちはうなずき、ひとりが小走りに駆けて、離れたところにいる五人にアヴィンの考えを伝えに行った。こうして話している間も、雨は弱まる気配を見せない。

「こんな雨の日は、酒か魚スープ(ウハー)が欲しいな」

ひとりがため息まじりに言った。魚スープは、深い鍋に水をたっぷり入れて、大きく切った野菜と魚を煮込んだもので、ジスタートでは日常的な料理だ。味つけには玉ねぎや香草、香辛料などを使うが、とくに決まりはなく、家庭ごとに違うといわれている。

「ここのところ、ソバの実と豆の粥(かゆ)ばかりだからな」

他の兵が苦笑を浮かべた。現在のジスタート軍の食糧事情は、いいとはいえない。

――王都を……シレジアを攻め落とされて、一ヵ月か。

部下たちの会話を聞きながら、アヴィンは今日までのことをぼんやりと思いだしていた。

†

アヴィンとミルが、キュレネー軍と戦うため、「ブリューヌの英雄」であるティグルをさがして旅をはじめたのは五ヵ月近く前のことだった。

季節は夏で、キュレネー軍はとうに北の大陸に侵攻して、次々に王国を滅ぼしていたが、まだジスタートには軍を向けていなかった。

キュレネー軍とジスタート軍がはじめて激突したのは、約四ヵ月前になる。ジスタート王イルダーが二人の戦姫ラダ＝ヴィルターリアとファイナ＝ルリエを従えて、キュレネー領となった旧ムオジネル王国に軍勢を進めたのだ。

ジスタート軍は敗北し、イルダー王も二人の戦姫も戦死した。

ジスタートは、この戦の前に三人の戦姫を失っている。キュレネー軍の動きと勢力をさぐろうとして敵地に潜入し、三人とも帰ってこなかった。

そうして、春には七人いたはずの戦姫が、サーシャことアレクサンドラ＝アルシャーヴィンと『羅轟の月姫（バルディッシュ）』の異名を持つオクサーナ＝タムの二人だけになってしまったのである。

オクサーナが命を落としたのは三ヵ月近く前、夏の終わりごろだ。ついに南方の国境を越えて攻めこんできた四万のキュレネー軍を、彼女は十万の兵を率いて迎え撃ち、敗れた。

その戦にはティグルとエレンも参加していて、二人はオクサーナの死を悲しんだ。

戦姫は、いよいよサーシャひとりになった。

ティグルとエレンは先の戦いで、キュレネー軍にひとならざるものがいることを知り、その脅威に対抗するために、夜と闇と死の女神ティル＝ナ＝ファの力を求めた。そして、わずかな手がかりをもとに、ティグルの母国であるブリューヌ王国へ向かった。

ジスタートからブリューヌへ行く道はいくつかあるが、ティグルとエレンはヴォージュ山脈を越えようとした。ヴォージュは両国の間にそびえたつ険（けわ）しい山々の連なりで、国境線代わりにもなっている。

アヴィンとミルは、そこでティグルたちと出会ったのだ。そのとき、ティグルたちはキュレネー兵の一団と遭遇（そうぐう）して戦っていたのだが、それを見たアヴィンたちが助けに入り、四人で敵陣を突破して、窮地を切り抜けた。

いくつかの事情から、アヴィンもミルも素性を明かすことはできないのだが、ティグルは「二人のことは、いずれ気が向いたら聞かせてくれ」と言って、二人の同行を認めた。

　ヴォージュを越えて、ティグルの領地であるアルサスに着くと、キュレネー軍がアルサスを攻めようとしていた。ティグルは動かせる兵を残らず集めて、キュレネー軍を迎え撃った。アヴィンたちも、もちろん協力した。

　アヴィンとミルにとって、それがティグルとともに臨んだ唯一の戦になった。

　戦に勝利し、アルサスの中心であるセレスタの町に帰還した日の夜、ティグルは墓守を自称するマクシミリアン＝ベンヌッサ＝ガヌロンと出会った。ティグルが会いたいと思っていた、ティル＝ナ＝ファの力についてよく知る男だ。

　ガヌロンの協力を得て、ティグルたちはアーケンの神殿に潜入することができた。

　そこで目にしたのは、巨大な琥珀の柱に封じられた六つの竜具と、二年前に失われたティグルの家宝の黒弓だった。キュレネー軍との戦いで倒れた戦姫たちの竜具を、アーケンは危険視して己の神殿に封印していたらしい。ティグルの黒弓も、どうやってか手に入れて同じような処置をほどこしたようだった。

　アーケンの使徒ウヴァートとの戦いの中で、ティグルは己の黒弓ではなく、長剣の竜具アリファールを解放した。

　竜具には意志があり、自ら使い手を選ぶ。

　アリファールに選ばれて、エレンは戦姫となった。

　戦姫となったエレンの力もあり、ウヴァートを滅ぼしたティグルたちだったが、そこへアーケンが現れて事態は急転する。こちらの攻撃はまったく通じないばかりか、一撃で叩きのめされて、ティグルたちは窮地に立たされた。

ティグルはおもいきった行動に出た。己の身を犠牲にしてアーケンに挑みかかり、わずかな時間をつくってエレンとアヴィン、ミルを逃がそうとしたのだ。

そのとき、アヴィンは自分の黒弓に矢をつがえて、ティグルを狙った。

知っていたのだ。ティグルを取りこんだら、アーケンはさらに強大になるということを。それは考え得るかぎり最悪の事態であり、現実のものとしてはならなかった。

しかし、結局アヴィンは矢を射放たなかった。ミルに止められたのだ。「アヴィンの弓は、そんなことのためにあるんじゃないはずよ」――そう、彼女は言った。

その直後、エレンが二人をつかまえてアーケンの神殿から逃げだし、三人は命を拾った。

あのときの自分の行動は間違っていた。いまのアヴィンは、そう考えている。

それというのも、失意を抱えて王都シレジアにたどりついたあと、攻めてきたキュレネー軍の中にティグルの姿があったからだ。

ティグルは骨を思わせる白い弓を携えており、黒い瘴気（しょうき）をまとわせて射放った矢で、王都の城門を破壊した。そこからキュレネー兵たちが一挙に侵入して、王都は陥落した。ジスタート軍は王都に火を放ち、多くの民を守って逃げた。

西の城門から脱出できた兵は約一万、民は約三十万。ジスタート軍の総指揮官であるサーシャは、兵たちに民を守らせながら、西へ逃げた。

混乱の中でサーシャが最善を尽くしたことは疑いない。だが、彼女の心にはいくつもの深い後悔が残った。民を完全に避難させることができず、数万の人間が逃げ損なっただろうこと、キュレネー軍と戦うことを選んで王都に留まった約一万の兵を、結果的に見殺しにしたこと、北の城門から逃げた数十万の民の行方をつかめなかったことなどだ。

疲れきった身体を引きずるようにして街道を歩く人々の細長い列は、いまにもちぎれそうな荒縄に似ていた。逃げる準備などできていなかったひとたちが、取るものも取りあえず、着の身着のまま逃げてきたのだ。食糧も水も、寒さをしのぐ外套もろくになかった。

幸いだったのは、キュレネー軍が追撃をしてこなかったことだ。不安と恐怖を抱えながらではあったが、ジスタート軍は民を守って王都から離れることができた。

それから三日間は、遠くへ逃げていた民や兵がこちらを見つけて少しずつ合流してきたが、四日目に雨が降った。敗残者の心をへし折るような、激しい雨だった。深傷を負っていた者、心身ともに消耗しきっていた者が数多く息絶え、座りこんで動けなくなる者や、雨にまぎれて離脱する者が続出した。

サーシャはひとつの決断を下した。三十万の民を二つにわけて、自分の治めているレグニーツァ公国と、南にあるライトメリッツ公国へ、それぞれ避難させることにしたのだ。

この数日の間に、民たちは必要性からいくつもの集団をつくり、五十人の代表を選んでいたのだが、サーシャは代表たちを呼び集めて、自分の考えを伝えた。当然ながら、彼らは驚き、嘆いた。代表のひとりなどは、自分たちを見捨てるのかと涙ながらに訴えた。

サーシャは首を横に振り、いつもの穏やかな表情と声音で、代表たちを諭した。

「この状況が続けば、体力のない老人や女、子供、負傷者や病人が死んでいく」

アヴィンはエレンの部下という名目で、この場に居合わせて彼女の言葉を聞いた。

「僕たちは、このまま西へ向かってヴォージュ山脈に拠点をつくる。君たちには、それぞれの公国の公都を目指してほしい。そこなら堅固な城壁があり、食糧と水もある。君たちを保護するように、僕からそれぞれの公主代理に手紙をしたためる」

公主代理とは、戦姫が不在のときに、代理として公国を統治する者だ。サーシャはレグニーツァを離れる際に、公主代理を自分で選んでいる。ライトメリッツも、亡きラダがそうしているはずだった。

別の代表が発言した。両眼に戦意と復讐心をにじませた老人だ。

「戦姫様の下で戦うことを望む者も多くおります」

これは嘘ではない。それまでの生活を無法に奪われ、家族や友人を多く殺されたのだ。胸中に怒りを抱え、戦いを望む者は何万人もいた。

だが、サーシャはこの訴えも退ける。厳しい表情と突き放すような口調で告げた。

「君たちの役目は戦うことじゃない。生きることだ。僕たちはキュレネー軍を一兵残らずこの

国から叩きだして、平和を取り戻す。だが、それで死者がよみがえるわけでも、焼かれ、破壊された町が戻るわけでもない。自分たちの手で復興させなければならない。そのときにひとりでも多い方が、皆の負担が減り、復興が早まる」

なおも不安を訴える代表もいた。

「しかし、私たちが軍から離れたところへ、キュレネー軍が襲いかかってきたら……」

「その心配はない。敵は戦姫を狙ってくる。つまり、僕とエレオノーラを」

サーシャは落ち着き払った態度で、代表たちに説明した。

「たしかにこちらは敗北続きだが、僕たち戦姫は敵にそれなりの打撃を与えている。それで、僕たちを倒すことが、彼らの第一の目的になっているんだ」

これは、事実ではないが偽り(いつわ)でもない。アーケンが竜具をわざわざ琥珀の柱に封印していることを考えれば、戦姫を優先して倒すべき敵と認識しているのは間違いないのだ。だが、そのような話ができるはずもない。そこで、サーシャは話をつくったのである。

こうして代表たちを説得し、三十万の民を二つの公国へ向かわせると、サーシャは兵たちを率いて再び西を目指した。

厳しい旅路だった。食糧は自分たちで手に入れなければならない。城砦や町に兵を派遣し、戦姫の名を使って予備の食糧をわけてもらった。小さな村にも足を運んで、一食分だけでもと頼んだ。やんわりと断られることもあれば、冷たく突き放されたこともあった。そうして手に入れた食糧もできるだけ節約し、暖をとるために身体を寄せあった。

狩りは、基本的に許可しなかった。よほど大きな群れでないかぎり、すべての兵に肉を与えることができず、不満を持たせるからだ。

戦姫の指揮下に入ることを望む部隊もいれば、ひそかに逃げる者たちもいて、兵の数は増加と微減を繰り返しながら約二万に落ち着いた。

シレジアを脱出してから二十日目、ついにジスタート軍はヴォージュ山脈にたどりつく。

山脈の北東端を形成するヴァンペール山を拠点とした。ヴァンペールの中腹には大きな洞窟があり、何かと都合がよかったからだ。むろん、二万の兵すべてが山で生きるのは非常に困難なので、多くはふもとの幕営で生活した。

この拠点づくりの指揮をとったのは、文官のリュドミラだ。彼女の亡き母はオルミュッツ公国を治め、『凍漣の雪姫（ミーチェリア）』の異名で呼ばれた戦姫スヴェトラーナだが、リュドミラは母から教わった知識に加えて、自分が学んできたことを駆使して、拠点づくりを推し進めた。

アヴィンとミルはリュドミラを手伝う傍ら、ヴァンペール山の周囲の偵察と地形の調査をエレンに命じられ、それぞれ九人の兵を与えられた。

これは、二人をジスタート兵たちになじませようというエレンの気遣いだった。

アヴィンもミルも、王都の戦いではキュレネー軍を相手に奮戦し、ヴォージュ山脈を目指して行軍していたときは、自分にできることをさがして積極的に動きまわった。

だが、多くのジスタート兵にとって、まだ二人は新参者だ。アヴィンたちと打ち解ける者も出てきたが、二人に対するエレンの信頼を、贔屓と捉えている者もいる。そうした状況を変えるべく、手始めに少数の兵を任せることにしたのである。

†

レヴが戻ってくるのを待ちながら、二百と少しを数えたとき、部下のひとりが声をあげた。雨の中、泥をはねさせながらこちらへ向かってくる複数の騎影がある。皆、身体を外套にしっかり包み、フードを目深にかぶっていた。

アヴィンは手を挙げる。先頭にいる人物が、青色の刀身を持つ長剣を肩に担いでいたので、ミルだとわかったのだ。

ミルは部下たちに木の下で休むように命じて、馬から下りる。長剣を背中の鞘におさめ、馬を引いて歩いてきた。フードを脱ぐと、アヴィンによく似た銀髪がふわりと広がる。この髪の色のせいで二人はよく兄妹と間違われてしまい、そのたびに辛抱強く否定していた。

「俺には故郷に妹がいるが、こいつよりはるかにまともだ」

アヴィンが憮然として言えば、ミルはその倍以上の言葉を並べたてる。

「かなうことなら、故郷からお兄様を連れてきてアヴィンの隣に立たせたいわ。そうすれば、私とアヴィンが兄妹じゃないなんて誰の目にもあきらかなのに。百二十歩ほど譲(ゆず)って血縁に見えたとしても、アヴィンが弟で私が姉でしょ」

　それでも、二人のことを兄妹だと思っている者はまだ多いのが実情だった。

　紅の瞳を楽しそうに輝かせ、笑みを浮かべてミルが聞いてくる。

「調子はどう？」

「とくに問題はない。おまえ、どうして俺たちがここにいることがわかった？」

　おたがいに、どのあたりを偵察するのかはだいたいわかっていたが、自分たちがこの場所で休憩をとることは知らせていない。尋ねると、ミルは肩をすくめた。

「私の部隊に、決めていた範囲の先まで馬を進ませちゃった兵がいてね。彼があなたの部隊の蹄(ひづめ)の跡を見つけたの。勝手な行動はもちろん叱(しか)ったけど、それはそれとしていい訓練になると思って、蹄の跡をたどってきたわけ」

「たいしたものだな」

　アヴィンは素直に感心した。この雨で、よく馬蹄(ばてい)の跡を見つけられたものだ。

「ところで、聞きたいことがある」

　アヴィンはレヴが戻ってこないことを説明し、彼の特徴を話した。ミルは首をかしげる。

「そういう兵を見たという報告はないわね。手分けしてさがす？　数が多い方がいいでしょ」

　アヴィンは少し考えた。ミルの部下に余計な作業をさせるのは申し訳ないが、レヴを早く見つけることができれば、自分の部下たちの負担は減る。雨は当分やみそうにない。

「わかった」と言おうとしたとき、泥を蹴立てる蹄の音が聞こえた。見れば、小柄な少年が懸命に馬を走らせてくる。レヴだ。

「遅いぞ、何をやっていた！」

年配の部下が怒鳴る。だが、彼の顔には怒りとともに安堵の色が浮かんでいた。アヴィンもレヴが無事であることに、ほっと胸を撫でおろす。

レヴは馬を止めると、慌てて地上に下りようとして、派手に転倒した。アヴィンは雨に濡れるのもかまわず、レヴに歩み寄る。

「だいじょうぶか」

アヴィンが差しのべた手を、レヴは強くつかんだ。彼は肩で息をしており、その顔は恐怖で引きつっている。「隊長」と、喘ぎながら言った。

「キ、キュレネー兵です。キュレネー兵がいます、たくさん」

アヴィンは目を瞠る。おもわずレヴの手を強く握ったが、発した声は冷静そのものだった。

「レヴ、安心しろ。もうだいじょうぶだ。ここには全員いる。他の部隊も」

彼を支えてしっかり立たせると、自分の外套の裾で泥だらけの顔を拭ってやる。レヴは大きく息を吐きだした。彼が落ち着きを取り戻したのを確認してから、アヴィンは尋ねる。

「たくさんと言ったが、どれぐらいに見えた？　五十か？　百か？」

「百、です。すべて歩兵で。その、練習で見た、百人の部隊と同じだったから」

偵察に出る兵は、部隊の規模を目で把握する練習をしている。ジスタート軍は、目的ごとに百人の部隊や五百人の部隊を編制して訓練を行っているのだが、それらの部隊を遠くから観察して覚えるのだ。レヴはとりたてて優秀というほどではないが、偵察隊の一員を務めるだけあって、決して能力は低くない。まず間違いないだろう。

「よく発見して、戻ってきてくれた。実のところ、おまえを叱る相談をしていたんだが、褒める相談に切り替えないとな」

アヴィンはレヴの肩を軽く叩くと、彼とともにミルたちのところへ戻る。話を聞いた部下たちは顔色を変え、緊迫した空気がその場を包みこんだ。

ミルもまた、一瞬だが表情を変える。アヴィンはそれに気づいたが、彼女がすぐに感情を押し隠して平静を装ったので、別のことを聞いた。

「このあたりに俺たち以外の部隊がいるかどうか、知らないか？　もしもいるなら、キュレネー軍の存在を教える必要がある」

「エレンさんの部隊がいるはずよ」

こともなげなミルの返答は、アヴィンを驚かせた。彼女は得意そうに言葉を続ける。

「出発するときに、偶然エレンさんに会ったの。騎兵を三十ばかり率いて訓練をするって言ってたわ。まだ拠点に戻っていないなら、この近くにいると思う」

三つ数えるほどの時間をかけて、アヴィンは唸った。渋面をつくって部下たちを見る。

「おまえたち、キュレネー軍と戦うと言ったら、どうする？」

「撤退を進言します。隊長に何かお考えがあるとしても、無謀です」

部下のひとりが即答した。アヴィンはさらに問いかける。

「俺ではなく、戦姫様がおっしゃったら？」

部下たちは意表を突かれた顔になり、無言で視線をかわした。ひとりが代表して答える。

「もちろん従います」

アヴィンは顔をしかめて、銀色の髪をかきまわした。「いい部下たちね」と、ミルがからかうような笑みを浮かべる。

とにかく考えは決まった。

「四半刻だけ戦姫様の部隊をさがそう。見つかったらその指揮下に入る。戦姫様はおそらく戦いを選ぶだろうから、気を引き締めておいてくれ」

この場所から、ジスタート軍の拠点があるヴァンペール山までは十五ベルスタ（約十五キロメートル）ほどだ。

レヴが見たキュレネー軍は、こちらの様子をさぐりに来た斥候（せっこう）の可能性が大きい。敵にわずかでも情報を与えないためには、ここで戦いを仕掛けてひとり残らず打ち倒すしかない。

また、キュレネー軍がこちらへ向かってこないとしても、近くにある村や集落が襲われる恐れはある。アヴィンとミルの部隊だけではさすがに戦いようがないが、エレンの部隊に合流できれば、兵の数は五十になる。エレンは策を考えるに違いなかった。

アヴィンとミルは部下たちに地図を用意させ、レヴから詳しい話を聞いて、キュレネー軍の位置をおおまかに推測する。次に、エレンの部隊がいるだろう場所を、ミルが指で示した。

ミルの部下たちも話を聞いて、アヴィンの考えに賛成する。アヴィンの部下たちとともに馬上のひととなり、雨の中を駆けていった。アヴィンとミルだけがこの場に残る。二人とも、自分も行くと言ったのだが、「隊長がむやみに動くものではない」と諫められたのだった。

アヴィンはしばらくの間、部下たちが馬を走らせていった方角を見つめていたが、何気ない口調でミルに告げる。

「レヴが見つけたキュレネー軍の中に、ティグルさんはいない」

ミルが息を呑む音が、アヴィンの耳に聞こえた。しかし、彼女は往生際悪くしらを切る。

「何の話……？」

「俺がキュレネー軍の話をしたとき、思いつめるような顔をしただろう」

素直な感想としては、怒りが顔からあふれたというところだったが、アヴィンなりに気を遣って言い換えたのだ。ミルは子供のように頬をむくれさせる。

「あのひとがいないって、どうして言いきれるの？」

「褐色の肌のキュレネー人の集団の中にブリューヌ人がいれば、目立たないわけがない。レヴは目がいいからな」

「でも、キュレネー兵の部隊が他にいるかもしれないわ」

「それなら、俺の部下かおまえの部下が痕跡だけでも見つけているだろう」

冷静なアヴィンの反論に、ミルはため息をついた。

「そうね。残念だけど、アヴィンの言う通りだと思う」

彼女の声には悔しさと、かすかな安堵が感じられる。慎重に、アヴィンは聞いた。

「もしも敵の中にティグルさんがいたら、どうするつもりだった？」

王都を攻め落とされた日、ミルは泣きながら言った。ティグルはアーケンに操られているのだと。今日までに何度かそのことについて話しあったが、彼女は意見を変えていない。

ミルは背中の長剣を抜いて、両手で握りしめる。覇気に満ちた声で答えた。

「もちろん今度こそ止めてみせるわ」

「俺は、今度こそティグルさんを討つ」

彼女に倣うように、背負っていた黒弓を手に持ちながら、アヴィンもまた静かに言った。

「アーケンの神殿であのひとがやつに捕らえられたとき、俺はやはり討つべきだったんだ。止めに入ったおまえを蹴り倒してでも。同じ轍は踏まない」

「ティグルさんは、アーケンに操られているだけかもしれないのに？」

「操られているのか、自分の意志で従っているのかは、俺にはわからない」

そう言葉を返してから、アヴィンは黒弓の弦を指で弾くことでわずかに気分を鎮めた。一気に言葉を紡いだら、必要以上に感情が昂ぶってしまいそうな気がした。

「ティグルさんはブリューヌの内乱に勝利したあと、客将として一年をジスタートで過ごし、イルダー王にも信頼されていた。昨年から今年にかけてもそうだ。シレジアにも、そこで暮らすひとたちにも思い入れがあったと思う。それなのに、容赦なくシレジアを攻めた」

冷静になったつもりだったが、アヴィンの声はおさえきれない熱を帯びる。

「あのひとが同じようにアルサスを……あのひとの生まれ故郷を攻めたら、俺は自分を許せなくなる。そうなる前に、討つ。ティグルさんだってそれを望むはずだ」

「でも、もしその場に居合わせたら、私はまたあなたを止めるわ」

そうすることが当然だという態度で、ミルが言った。聞き分けのない妹の相手をする兄のような顔になったアヴィンに、彼女は笑顔で剣の切っ先を突きつける。

「私の剣の力をうまく使えば、ティグルさんだって止められるはず」

ミルの剣には不思議な力が備わっている。

アーケンの神殿で戦った使徒ウヴァートは、ティグルの矢やエレンの剣を受けつけない、奇妙な肉体の持ち主だった。矢は彼に触れた途端に力を失って落下し、剣もその勢いを完全に殺されて、押しこむことすらできなかった。

ウヴァートは、自分に加えられるあらゆる衝撃を、あらかじめ指定しておいた何かに逃がすことができるのだ。アヴィンもミルもそのことを知っていた。

ミルの剣は、そうした超常の『力』を消し去る恐るべき一振りだ。これがなければ、ウヴァートとの戦いは非常に厳しいものになっただろう。

アヴィンが青色の刀身を一瞥する。

「その剣、カディスとかいう古い時代の国のものだと言ってたな」

カディスは、アスヴァールとザクスタンあたりを治めていた王国だ。強大だったが、約百五十年前、アスヴァールによって滅ぼされた。カディスを滅ぼしたことで、当時、島国でしかなかったアスヴァールは大陸に進出を果たしたのである。

そのアスヴァールも、ザクスタンも、キュレネーに滅ぼされて過去の王国となった。だが、ジスタートとブリューヌまで、そうするわけにはいかない。

「そうよ。アスヴァールの南の方を探索していたお母様が見つけたの。『力』を打ち消すことができるから、デュランダルを模倣しようとしたものなんじゃないかって言ってたわ」

「よく娘のおまえに譲ったな。そういうものは王国で保管するべきだろうに」

「お母様もお父様も立派な武器を持ってるもの」

そう言って笑うミルに、アヴィンは気を取り直して懐疑的な視線を向けた。

「おまえは本当にティグルさんを止められるのか？　その剣の力、いままでに二、三回しか使っていないんだろう」

これは、ミルが剣の力を出し惜しみしているということではない。剣の力を必要とするような相手と、数えるほどしか遭遇していないということだった。

「数は問題じゃない。肝心なところで成功させればいい。これはお母様の言葉だけど」

ミルが自信たっぷりに胸を張る。

「でも、アヴィンの言うこともわかるわ。私が失敗したら、そのときはあなたに任せる。身体を張って何とか隙をつくってみせるから」

「勘弁してくれ」

首を左右に振って、アヴィンは彼女の言葉を退けた。ここで少しでも理解を示すようなそぶりを見せれば、本当にやりかねない。だが、このままではミルは引きさがらないだろう。

「俺とおまえだけでティグルさんと戦うことになったら、先手は譲ってやる。だが、おまえの身が危険になった時点で交代か、二人がかりだ」

「仕方ないわね。それで手を打ってあげる」

いかにも自分が譲歩するのだという態度ではあったが、ミルは承諾した。この場で話して正解だったと、アヴィンは思う。彼女は、約束したことは守るからだ。

――俺もこいつの扱いにもっと慣れないとな。

黒弓を背負い直して、アヴィンはそんなことを考える。ミルに何かを言えるほど、自分も超常の力を持つ武器に習熟しているわけではない。

「それにしても、考えれば考えるほど腹が立ってくるわね」

話しているうちに怒りがこみあげてきたのか、ミルが険しい表情で剣を握りしめる。

「次にアーケンと戦うときは、何としてでもこいつを叩きこんでやるわ。この世界がおかしなことになっているの、すべてあいつのせいでしょ。エレンさんやリュドミラさんが七年前に戦姫になっていたら、少なくともティグルさんは操られなかったはずよ」

アヴィンは言葉を返さなかった。ミルの言葉に首をかしげる気持ちと、同意する気持ちが半分ずつあるからだ。

ヴァンペール山にたどりつくまでの長い行軍の中で、アヴィンはオクサーナたちのことについて、サーシャやリュドミラから話を聞くことができた。彼女たちの能力が、エレンなどにくらべて劣っていたとは思えない。

では、なぜ彼女たちが次々にキュレネー軍に討ちとられ、竜具が奪われたのか。

——おそらく経験の差だ。

それがアヴィンの出した結論だった。これまでに魔物と戦った経験のある戦姫はサーシャだけだ。リュドミラでさえ、その存在については母から聞いたことしかないという。

——俺やミルだって、何の知識も心構えもなくウヴァートのような敵と戦ったら……。

敵が人智を超えた存在であり、予想もつかない攻撃をしてくると知っているかどうか。その差は、生死をわけるほどに大きいに違いない。

だが、そう考える一方で、ミルと同じように、エレンたちが戦姫であれば、アーケンがここまで勢力を拡大する前に対処できたのではないかという思いがある。自分にとって、エレンやリュドミラはやはり特別な存在だからだ。

しばらくして、ミルの部下が戻ってきた。エレンの部隊を見つけたという。

それから四半刻が過ぎたあと、アヴィンたちはエレンの部隊と合流を果たした。

†

エレンことエレオノーラ＝ヴィルターリアは二十一歳。白銀の髪は腰に届くほど長く、紅の瞳は精彩を放って、その美しさを際立たせている。白と黒の軍衣をまとった身体には力強さとやわらかさがあり、戦士であることと女性であることを同時に感じさせた。その腰には、彼女を戦姫たらしめる長剣の竜具アリファールが輝いている。

彼女とジスタート兵三十騎は、森の中の開けたところに集まって、アヴィンたちを迎えた。

騎兵たちが外套を羽織り、フードを目深にかぶって雨をしのいでいるのに、エレンは外套すら羽織っていない。アヴィンとミルは驚いたが、彼女の前まで馬を進ませると、納得した。

エレンのまわりを、不思議な空気の流れが取り巻いている。それが雨をことごとく弾いて、彼女の身体をわずかも濡らしていないのだ。風を操るアリファールの力だった。

——戦姫になってから二ヵ月も過ぎていないのに、ずいぶん使いこなしているようだ。

感嘆の眼差しで、アヴィンはエレンに敬礼する。彼女はうなずくと、すぐ本題に入った。

「キュレネー兵を討つ。体調に問題がある者や怪我をした者はいるか？」

「私の部隊にはいないわ。皆、エレンさんの命令を待ってる」

はりきって答えたのはミルだ。彼女こそが、部下たちよりもよほどエレンの命令を待っているに違いない。アヴィンは「問題ありません」とだけ答える。

「よろしい。では、西にある小さな丘へ向かう。そこにやつらを誘いこむ」

アヴィンとミルは顔を見合わせた。自分たちがここへ来るまでのわずかな時間で、エレンはこちらの倍もいるキュレネー兵を倒す策を考えたらしい。

「時間が惜しいな。馬を進ませながら話そう」

エレンは配下の兵を振り返って、出発を告げる。それだけで騎兵たちは隊列を整えた。アヴィンとミルも部下たちに指示を出す。

雨の中、わずか五十一騎のジスタート軍は整然と動きだした。アヴィンとミルはエレンの左右に馬を並べる。戦姫が二人を信頼していることを、あらためて兵たちに示しているのだ。

「連中を誘いこむのは簡単だ。丘の上で火を起こす」

こともなげに、エレンが説明する。「この雨の中で火を？」と、アヴィンは言いかけて、すぐに彼女の意図に気づいた。アリファールに視線を向ける。

「そういうことだ」と、エレンは長剣の、翼を模した形状の鍔を軽く叩いた。

「雨を寄せつけなければ煙もまっすぐ上がる。キュレネー兵は、数から考えても斥候だろう。煙を見れば、その場所を確認しないわけにはいかない。必ず来る」

「そして、私たちの姿を見つけたら必ず戦いになるというわけね」

ミルが戦意にあふれた笑みを浮かべる。しかし、アヴィンはまだ安心できなかった。

「レヴ……部下の報告によれば、キュレネー兵は全員が剣と槍、盾で武装しています。俺とミルの部下たちは革鎧を着て、小剣や棍棒を持っているていどです。偵察が役目だから馬を走らせることには自信がありますが、相手ほど戦いに慣れているとはいえません」

「おまえたちの部下を、敵の正面に立たせるつもりはない。頂上には、私とおまえたち、それから私の部下の三十騎が待機する。おまえたちの部下は石と泥の塊を用意して、私たちの左右に展開する。敵が私たちを狙って斜面を駆けあがってきたら、まず石と泥を投げつけ、そこへ私たちが突撃するんだ。いささか単純だが、このような遭遇戦では仕方ない」

エレンの策に、アヴィンは唸り、ミルは目を輝かせた。単純というが、この状況では最善に近い手だ。敵と相対すれば突撃するキュレネー兵の性質をうまく利用している。

「いいじゃない。私はもちろんエレンさんのそばで戦うからね」

ミルが自信たっぷりに言った。

それからほどなく、ジスタート軍は丘にたどりついた。自分たちが登ったら頂上が埋まってしまいそうな、小さな丘だ。木はまばらで、斜面は雑草や灌木に覆われている。

頂上まで登ってみると、色を失いつつある草原が周囲に広がっていた。森や川は遠くにあって見晴らしはよい。キュレネー兵が向かってきたらすぐにわかるだろう。

アヴィンたちは頂上で火を起こした。アリファールが風を操り、雨を吹き散らして、火を瞬く間に大きくする。黒灰色の空に向かって、灰色の煙がまっすぐ立ちのぼった。

「エレンさんは、アレクサンドラ様と違ってアリファールの力を惜しまずに使うね」

ミルがおかしそうに言うと、エレンは苦笑を浮かべた。

「竜具の力に頼ってばかりいると、自分ではなく、竜具しか見てもらえなくなる……。サーシャのその考えは正しいと思う。だが、私には時間がない」

本来、戦姫は竜具に選ばれたら、まず王都シレジアを目指す。そして国王の承認を受け、公に戦姫として認められて、己の治める公国へ行き、統治者となるのだ。統治の傍らで、戦姫は竜具との接し方、力の使い方を学んでいく。

だが、現在のジスタートに王はおらず、王都もない。エレンは己の公国であるライトメリッツへ行く余裕もない。キュレネー軍との戦いに備えて、一日も早く戦姫としての自分を成長させるには、日常の中で竜具の力を積極的に使っていくことしか考えつかなかった。

アヴィンとミルの部下たちが手ごろな大きさの石を拾い集め、エレンの部下たちは丘の斜面を馬でゆっくり歩いて、地形を確認する。

　その間、アヴィンは頂上の端に立って東の方角を観察していたが、草原を歩いてこちらへ向かってくる一団を見つけて、息を呑んだ。ひとつ深呼吸をしてから、エレンに叫ぶ。

「キュレネー軍が来ます！　歩兵が百！　それから、戦象が二頭……！」

　この報告にはエレンも驚いたに違いないが、顔に出した反応は、眉をわずかに動かすというだけだった。余裕のある態度で、彼女はすべての兵を呼び集める。アヴィンたちもだ。

　アリファールを地面に突きたて、柄頭に両手を置いて、エレンは兵たちを見回した。

「敵が来た。百の歩兵に、二頭の戦象というおまけがついている」

　前置きのない静かな言葉に、兵たちは一様に顔色を変える。アヴィンの部下のレヴが愕然として立ちつくした。エレンは彼に向かって笑いかける。

「なに、こういうのはよくあることだ。おまえは敵を見つけたことと、歩兵の数を間違えなかったことを誇っていい」

　次いで、彼女はアヴィンとミルを見る。

「敵は戦象をどう使ってくると思う？」

「キュレネーのやり方は知らないけど」と前置きをして、ミルが答えた。

「ムオジネルは、先に戦象をぶつけて相手の陣容を崩し、そこへ兵を突撃させるという手をよく使ったわ。同じじゃないかしら。あの大きな身体で敵だけを攻撃しようとするなら」

「ふむ。あの図体なら露払いとしては最適だろうな」

うなずくと、エレンは自分が連れてきた部下たちに意地の悪い笑みを見せる。

「少し予定が変わった。私とアヴィンとミルが先頭に立つつもりだったが、私はあの戦象たちをもらう。この戦場でいちばんの武勲を一人占めするのは、いささか気が引けるがな」

「なんの、戦姫様の手柄は私たちの手柄でもあります。他の連中に自慢できますよ」

部下のひとりがふてぶてしい笑みを返し、他の者たちも同調して笑う。彼らの本音は、エレンとともに戦象と戦いたいというものだ。だが、自分たちでは足手まといになるだけだとわかっている。だから、せめてエレンの気分を軽くしようと、笑ったのだった。

そのとき、それまで黙って何かを考えていたアヴィンが、迷いのない表情で口を開く。

「ひとつ試してみたい手があるんですが」

その提案を聞いて、エレンは自分の策に修正をほどこした。


キュレネー軍が丘のふもとに現れたのは、エレンが策を決めてから四半刻が過ぎたころだ。雨は依然として降り続けており、黒灰色の雲の群れは空にわだかまっている。

キュレネー兵は右手に槍を、左手に円形の盾を持ち、金属片を連ねた革鎧を着こんで、反り(そ)のある剣を腰に下げていた。頭に巻いた布には、彼らにとって魔除けの意匠(いしょう)である単眼が描かれている。雨に濡れることなど意に介さない様子で、彼らは立っていた。

――報告でわかってはいたが、ティグルはいないな……。

丘の上からキュレネー兵を見下ろして、エレンは安堵感と、それに相反する感情を同時に抱いた。王都の戦いを思いだせば、激しい怒りと痛いほどの悲しみが湧きあがる。ティグルに遭遇すれば、自分の命を懸けてでも討ちとらなければならないとわかっている。それでも、最初に報告を聞いたとき、エレンは敵軍の中にティグルがいたらという想像を捨てられなかった。

感情を鎮めて、あらためて敵の陣容を観察する。

歩兵たちの後ろには、巨岩と見紛うほどの戦象が二頭、並んでいる。その威容を見たジスタート兵たちは呻き声を漏らすか、あるいは言葉を失った。大きすぎる体躯、奇妙な形状の鼻、湾曲した牙、石柱のような脚、そのどれもが彼らを圧倒する。

王都の戦いで、キュレネー軍は三十頭もの戦象を戦場に投入したが、それはジスタート軍が城壁の外に掘った壕を埋めて、足場をつくるためのものだった。そのため、戦象を見たジスタート兵は少ない。ここにいる兵たちもはじめてだ。

「アヴィンは、あれと正面からやりあおうというのか」

エレンが呆れたように笑うと、彼女の左隣にいるミルが皮肉っぽく言った。

「部下たちの前で格好いいところを見せたいだけよ。根は子供なんだから」

「その言葉はそっくり返してやる。おまえこそ意気込みすぎて失敗するなよ」

エレンの右隣にいるアヴィンが冷淡な言葉を投げつける。

二人に余裕があることに安心したエレンは、自分たちの後ろにいる三十の騎兵と、その隣でたたずんでいるアヴィンとミルの部下たちを見た。策を変えたので、彼らには頂上で時機を待ってもらうことにしたのだ。

エレンは馬上のひととなり、アリファールを鞘から抜いて、高々と掲げる。アヴィンとミルもそれぞれ馬に乗った。彼らの部下たちもだ。戦いがいままさにはじまったことを悟って、兵たちは緊張と昂揚感(こうようかん)に身体を震わせた。

丘のふもとでは、キュレネー兵たちが戦象のために道を空ける。複数の大太鼓の音が大気を重く揺らすと、彼らは獣じみた喊声(かんせい)を空に響かせた。二頭の戦象も目を血走らせ、長い鼻を振りあげて咆哮(ほうこう)をあげる。

戦象たちが泥を蹴立てて、丘の斜面を駆けあがりはじめた。一歩ごとに大地を穿つ勢いでジスタート軍に迫る。

アヴィンが前に出た。背負っていた黒弓をかまえて、二本の矢をつがえる。その動きに合わせて、エレンはアヴィンの隣まで馬を進めながら、長剣をふりかぶった。

二本の矢が放たれる。同時に、強烈な風が吹いた。アリファールの起こしたものだ。風をまとって加速した二本の矢は、鮮やかな曲線を描いて、一頭の戦象の両眼に突きたった。

その戦象は悲鳴こそあげなかったが、視界を失って体勢を崩し、派手に横転する。地響きが斜面を揺らし、大きな波を思わせる泥の飛沫(しぶき)がはねあがった。

ジスタート兵たちが快哉を叫んだが、アヴィンは表情を微塵も変えず、新たに二本の矢を用意する。戦象はもう一頭いるのだ。

二本の矢をつがえて、射放つ。エレンがさきほどと同じように風の力をまとわせる。

左右の目を矢に潰されて、戦象は大きくのけぞった。四本の脚で大地を激しく叩く。だが、光を失った戦象は仲間のように倒れなかった。巨躯を左右に揺らしながら、エレンたちに向かって突進してくる。意外な計算違いだった。

「避けろ、アヴィン！」

馬を走らせながら、エレンはアヴィンに怒鳴る。そして、馬の鐙から足を外し、鞍を蹴って高く跳躍した。猛々しい形相をした戦象が、彼女の眼前に迫っている。長大な鼻を振るって、エレンを薙ぎ倒そうとした。

だが、エレンは空中で姿勢を変えて、戦象の一撃をかろやかにかわす。そればかりか、その鼻を足場にして、さらに高く飛翔した。逆さになって戦象の頭上に舞う。

風が流れを変えた。白銀の髪が翼のように広がる。エレンはまっすぐ落下して、その勢いのままに戦象の頭部へアリファールを突きこんだ。竜具の刃は、鋼鉄の甲冑だろうと容易に斬り裂く。強靱な戦象の皮膚も、ぼろきれと変わらなかった。

戦象が動きを止め、ぐらりと傾く。エレンは長剣を抜いて、すばやく地面に飛び降りた。アヴィンも無事に避けていたことを確認したとき、骸となった戦象がどうと倒れる。

「さすが戦姫様だ！」

「アヴィン隊長もすごいぞ！　あんな小さな目を狙うなんて！」

ジスタート兵たちが槍や手を上に突きあげ、熱を帯びた大声で二人の勝利を祝った。

直後、その歓声をかき消すように、ふもとのキュレネー兵たちが獣じみた咆哮を響かせる。怒気と殺意をあふれさせて、斜面を埋めるように駆けあがってきた。

その動きを見て、丘の頂上にいたミルが、剣を肩に担ぎながら大声を張りあげる。

「突撃！」

エレンとアヴィンはその役目を果たした。今度は彼女と騎兵たちが勇戦する番だ。

戦象の亡骸（なきがら）を避けようとして、キュレネー兵たちの隊列が大きく乱れる。一部の兵が突出する形となった。ミルはその動きを見逃さず、まっすぐ馬を走らせたのだが、その速さにジスタート兵たちは仰天した。

斜面を駆けおりるというだけでも危険なのに、雨によって地面は泥濘（でいねい）と化している。馬が足を滑らせて体勢を崩せば、乗り手は鞍から投げだされるか、馬もろとも横転するだろう。どちらにせよ大怪我はまぬがれず、命を落とすこともあり得る。

それゆえに、ジスタート兵たちは勢いを落としてでも自分と馬の体勢を安定させることに努めているのだが、ミルは恐れる様子もなく、勢いをまったく緩（ゆる）めずに馬を走らせていた。ジスタート兵たちをほとんど置き去りにして、単騎で敵陣に躍りこむ。

ミルの振るった横薙ぎの刃が、雨と血飛沫をはねあげた。キュレネー兵の首が飛んで、斜面を転がっていく。過剰な勢いがついていたとはいえ、速すぎる斬撃だった。

キュレネー兵をひとりはね飛ばして、馬が止まる。その間にミルは手首を返して、二人目の敵兵を斬り伏せた。

倒れた仲間を踏みつけて、キュレネー兵たちが怒号とともに、彼女に殺到する。ミルは身体をそらして突きだされた槍をかわしざま、相手の首筋を斬り裂いた。盾で殴りかかってくるキュレネー兵の頭部に一撃を叩きこみ、すばやく馬の向きを変えて背後からの攻撃をかわす。

生きているかぎり、キュレネー兵はどれほどの傷を負っても戦い続ける。武器を失っても拳で殴りかかり、立ちあがれなくなっても這ってくる。中途半端な攻撃は、自身と味方を危うくすることを、ミルはよくわかっていた。

一閃ごとに雨と血と泥がはねあがって、ミルとキュレネー兵たちを醜いまだら模様で汚していく。ミルの銀色の髪は、頭に重く張りついて、毛先から水滴が絶え間なくしたたっていた。顔を濡らしているのは雨か、汗か、判断がつかない。

ミルが敵兵に囲まれそうになったとき、追いついたジスタート兵たちが戦場に飛びこんだ。王都陥落からずっと抱えてきた怒りを、手にした武器とともに叩きつける。キュレネー兵たちも異様な戦意をむきだしにして、新たな敵に襲いかかった。

剣の切っ先が肩をえぐり、槍が足の甲に突き立つ。悲鳴と馬のいななきが雨を裂く。兵たちは武器を振るって泥にまみれ、血を浴び、それらを雨に洗い流されると、また同じように泥にまみれ、血を浴びた。人馬の足元を、泥と血の川が幾筋も流れていく。

激突した直後こそジスタート軍が優勢だったが、数においてはキュレネー軍が大きく優る。キュレネー兵たちは剣を振りあげ、槍を握りしめて仲間の死体を踏み越え、ジスタート兵に息をつく暇も与えず攻めよせる。勢いに押されて、ジスタート兵たちの隊列が崩れかけた。

そのとき、エレンとアヴィンが猛然と馬を走らせて、キュレネー軍の右側面に突きかかる。アヴィンは黒弓を背負って、兵から借りた予備の槍を握りしめていた。

ミルの戦いぶりも年齢に似合わず見事なものだが、エレンはさらにすさまじかった。相手が突きだす槍の柄を切り飛ばし、そのまま剣を薙ぎ払って首をはねる。斬りかかってくるキュレネー兵の剣を弾き返し、刃を煌めかせて革鎧の上から斬って捨てる。

エレンが前進するたびに銀色の閃光が走り、血飛沫が飛散し、キュレネー兵が倒れる。そうして流血のただ中にいながら、彼女の白銀の髪には血の一滴も飛んでいなかった。

アヴィンにはエレンほどの鮮やかさはないが、彼女のそばから離れず、無駄のない動きで敵兵の額か喉を狙って、確実に葬り去る。

「エレンさん！　アヴィン！」

二人の存在に気づいて、ミルが大声で叫んだ。エレンがアリファールを掲げて応えると、ミルのまわりにいたジスタート兵たちが歓声をあげて、いっそう戦意を奮（ふる）いたたせる。

　エレンとアヴィンの横撃によって大きく崩れたキュレネー軍に、今度は左側面から攻撃が加えられた。アヴィンとミルの部下たちがそちらへ回りこんで、石や泥の塊を投げつけたのだ。キュレネー兵たちは驚きもしなければ悲鳴をあげることもなかったが、頭部に石を受けてよろめき、視界を泥でふさがれて体勢を崩し、さすがに動きが鈍くなる。

「よし、このまま突き進んでミルたちと合流する」

　剣についた血を払って、エレンが力強い笑みを浮かべた。二人とミルたちの距離は、百チェート（約十メートル）ほどだ。むろん、そこにはいまなお多くのキュレネー兵がいるのだが、エレンとアヴィンなら突破できるはずだった。

　ところが、二人を進ませまいとするかのように、その背後から大気を吹き飛ばすような咆哮が轟く。視界を奪われて横転していた戦象が、立ちあがったのだ。

「象とはいえ、キュレネー兵なのだからとどめをさしておくべきだったな」

　自らのうかつさに、エレンは舌打ちした。アヴィンは手にしていた槍を鞍に置き、背負っていた黒弓を再びかまえる。

「エレンさんはミルたちと合流してください。あの戦象は俺が仕留めます」

「その弓の『力』を使うつもりか？」

　向かってくるキュレネー兵を打ち倒しながら、エレンは聞いた。ふつうの矢では戦象の厚い皮膚を貫けない。超常の力に頼るとしか思えなかった。

アヴィンは「いえ」と否定する。

「実は、矢で戦象の目を狙うというのは、俺の父が昔やったことなんです。もっとも、父は誰の助けも借りず、自分の技量だけで成功させたそうですが」

エレンは眉をひそめた。アヴィンの言いたいことはわかったが、この状況で試すようなことではない。だが、足を止めて会話を続ける余裕もなかった。「無茶はするな」とだけ言って、馬を進ませる。

アヴィンは馬首を巡らせて、戦象に向かっていった。戦象は、おそらく音で判断しているのだろう、目が見えないにもかかわらず、地面を激しく踏み鳴らしてこちらへ突進してくる。ここで止めなければ、味方も敵もまとめてはねとばされ、踏み潰されてしまう。

一本だけ矢をつがえて、黒弓をかまえる。弓弦を引き絞った。

――想像するんだよ。

父の言葉を思いだす。激しく動く獲物を狙うときにどうすればいいのかと訊いたら、父はそう言ったのだ。

「狙ったものに矢が届くまで、二つ数えるほどの時間がかかるとする。二つ数えたとき、それはどんなふうに動いているだろう。それを想像して、狙う。あとは練習だ」

はじめて聞いたときは途方に暮れたものだった。だが、いまならあるていどはわかる。

戦象の、少し先の動きを思い描いた。矢を、指から放す。

矢は雨を弾いて飛び、戦象の左目に刺さっている矢の後端——矢筈に突き立った。先の矢はその勢いで奥へと押しこまれ、脳に達する。

戦象は、すぐには止まらなかったが、その動きは大きく乱れた。左に曲がってアヴィンの脇を通り過ぎ、足を滑らせて横転する。泥の飛沫をはねあげ、地面を大きく揺らすと、もう起きあがってくることはなかった。

戦象の死を確認すると、アヴィンは憮然として息を吐きだした。


雨がいくらか弱まり、戦いは終局へと向かいつつある。

アヴィンが戦象を討ちとったとき、エレンは右に左に長剣を振るってキュレネー兵の死体を積みあげ、ミルと合流を果たしていた。笑顔をかわして、二人はおたがいの無事を確認する。

この時点で、ジスタート軍は二人の死者を出していたが、キュレネー軍は四十を超える数の兵を失っていた。二頭の戦象も、もはやいない。彼らがまともであれば、被害の大きさに耐えられず、とうに戦意を失って無秩序に潰走していただろう。

だが、キュレネー兵たちは逃げない。敵を全滅させるか、自分が死ぬか、そのどちらかしか選択肢がないからだ。ジスタート兵たちはさすがに消耗を隠せなくなっていたが、それでもキュレネー兵たちを倒さなければならなかった。

「どうする？」

エレンに短く問われたミルは、多数のキュレネー兵がいる斜面に、長剣を向ける。

「ふもとへ！」

「それでいい！」

二人の戦士は馬を並べて、剣を振るった。その斬撃はともに疲労を感じさせず、暴風のように荒れ狂って、向かってくるキュレネー兵たちをことごとく鮮血と泥濘の中に叩き落とす。

ジスタート兵たちも、残った気力を振りしぼるかのように大声をあげて己を鼓舞した。血まみれの槍や剣を振りまわして、エレンとミルに付き従う。

死体で舗装された道を進むようにして、ジスタート軍はキュレネー軍の陣容を突破した。速度をあげて、一気に斜面を駆けおりる。離れたところにいるアヴィンとミルの部下たちも、味方の動きを見て、慌てて馬を走らせた。

キュレネー軍は当然のように反転して、ふもとへ逃げるジスタート軍を追う。だが、その動きは完全にまとまりを欠いたものになった。

丘の斜面は、戦いがはじまったときに戦象とキュレネー兵が駆けあがり、たったいまジスタート軍が駆けおりたことで、ひどく荒らされている。踏みこんだら、脚がすねまで沈んでしまうようなところもあった。しかも、この反転は統率された動きによるものではない。

泥濘に足をとられて転倒する兵や、仲間に衝突する兵が続出する。荒れた地面を走りきってジスタート軍に追いすがるキュレネー兵もいたが、味方を先に行かせて殿を務めたエレンとミル、さらに馬を走らせてきたアヴィンによって打ち倒された。

丘のふもとにたどりついたジスタート兵たちは斜面に向き直り、隊列を整えて、自分たちを追ってきたキュレネー兵を迎え撃つ。ばらばらに向かってくる彼らを、二人がかり、三人がかりで確実に討ちとっていく。ジスタート軍は、キュレネー軍を文字通り全滅させた。

雨がさらに弱くなり、血の臭いがたちのぼってくる。

キュレネー兵の死体で埋めつくされた戦場を見て、ジスタート兵たちは一言も発さない。勝利感はもちろんあったが、全身にのしかかる重い疲労と、狂信的な敵兵に対する嫌悪が、彼らから喜びと言葉を奪っていた。

エレンが兵たちを見回して、にこりともせず告げる。

「最後まで、よくやった」

戦いは終わった。

†

雨がやみ、雲間から昼過ぎの陽光が幾筋も射しこんで地上を照らしだした。

負傷者の手当てと、命を落とした者の埋葬を兵たちに任せると、エレンはアヴィンとミルを呼ぶ。何気ない動きで兵たちに背を向け、真剣な表情で二人を見た。

「疲れているだろうが、拠点に戻ったら軍議に参加してもらうぞ」

ジスタート軍は、ヴァンペール山の拠点で数日に一度、軍議をしている。戦姫であるエレンとサーシャ、それからリュドミラの三人で、今後の予定や、兵たちの間で起きた出来事などを話しあうのだ。話しあいの内容次第では、部隊長や偵察兵が加わることもある。アヴィンとミルもこれまでに何度か出席したことがあった。

「この戦について説明しろってことね？」

確認するように聞いたミルに、エレンは首を横に振る。

「それだけじゃない。そう遠くないうちに……私の予想では十日後か二十日後あたりに、キュレネーが攻めてくる。大軍を率いて」

丘の斜面を見つめながら、彼女は続けた。

「斥候が帰ってこない。十人ていどならともかく、百人の部隊が。我々に敗れたのだろうということぐらいは考えるはずだ。こちらの拠点についても、場所を絞りこむだろう」

「敵が来るまでに、可能なかぎり戦いの準備を進めるということですね」

アヴィンが、汗と雨と泥にまみれた顔を硬くする。

「いままで以上に忙しくなる。これからも頼むぞ」

そう言ってから、エレンは遠くで仲間の埋葬を行っている兵たちに視線を向けた。

「ミル、彼らの様子を見てきてくれ。急かす必要はない」

「わかったわ」と元気に答えて、ミルが小走りに駆けていく。

アヴィンも話は終わったと考えて踵を返しかけたが、エレンに呼びとめられた。

白銀の髪を風になびかせながら、彼女はどこか怒りをおさえるような顔をしている。何か失敗をしただろうかと思い、アヴィンは自然と背筋を伸ばした。

「おまえ、王都にいたころ、リュドミラ殿に戦姫になってほしいと言ったそうだな」

あまりに唐突で予想外なエレンの言葉に、アヴィンは呆然とその場に立ちつくす。「どうなんだ」と言われて我に返り、慌ててうなずいた。

約一ヵ月前、アルサスで多くの出来事を体験したアヴィンとエレン、ミルがシレジアにたどりついた日の話だ。客室に自分を案内してくれたリュドミラに、アヴィンは言った。

「戦姫になってください」と。

「昨日、リュドミラ殿と話をしていたら、そのことを聞かされてな。あいつは怒っていたし、それ以上に傷ついていた。あいつが歩んできた道を思えば無理もない」

リュドミラは、凍漣の雪姫の異名を持つ戦姫スヴェトラーナの娘として生まれ、戦姫になることを期待され、武芸を鍛え、知識を蓄えてきた。

竜具が使い手を選ぶのだから、戦姫は世襲ではない。だが、スヴェトラーナの母も、祖母も戦姫だったのだ。リュドミラに対する周囲の期待は大きかった。

だが、彼女は戦姫になれなかった。スヴェトラーナが亡くなった七年前、槍の竜具ラヴィアスに選ばれて戦姫となり、オルミュッツ公国の統治者となったのはファイナだった。

誰よりもリュドミラが、自分自身に失望した。

生まれ育ったオルミュッツ公国を去ろうとした彼女を引きとめたのは、戦姫になったファイナだった。自分を支えてほしいと請われ、迷い、悩み、サーシャに相談したあと、リュドミラは文官としてファイナに仕えることを決めたのだ。

イルダー王がキュレネー軍との戦いに向けて戦姫たちを呼び集めたとき、リュドミラもファイナに従ってシレジアを訪れた。そして、ファイナの指示を受けて、今年のはじめからサーシャの補佐を務めるようになった。

ファイナが戦場で命を落としたあとも、リュドミラはオルミュッツに帰らず、サーシャを支えている。彼女は、サーシャはもちろん、戦姫になったエレンにも敬意を欠かさず、きわめて礼儀正しく接していた。亡き戦姫たちに対してもそうだったという。戦姫というものに対するリュドミラの想いは強い。

それを思えば、アヴィンの言葉はいかにも無思慮で無神経だった。

「反省はしています……」

アヴィンは地面に視線を落とし、力のない声で言う。エレンがため息をついた。

「一ヵ月以上前の私だったら、拳骨の一発でもくれてやっただろうな」

　まるで、いまは違うとでもいうようなもの言いだ。アヴィンが戸惑って顔をあげると、彼女は眉を吊りあげ、不機嫌さを露わにした顔でこちらを見据えていた。

「リュドミラ殿は戦姫になれるのか？」

　アヴィンは言葉に詰まる。エレンは静かに続けた。

「おまえは、私の知らないことをいくつも知っている。それをすべて話せとは言わん。だが、これだけは教えてほしい。なれるのか？」

「どうして、知りたいんですか……？」

　落ち着きを取り戻して、アヴィンは遠慮がちに尋ねる。

　エレンは、離れたところでミルと話をしている兵たちに視線を向けた。

「彼らは私によく従ってくれる。多少、無茶な要求にも応えようとしてくれる。彼らだけじゃない、拠点にいる兵たちは皆そうだ。誰もが当たり前のこととして戦姫を敬い、戦姫の下で戦うことを喜んでくれる。一方で……」

　彼女の顔に、苦しげな感情が色濃くにじみでる。

「彼らは戦姫に期待している。この戦いに勝利をもたらすことを。キュレネー軍を国境の外へ叩きだし、町や村に平和を取り戻すことを。戦姫に課せられた役割を考えても、それは当然のことだ。まして王がなく、王都を奪われたいまとなってはな」

　腰に差しているアリファールの柄頭を、エレンは軽く叩いた。

「今日みたいな雨の日に、三十万の民をレグニーツァとライトメリッツへ送りだしただろう。彼らもそうだった。お願いしますと、必死の表情で私とサーシャに希望を託していった」

アヴィンは黙って彼女の言葉に耳を傾ける。期待。希望。それは常人なら悲鳴をあげることすらできずに潰れてしまうほどの、とてつもない重圧だった。

相手は神であり、人智を超える力を持った神の使徒であり、神の力によって死ぬまで戦う兵士となった者たちだ。殺戮を喜びとして諸国を滅ぼし、死体と流血で大地を埋め、六人の戦姫を亡きものとした恐るべき軍勢だ。

どれだけ知恵を絞っても最終的な勝ち目が見えない。戦い抜くための兵も物資も足りない。じりじりと追いつめられて蹂躙される未来しか浮かばない。持てるものをすべて注ぎこんで足掻いても、それは今日の死を明日に延ばすだけかもしれない。

自分の能力ではどうにもできないと思いながらも、逃げることも、投げだすこともエレンたちには許されない。人々の思いを受けとめ、民を慰撫して元気づけ、兵たちを叱咤激励して死地に向かわせなければならなかった。

「夏の終わりにオクサーナ殿がヴァルティスの地で命を落としてから、私が戦姫となってシレジアに帰るまでの間、サーシャはひとりだった。たったひとりで皆の期待を背負っていた。あいつはいつも笑っていたが、想像を絶するつらさだったと思う。戦姫になって、サーシャの背負っていたものを少しだけわけてもらって、ようやくそれがわかった」

エレンがアヴィンに向き直る。紅の瞳が無言で問いかけた。

リュドミラは戦姫になれるのか。サーシャの重荷を少しでも軽くできるのか。

「なれます」

彼女の視線を、アヴィンは正面から受けとめた。

「根拠があるのかと問われたら、詳しい説明はできませんが、あります。リュドミラさんは戦姫になれる、いえ、ならなければならないんです」

途中から感情が昂ぶってしまい、手を強く握って力説する。その態度にエレンは驚いたようだったが、表情をやわらげて笑みをこぼした。

「根拠はあるわけか。そこは頼もしいな」

アヴィンは申し訳なさそうな顔をして、髪をかきまわす。

「アーケンは神征（アテン）以前から……何年も前から世界に影響を及ぼし、たくさんの歪みを生んできました。それさえなければ、エレンさんはもっと早く戦姫になっていたかもしれない」

「私が？」

エレンが眉をひそめる。訝（いぶか）しく思うのと同時に、反発を感じたようだった。

「ラダを差し置いて、戦姫になっていたと？」

「ありえます」

彼女の気分を害したことをわかっていながら、アヴィンは続けた。

「戦姫になったエレンさんならわかってくれると思いますが、竜具は、ただ強いだけの人間を選びはしない。アーケンが歪みを生みだしさえしなければ、リュドミラさんだって……」

エレンの視線が、腰のアリファールに注がれる。思いあたることでもあったのか、何かを考えこむ様子を見せたものの、彼女はすぐに首を左右に振った。

「いまのは聞き流しておこう。曖昧すぎて、おかしな結論が出そうだ」

話は終わったというふうに、エレンが軍衣の裾をひるがえす。ミルや兵たちのところへ歩きだした。アヴィンは慌てて彼女に続く。

「ついでに聞くが、リュドミラ殿は何の竜具に選ばれる？」

背中を向けたまま、エレンが聞いてきた。

竜具に同じ武器はない。エレンの持つアリファールは長剣であり、サーシャのバルグレンは二本で一対の小剣だ。亡きオクサーナの竜具は斧だった。他は槍、錫杖、大鎌、鞭である。

「槍の竜具ラヴィアスです」

アヴィンは即答する。それ以外にありえないというように、力強く。

「覚えておく。ありがとう」

冷気を含んだ秋の風が吹き抜けて、戦姫の白銀の髪をなびかせる。

エレンが自分の言葉を信じてくれたことが、アヴィンには何より嬉しかった。

2　敗残兵たちの拠点

日が傾いてきたころ、リュドミラは木々と茂みに囲まれたひとけのない場所に立っていた。白を基調とした文官の服を着て、両手で槍をかまえている。足元に伸びる影は濃い。

ここは、ヴァンペール山の中腹にある、ジスタート軍の拠点の片隅だ。リュドミラは、日課である槍の鍛錬（たんれん）をしていた。以前はもっと動きやすい服装でやっていたが、この地に拠点を築いてからは、文官の服を着たままで身体を動かしている。

キュレネー軍に王都を攻め落とされたとき、リュドミラはこの格好で槍を振るい、懸命にキュレネー軍を退（しりぞ）けた。着替える余裕などまったくなかった。その経験が、彼女にこのような形での鍛錬をさせていた。

敵の姿を思い描き、顔と胸と腹を狙ってすばやく、鋭く槍を突く。屈（かが）んで相手の脚を払う。キュレネー兵の戦い方はわかっているので、それを想像しながら避け、反撃を見舞う。

同じ動きを何度か繰り返したあと、彼女は足を止めた。不満そうに身体をよじって、ゆったりとした袖を軽く睨（にら）む。

「慣れれば慣れるほど邪魔ね……」

次いで、腰から下を見た。スカートは二重になっているのだが、内側のそれは足元を隠すほどの長さで、外側の方は裾をやや引きずる形だ。動きづらいことこの上ない。

いっそ、左右に切れ目を入れてしまおうかと何度も思ったが、失敗してしまった場合、簡単に繕（つくろ）うこともできないので、実行に移せていない。この環境において、布は貴重だった。

それに、この格好でも槍を振るうことはできるのだ。母から学んだ槍の技の中には、足場がわずかしかない状況を想定し、ほとんど動かずに槍を操るというものもあるのだから。

だが、リュドミラはおもしろくない。自分は二十一歳で、身体は充分に鍛えている。身体能力のすべてを使って自由に槍を振りまわし、すべての技を鍛えたいという欲求があった。

——いまの私は文官なのよ。こうして鍛えているのは、学んだ技を忘れないようにするため。

自分にそう言い聞かせて、鍛錬を再開する。

息を吐きだし、それに合わせて前に踏みだす。突き、打ち、巻きとる。振りおろし、すくいあげて、薙ぎ払う。一撃ごとに風が唸り、額に浮かんだ汗が飛んだ。

最後に同じ型を二十回繰り返す。汗を拭（ぬぐ）って足下を見ると、影が長く伸びて、木々や茂みの影と重なっていた。じきに影が見えなくなるほど暗くなるだろう。

軽く身体を伸ばして、その場を離れる。すぐに、自分たちが生活している洞窟の出入り口が見えた。

ヴァンペール山は、ヴォージュ山脈の北東端にある山のひとつだ。大きいが高すぎるということはなく、頂上は丸みを帯びている。山道らしい山道はないものの、中腹までの斜面はなだ

らかで登りやすく、平らで開けた場所も多い。木々や茂みは多く、川も流れている。

そして、中腹には洞窟がある。

この洞窟は出入り口こそ大きくないが、中は驚くほど広い。奥には、小さな地底湖に通じる細長い下り坂もあった。だが、生活の痕跡らしきものはまるでなく、とても古い時代にこの洞窟で暮らしていた者たちがいたのだろうと、リュドミラは結論づけた。

この洞窟に、現在は五十人近い人間が寝起きしている。総指揮官であるサーシャとエレン、補佐役のリュドミラ、エレンが信頼しているアヴィンやミル、それから千人以上の兵を統率する指揮官たちと、その副官たちだ。

山の中では、合わせて一千の兵が暮らしている。平らで移動しやすい場所を選んで簡素な小屋を建てていき、一軒の小屋につき三十人前後の兵が住んでいるという形だ。いまは三十五の小屋があちらこちらに点在している。

それ以外の一万九千弱の兵は、山のふもとに築いた幕営の中で生活していた。幕営といっても幕舎は少なく、急ごしらえの小屋の方が多い。他に馬小屋がある。厩舎(きゅうしゃ)とはとても呼べない出来なので、皆そう呼んでいた。それから幕営の外に馬糞小屋も建てた。

ふもとを見下ろすと、幕営では幾筋かの煙があがっていた。兵たちが食事の準備をしているのだ。今日の夕食はソバの実や豆を煮こんだ粥(かゆ)である。

――やっぱり食糧についてはもう少し何とかしたいわね。

リュドミラは考える。軍の総指揮官は二人の戦姫だが、この拠点の管理者は彼女だった。

一ヵ月近く前、約三十万の民をレグニーツァとライトメリッツへ送りだした日の夜、リュドミラは総指揮官であるアレクサンドラ＝アルシャーヴィンの幕舎に、ひそかに呼びだされた。サーシャは燃えるような赤を基調として、随所に白と金を配した軍衣をまとっていた。水を絞った布で身体を拭くときと、軍衣を洗って乾かしているとき以外は、寝るときでも身につけているという話だった。

「他の服を持って逃げる余裕がなかったからね」と、彼女は冗談めかして笑っていたが、どのようなときでも戦姫として振る舞うことで人々の心を支え、瓦解を防いでいるのだと、リュドミラはわかっていた。

明かりは、彼女の竜具（ヴィラルト）であるバルグレンの刀身がまとう小さな炎だけだった。エレンのアリファールに風を操る力があるように、この双剣には炎を操る力がある。

薄暗い中で、彼女はリュドミラにあることを命じた。

「拠点の構想を練ってほしい」

「構想、ですか……？」

意味をはかりかねて顔をしかめたリュドミラに、サーシャは説明した。

「ここにいる約二万の兵が、ヴォージュ山脈にある山のひとつに居座って冬を越すとする。そのためには何をやらなければならないか、何が必要か、事前に準備できることは何か。それを考えて、ヴォージュに近づくころには実行できるぐらい徹底的に突き詰めてほしい」

尊敬する戦姫の命令に、リュドミラは唖然とした。そのとき彼女たちがいた場所からヴォージュまでは、歩いて十数日もかかる。現実的な話とは思えなかった。

「ヴォージュへ向かうより、大きな町や城砦へ行くべきではありませんか。そうすれば、私たちが抱えている問題の多くはかたづきます」

控えめにというにはやや強い口調だったが、リュドミラはそう意見を述べた。ジスタート軍にとって苦しいことのひとつは、手持ちの物資が充分でないことだ。王都を攻め落とされて、ほうほうの体で逃げてきたのだから、当然の話だった。

しかし、サーシャは首を縦に振らなかった。

「それでは負ける。ふつうの町や城砦は、キュレネー軍と戦えるようにはできていない」

「どういう意味でしょうか？」

「こちらが王都の城壁の外に掘った壕を、キュレネー軍は戦象の群れで埋めた。そうして城門までの道をつくった。衝撃だったよ。あんな手がとれるなら、高くて厚みのある城壁も同じように越えられる。死体を積みあげて上り坂をつくればいい」

リュドミラは目を瞠った。考えもしなかったのだ。途方もない数の死体が必要になるが、キュレネー軍はやってのけるだろう。

同時に、リュドミラはサーシャにあらためて尊敬の念を抱いた。王都を失うほどの敗北を喫したというのに、彼女の意志はくじけておらず、戦うことを諦めていない。サーシャは、リュドミラが理想と考える戦姫の姿を体現していた。

「わかりました。できるかぎり、やってみます」

リュドミラはうなずき、毎日のように考え続けた。

知識はあった。亡き母はリュドミラにさまざまな課題を与えていたが、その中には、わずかな資材だけを持って山の中に籠城（ろうじょう）する場合にとるべき行動や、食糧が手に入らないときに大軍を養う手段を考えさせるものがあったからだ。

食糧と水さえあればいいというものではない。冬を越すほど長く山にとどまるなら莫大な量の燃料が必要になるし、排泄（はいせつ）についても考えないわけにはいかない。また、汚物をそのまま放置すれば、疫病（えきびょう）の原因になる。

そうしてヴォージュまであと六、七日というところまできたとき、リュドミラはようやく考えをまとめることができた。

羊皮紙（ようひし）は貴重品になっていたので、彼女は行軍中に木から剥ぎ取った樹皮をてきとうな大きさに切って乾燥させ、羊皮紙代わりにしていたのだが、それに書いてサーシャに提出した。

樹皮の報告書に目を通したサーシャは満足そうな微笑を浮かべて、新たな命令を下した。

「五百の兵を与える。ヴォージュに先行して、君の考えを実現できる山をさがすんだ」

サーシャ以外の者に言われたのであれば、リュドミラは頑なに拒否しただろう。だが、サーシャだけは別だった。民を逃がし、兵をまとめて西を目指す黒髪の戦姫の姿を、リュドミラは近くでずっと見てきたのだ。今回も、「やってみます」と答えた。

ただ、その前に、ひとつだけサーシャに聞きたいことがあった。

「どうすれば、戦姫様のように不屈の意志を持って、前を向くことができるのですか」

「ずいぶん高い評価だね」

サーシャはおどけてみせたが、リュドミラの表情が真剣なものであることに気づいて、態度をあらためた。穏和な笑みに、儚さがまじったように見えた。

「答えになるかわからないけど……。僕は、いつ死んでも悔いのないように生きる、死ぬまでにやりたいことをやると、そう決めている」

彼女の口から死という単語が出てきたとき、その響きの冷たさに、リュドミラは背筋を寒気が走り抜けるのを感じた。表情も口調も変えず、サーシャは言葉を続ける。

「僕が十九歳から二十四歳までの五年間、病に罹っていたことは知っているね」

リュドミラはうなずいた。サーシャは十五歳で戦姫になったが、その強さは他の公国でも評判になるほどだった。十八歳のとき、三人の戦姫と試合をして圧勝したという話もある。レグニーツァ公国の統治者としても穏やかな人柄と深い思慮によって、安定した政事を行った。

しかし、十九歳になったとき、彼女は公宮の執務室で倒れた。

「僕の母は『血の病』と呼んでいた。母の血筋の女性は皆、短命で、祖母も、祖母の妹も、曾祖母も、三十になるかどうかというあたりで死んだらしい。母も、僕が十一のとき、風邪をひいて何日か寝こんだら、そのまま亡くなった」

意識を取り戻したとき、サーシャは寝室に運ばれていた。身体はだるく、手足は重く、背骨の痛みが消えなかった。『血の病』が発症したと、直感で悟った。

それから、サーシャは少しずつ弱っていった。

「他の病気の可能性を、何度も疑ったよ。母は数日で亡くなったのに、僕はそうじゃなかったからね。でも、一向によくなる気配がないまま一年が過ぎて、これしかないと確信した」

たまに体調がよくなることがあり、そういうときは病に抗うかのように行動した。自ら兵を率いて海賊討伐を行い、馬に乗って公国内を視察した。巨大な老木の魔物と戦ったのは二十二歳のときだ。

だが、そのような状態は長く続かず、ベッドに横になる時間が増えていった。サーシャは官僚たちの助けを借りて、体調のよいときに政務を執るようにした。

「それからずっと、アレクサンドラ様は病と闘ってきたのですね」

「そんな勇ましいものじゃないよ」

リュドミラの言葉に、サーシャは首を横に振った。

「病だからと諦めて、何もやらなくなったら悔しいって思っただけだ。母は、僕が物心ついたときからたくさんのことを教えてくれた。裁縫、洗濯、掃除の仕方はもちろん、野草やキノコの毒の見分け方、火を起こす方法、短剣の使い方まで……。いま振り返っても、子供相手にそこまでやるのかというほど厳しかった。でも、母は自分の人生を精一杯生きて、僕もそう生きられるように、知っているかぎりのことを伝えてくれたんだ」

　バルグレンの炎を見つめながら母のことを語るサーシャの顔は、とても優しげだった。炎の奥に、母の面影を追っているかのように。

「そうはいっても、身体が思うように動かないというのはつらくてね。何度もバルグレンに愚痴をこぼした。それが二年前、急に体調がよくなった」

　サーシャはわざとらしく驚いたような顔をつくって、言葉を続けた。

「最初は、また少しの間だけだろうと疑っていたんだ。でも、身体は軽いままで、食欲も戻ってきたし、政務も長く執れるようになった。身体はずいぶんなまっていたから、調子を取り戻すのに時間がかかったけどね。とにかく、あらためて決意することができた。さっき言ったように、悔いのないように生き、やりたいことをやると」

　リュドミラはサーシャの顔を見つめながら、彼女の言葉を一字一句、胸の奥に刻んでいた。

――竜具は、使い手が戦姫たる資格を失ったら、去ると聞いたことがあるけど。

　竜具には己の意志がある。サーシャが病を患っていたにもかかわらず、バルグレンが彼女のもとにとどまり続けたのは、心の奥底にある強い意志を感じとってのことだったのだろう。もし病死という最期を迎えることになっても傍らにいようとしたに違いない。

「僕はね」と、何でもないことのように、サーシャが言った。

「あと四年のうちに死ぬかもしれない」

彼女の言葉の意味を読みとって、リュドミラは顔を強張らせる。

「ですが、病は快癒したと……」

「そう思いたい。でも、三十になるまで安心できないというのが本音だ。僕のこの病気を知った上で受けいれてくれるすてきな旦那様をさがしたかったけど、かなわぬ夢かもしれない」

台詞の後半は本気なのか、深刻な空気を払うための冗談なのかわからなかったが、サーシャが死の可能性について真剣に考えているのは間違いなかった。

「だから、君にはいまのうちからできることを何でもやってもらう。キュレネーとの戦いに勝ったあと、この国を立て直すのに、君の力はきっと必要になるからね」

リュドミラは深く頭を下げる。感銘に震えて、言葉が出てこなかった。サーシャが自分に任せてくれたことを、何としてでもやりとげようと決意した。

そして、リュドミラは五百の兵を率いて、ヴォージュ山脈へ向かった。

「私が拠点に必要だと考えているのは、大きいこと、水源があること、洞窟があるか、洞窟を掘ることができそうなこと。とりあえず、この三つよ」

小さな山では、山とふもとを行き来する道も少なく、大軍を擁するキュレネーにすべての道をおさえられる恐れがある。水源が外にあっては、水の確保が難しい。洞窟があれば、何かあったときにその中へ避難できる。冬を越すつもりなら必須だった。

最初にヴァンペール山を調べたのは、この山が北東端にあったからだが、ジスタート軍にとっては望外の幸運だった。リュドミラは五百の兵を五十人ずつ十組にわけて山に向かわせ、地形について調べさせたのだが、この山は彼女の要求するものをほぼ備えていたのだ。

——この幸運を逃してはいけない。

もとより、他の山をひとつひとつ調べるだけの余裕は、ジスタート軍にはない。拠点としてもっと適した山があるかもしれないと、欲をかくべきではなかった。

「この山に、私たちの拠点をつくるわ」

リュドミラは胸を張って、兵たちに告げた。サーシャのように落ち着いた態度で命じようとしたのだが、使命感が彼女を昂ぶらせたのだった。

†

急速に暗くなっていく空の下、炊事の煙はその数を増やしていく。山のふもとの幕営だけでなく、山の中の小屋の近くや、中腹の洞窟のそばからも立ちのぼりはじめた。

——私もお腹が空いてきたわね。

炊事の煙は、ひとを空腹にさせるのかもしれないなどとリュドミラが考えていると、ぱたたと風を叩くような音が聞こえた。見ると、四チェート（約四十センチメートル）ほどの大きさの幼竜が、背中の翼を羽ばたかせながらこちらへ飛んでくる。

「あら、ルーニエじゃない」

ルーニエは、エレンが傭兵団を率いていたころに野山で拾った野生の幼竜だ。いまはサーシャに飼われているが、基本的におとなしいルーニエを、彼女は放し飼いにしていた。

トカゲのような体格をしているが、四本の脚は太く、身体のほとんどは緑青色の鱗に覆われており、背中には翼が、頭部には二本の角がある。吼えたり、暴れたりすることはなく、いつもどこかを気ままに歩きまわり、あるいは飛んでいた。

ジスタートの兵と民がシレジアから脱出したとき、ルーニエはいつのまにかサーシャのそばにいたという。

サーシャは民をひとりでも多く王都から逃がすべく懸命に指揮をとっており、ルーニエのことを気にかける余裕などなかった。この幼竜は混乱の中で、誰の助けを借りることもなくシレジアを抜けだし、どうやってかサーシャの居場所を発見したのだった。

サーシャとエレンはルーニエが無事だったことを喜び、連れていくことにした。兵たちも話を聞いて、幸運を呼ぶ獣として扱っている。

リュドミラが足を止めてじっと見つめると、ルーニエは安全を確認するかのように彼女のまわりを一周してから、その足元に降りたった。翼をたたみ、尻尾を丸める。リュドミラは槍を肩に担いで、ルーニエを抱きあげた。

幼竜の重みとぬくもりを腕の中に感じながら、リュドミラは洞窟の前へ歩いていく。

この山に拠点をつくると宣言してから十日が過ぎて、現在に至るのだが、最低限の形は整ったと思う。彼女の指揮の下、洞窟の拡張は順調に進み、五十人が安心して寝起きできるようになった。水も確保できている。

山の中や幕営の中に、小屋も数多く建てた。木々を伐採し、削って組みたてた急ごしらえの代物なので、いずれ歪みが生じるだろうが、雨風をしのぎ、冬に備えるためのものが一日も早く必要なのだ。もっとも、この山の木はだいぶ切ったので、今後は他の山の木を切って、運んでこなくてはならないだろう。

――私の……いえ、ここにいる皆でつくりあげた、私たちの拠点。戦うための城砦……。

忙しすぎて眠れない日があった。山の中を歩きまわるだけで一日が終わったこともあった。最初の小屋が完成したときは、皆で喜びあった。いまのところつらい思い出が多いが、いずれは懐かしむことができるようになるだろうか。

ふと、リュドミラは視線を動かした。遠くから、五十近い数の騎兵が向かってくる。

――エレオノーラ様と、アヴィンとミルディーヌの偵察隊ね。

いま、拠点を出ているのはどの部隊なのか、彼女は把握している。複雑な表情になった。エレンのことは尊敬しているが、アヴィンに対しては苦手意識がある。「戦姫になってください」という彼の言葉を思いだすと、胸の中に鉛の塊が入りこんだような気分になるのだ。

ミルとはそれなりに打ち解けており、嫌いというわけではないが、戦姫であるエレンやサーシャに対してよく言えばもの怖じしない、悪くいえば馴れ馴れしい態度をとるのは困りものだと思っていた。手のかかる妹がいたらこんな感じだろうかと思って、そのことをエレンに話したら、「私もそう思う」と苦笑まじりに返されてしまったので、仕方なく許容している。

洞窟の中にいるサーシャに彼女たちの帰還を知らせるべく、リュドミラは足を速める。腕の中で、ルーニエが小さく鳴いた。

山の中腹の洞窟には、いくつもの部屋がある。エレンたち女性が使う部屋、男たちの部屋、会議室、倉庫などだ。男たちの部屋についてはいまのところ七つあり、ひとつの部屋を六、七人で使っていた。

部屋といっても大きく穴を掘り、天井と壁と床を叩いて固めて木の柱と梁で支え、換気用の穴を開けただけの代物である。藁や虫よけの草を敷き、天井からランプを吊りさげ、出入り口には木の板を立てるか、大きなぼろ布を下げて扉代わりにして、どうにか部屋らしくしたというのが実情だ。

これを見た指揮官たちの中には、「我々は蟻やもぐらではない」と言って、洞窟の中で寝起きすることに反発を示した者もいる。彼らの考えを変えさせたのはリュドミラでもなければエレンやサーシャでもなく、ミルだった。

洞窟を見た彼女は、楽しそうな笑顔でこう言ったのだ。

「子供の秘密基地みたいでいいじゃない。私のお父様やお母様も小さいころに秘密基地をつくったことがあるって言ってたけど、私はつくったことなかったのよね」

子供の遊びといっしょにするなと怒ってもいいはずだったが、そうした者はいなかった。ミルの屈託のない態度に、毒気を抜かれてしまったのだ。「敗残兵の隠れ家と思えば似合いの場所だな」と、ひとりが笑って言い、反発する雰囲気は消え去ったのである。

いま、会議室と呼ばれている部屋に、五人の男女が集まっている。エレンとサーシャ、リュドミラ、アヴィンとミルだ。エレンたちが帰還してから一刻近くが過ぎていた。

会議室にはテーブルと、人数分の椅子が置かれている。これらは、山の近くにあって無人となっていた集落から無断でいただいてきたものだ。偵察隊が見つけたとき、その集落にはものが散乱しており、一方で争いの痕跡はなかったことから、野盗やキュレネー軍に襲われたのではなく、襲われる前に集落を捨てて逃げていったのだと思われた。

報告を受けたサーシャは、使えそうなものはすべて運びだすようにという指示を出した。野盗とほとんど変わらない所業だが、反対する者はいなかった。ヴァンペール山にたどりつくまでの行軍で、食糧と物資が不足していることは誰もがわかっている。「いまは麦の一粒、板きれの一枚ですら貴重だ。責任はすべて僕がとる」と、サーシャが言ったのも大きいだろう。

そのテーブルを囲んで、まずエレンが口を開いた。

「今日の昼ごろ、この拠点から十五ベルスタほど離れたところでキュレネー軍と戦った。敵の数は歩兵が百人と、戦象が二頭だ」

エレンに促されて、アヴィンが説明する。最初にキュレネー軍を発見したのは、彼の部下だからだ。それがすむと、戦いの経過と結果についてエレンが報告した。

「ご苦労様」

サーシャは微笑を浮かべてエレンたちをねぎらったが、すぐに難しい顔になる。

「このあと、敵はどう出ると思う？」

「ここに大軍を差し向けてくるだろう。ヴァルティスの野では四万、シレジア攻めでは三万だったから、そのぐらいと考えておけばいい」

エレンの言葉に、リュドミラが首をかしげた。

「シレジアの守りに兵を割くことを考えれば、もう少し少なくなるのではないでしょうか」

「やつらの戦い方を考えると、王都を守る可能性は小さい」

不快そうに顔をしかめて、エレンは首を横に振る。

「キュレネー兵がどういう連中かは、シレジアで知ったろう。やつらは武器の届く距離に敵がいれば危険を顧みず、死を恐れずに攻めかかって、文字通り死ぬまで戦う。恐ろしいどころではない難敵だが、都市や町の守りには使えない」

「それに」と、サーシャが横から口添えした。

「誰かが空の王都を奪ったとしても、キュレネー軍はすぐに取り返せる。城壁や壕は、彼らにとって大きな障害にならないからね」

「つくづく腹の立つ相手ですね」

リュドミラが憮然とした顔になる。

「こちらは二万の兵を食べさせることに毎日頭を悩ませているのに、相手は少なくとも三万の兵を気軽に遠征させられるなんて。シレジアからここまで二十日はかかるというのに……」

本来、三万もの兵を二十日間も行軍させるとなれば、必要な食糧は膨大なものになる。行軍中に補充できるあてがない場合は、帰還するときの分も考えて、倍にふくれあがる。

そして、それだけの食糧を運ぶためには当然ながら牛馬と荷車がいる。牛馬の飼料も用意しなければならない。てきとうに草を食わせておけばいいなどと思っていると、荒れ地に踏みこんだときに進めなくなってしまうからだ。

「敵の食糧事情については、アーケンが何かをやっているとしか思えん」

エレンが渋面をつくった。

「やつらが神征(アテン)をはじめてから約二年。しかも、南の大陸からここまでの長駆遠征だ。ふつうなら主要な都市や城砦を拠点にして、そこに必要な物資を集めて補給線を確立するものだが、やつらはそうした行動を一切とらない」

敵がまともな軍隊であれば、行軍の様子から次の動きを推測したり、夜襲をかけて食糧を焼き払ったりと手の打ちようがあるのだが、そうした手がとれないのも、ジスタート軍のつらいところだった。

「私たちはどうするの？　敵が来るのを待って、ここで迎え撃つ？」

ミルが意欲的な表情で身を乗りだした。サーシャは小さくうなずく。

「ここまで来た理由はいくつかあるけど、ひとつは少しでも有利な地形で戦うためだ。リュドミラはよくここを見つけてくれた。野戦より、はるかにましな戦いができる」

「戦の準備を進めるとして、具体的に何をすればいいでしょうか」

今度はアヴィンが聞いた。これにはエレンが答える。

「偵察隊を増やして、その行動範囲も広げる。投擲(とうてき)用の石を大量に確保し、敵の突撃を阻む柵をつくる。あとは普段通りだ。リュドミラ殿の指揮の下、この拠点をさらに拠点らしくしながら、食糧を確保する。怪我をしないよう気をつけて、体力を養う」

「地味な作業ばかりね」

残念そうに顔をしかめるミルに、エレンが諭(さと)すように言った。

「派手なことをやるには、地味な作業の積み重ねが必要だ。しばらくは我慢しろ」

「派手なこと？」

おうむ返しに尋ねるミルに、エレンは強気の笑みと当然のような口調で答える。

「竜具を取り返す」

ミルだけでなく、アヴィンとリュドミラも、呆気にとられた顔をした。そんな三人を、エレンは呆れたように見回す。

「当たり前だろう。この山と洞窟を発見して、住めるようにしてくれたリュドミラ殿には感謝しているが、死ぬまでここで暮らすつもりはないぞ。いまの私たちは、竜具がアーケンに封印されていることを知っている。力を尽くせば取り返せることも」

数々の竜具が封じられたあの空間に行く方法は、いまのところない。あの場所に自分たちを導いてくれたガヌロンも姿を見せない。

だが、その目的を掲げることを忘れてはならなかった。

「そうですね」と、アヴィンうなずいた。

「アーケンは、二度と竜具を奪われまいと警戒しているでしょう。やつに打撃を与えるという意味でも、竜具は取り返さなければならない。そのためにも、次の戦には勝たなければ」

「それで戦姫が誕生してくれたら、私たちの戦力はさらに増強されるわね」

ミルの言葉に、リュドミラが苦い顔になる。その反応を、サーシャは見逃さなかった。

「戦に向けての方針がまとまったところで、報告を頼むよ。まずはリュドミラから」

サーシャに言われて、リュドミラは慌てて気分を切り替える。手にしていた樹皮の書類に視線を落としながら口を開いた。

「まず、レグニーツァ、ライトメリッツの二公国とそれぞれ連絡がとれました。アレクサンドラ様の名で要請していた民の受け入れについては、公都や大きな町、城砦などに分散する形で進めているとのことです。我々への支援についても、食糧と武器を送ってくれると」

エレンたちの顔が明るくなる。約三十万の民を送りだして二十数日が過ぎているが、彼らの身を案じていない者はいなかった。民の中には、ここにいる兵の家族も少なからずいるので、彼らもこの話を聞けば喜ぶだろう。

「ひとまずよかったというところだが、公国の食糧はもつのか？」

不安を拭いきれないエレンに、サーシャは安心させるようにうなずいた。

「そのために、十五万ずつにわけたんだよ。冬を越すまでならレグニーツァはだいじょうぶ。ライトメリッツにしても、ラダは戦いに備えて、公国に食糧や武器を集めていた」

「そうか。彼女は戦姫としての務めを果たしていたのか……」

エレンは会議室の壁に立てかけてある、長剣の竜具に視線を向ける。ラダ＝ヴィルターリアは先代の『銀閃の風姫(シルヴフラウ)』であり、エレンの前のアリファールの使い手だった。

エレンは一度だけ、彼女に声をかけられたことがある。シレジアの王宮の中庭で剣の鍛錬をしている彼女を観察していたら、「こいつが、おまえさんにがんばれとさ」と、何気ない口調で言われたのだ。こいつというのは、彼女の手にあったアリファールだった。

アリファールがどうして自分を戦姫として選んだのか、実のところ、エレンにはいまだにわからない。竜具は漠然とした意志を伝えてくるものの、言葉を持たないからだ。

そのため、素質を見出されたと考えるしかないのだが、あのときのラダの言葉も、自分とアリファールを結びつける一助になっていたのではないかと、エレンは考えている。

エレンはリュドミラにうなずくことで、報告の続きを求めた。

「二つめですが、北東部の諸侯軍とも、レグニーツァ経由で連絡がとれました」

ジスタートの北の国境を越えた先には、蛮族が棲んでいる。彼らは時折、ジスタートに侵入して町や村を襲っていた。彼らを撃退するのは戦姫や諸侯の役目だったが、キュレネー軍との戦いが迫ってからは、後回しにされていた。

これをよしとしなかったサーシャに相談されて、リュドミラは北東部の諸侯たちに蛮族の監視を頼んだのである。

「王都が陥落したという情報は蛮族たちにも伝わっているようで、彼らが不穏な動きを見せているため、こちらへの支援は難しいとのことです。その代わり、蛮族たちは何としてでも自分たちがおさえこむと」

「助かる。僕たちも、彼らを助けてやれる状況じゃないからね」

　サーシャが言うと、リュドミラは同意を示すように大きくうなずいた。

「彼らは、オステローデ公国とルヴーシュ公国の様子についても知らせてくれました。どちらもキュレネー軍の攻撃に備えるので手一杯のようです。他の公国については、残念ながらわかりません。公国間で連絡をとりあっているということですが……」

　リュドミラの顔と声に昏さが混じる。生まれ育ったオルミュッツの状況がわからないことが不安なのだ。サーシャが励ますように言った。

「オルミュッツに何かあれば、すぐ北のライトメリッツに何らかの情報が届いているだろう。だいじょうぶだよ」

「ありがとうございます、アレクサンドラ様。私も、そう思っています」

　ぎこちない笑みを浮かべて礼を述べながら、リュドミラはつい考えてしまう。

　――もしも私が戦姫だったら……。

　オルミュッツともっと迅速に、そして緊密な連絡をとりあうことができただろうか。

　その思いを胸の奥底に押しこめて、彼女は報告を続けた。

「拠点づくりですが、あるていど形が整ったので、明日以降は他の山から木材を調達します。その分、作業の進みは遅くなりますが、必要な措置ですので」

　木のない禿山では、土砂崩れや洪水が起きやすくなる。また、木は遮蔽物になり、斜面に潜む者の存在を、地上から見えづらくしてくれる。この山の木をことごとく切り倒してしまうわけにはいかなかった。

「私が手伝える作業はあるか？」

エレンが聞いた。彼女はアリファールの力を使って飛びまわり、低い場所から高い場所へものを運んだり、崖と崖の間に縄を渡したりするなどして、作業を手伝っている。しかし、リュドミラは首を横に振った。

「敵が攻めてくるまでは、戦いの準備に専念なさってください。兵たちの間にも、難しい作業をエレオノーラ様に頼る傾向が出ていたので、いい機会です」

エレンは意外そうな顔で彼女を見たあと、「わかった」と答えた。作業の手伝いは、アリファールの力を使いこなすという点でエレンのためにもなるのだが、拠点づくりの責任者はリュドミラだ。彼女がそう言うのならば、従うべきだった。

リュドミラは次の報告に移る。

「それから、山の中で行っている野菜づくりは、黄花（ロクラ）、丸蕪（ラジース）、牛蕪（ルタバ）のいずれも順調です。いまのところ問題はありません」

食糧をわけてもらった町や城砦で、リュドミラはさまざまな野菜の種を購入していた。ここで栽培し、自分たちの手で少しでも食糧を得るためだ。軍というものは基本的に消費しかしない組織であることを、彼女はよく知っていた。

ちなみに、黄花と丸蕪はひとのための食物だが、牛蕪は馬の餌である。あまりにまずくて家畜の餌にしかできないということから、そう呼ばれている黄色い蕪だ。

「ただ、戦に備えるなら、より多くの食糧が必要になります。ご協力お願いします」

次はエレンが発言した。

「リムが手紙を送ってくれた。ひとまず、無事にアルサスに着いたらしい」

彼女は相好を崩して、手に持っていた羊皮紙を一同に見せる。

リムことリムアリーシャは、エレンにとって三つ年上の大切な親友だ。エレンが十歳のときに彼女と出会って、友情を育んだ。エレンが『風の剣（ストリボグ）』という傭兵団を率いていたとき、リムはその副団長を務め、兵站の管理などで風の剣を支えた。

二年前に風の剣がなくなったあと、リムはアルサスの中心にあるセレスタの町で暮らしていたが、エレンたちがガヌロンから得た情報をサーシャに伝えるためにシレジアへ向かい、そのままジスタート軍に加わった。キュレネー軍がシレジアを攻め落としたあとは、エレンたちとともにヴォージュ山脈を目指した。

そして、リュドミラがヴァンペール山を拠点にすると決めたとき、彼女はエレンに「ブリューヌへ……アルサスへ行きます」と申しでたのだ。

「ブリューヌの状況を調べて、エレオノーラ様にお伝えします」

エレンは驚いたが、たしかにブリューヌについての情報は必要であったし、ジスタート軍において、その役目にもっとも適しているのはリムだった。

彼女はセレスタの町の人々に受けいれられている。エレンと違い、ティグルを失った一件にも関わっていない。セレスタを本拠地として、ブリューヌを動きまわることができるのだ。

「ブリューヌが想像以上に危険だったら、気にせずヴァンペールに戻ってこい」

そう言って、エレンは彼女を送りだした。十日前のことである。無事、セレスタにたどりついたリムは、すぐにエレン宛ての手紙を書いて、兵に持たせたのだった。

「サーシャにはすでに目を通してもらったが、リムはセレスタの町で情報を集めて、手紙にしたためてくれた。あとで他の者にも見てほしい」

そう前置きをしてから、エレンは説明する。

「二ヵ月以上前に、ブリューヌ軍が西の国境でキュレネー軍に敗れたのは、リュドミラ殿たちも知っているだろう。ところが、キュレネー軍はそれからほとんど軍を進めていないらしい。ブリューヌの王都ニースはいまだ健在とのことだ」

アヴィンとミル、リュドミラの三人は一様に驚きを露わにした。約一ヵ月前に王都を攻め落とされたジスタートとはずいぶん違う。

エレンが話を続けた。

「レギン王女は王都の守りを固め、諸侯にも王都に集うよう呼びかけており、これを受けて、北や東へ逃げていた諸侯や騎士の何割かが中央へ戻ったという話もある。キュレネー軍に西部を奪われているが、我が国ほど深刻ではないというのがブリューヌの現状らしいな」

レギンは、五年前の内乱でティグルが助けた王女である。エレンも彼女と会って、言葉をかわしたことはあるが、それほど非凡な娘だとは思わなかった。ただ、自分を暗殺しようとした大貴族に屈さない芯の強さや、当時は頼りない田舎貴族に過ぎなかったティグルに助けを求めるおもいきりのよさは、評価していた。

「あの、エレオノーラ様……」

リュドミラが遠慮がちに尋ねる。できれば聞きたくないが、仕事上、聞かないわけにはいかないという表情だ。

「ヴォルン伯爵のことは、ブリューヌにどう説明を……」

「言えるわけがないだろう。やつはブリューヌの英雄だぞ」

エレンはあからさまに不機嫌そうな顔になり、ぶっきらぼうな口調で言った。

「あいつに対する王女の評価はとても高い。命の恩人というだけでなく、勝利をもたらしたのだから当然だがな。王女の信頼している宰相や、最強と謳われる黒騎士も高く評価していた。弓しか使えないからと、あいつを見下し、嘲笑していた者も少なからずいたが、どうでもいい連中だ。よって、いまの我々がブリューヌに接触するのは非常に危険だ」

最後の台詞に、リュドミラは深いため息をついた。

もしもジスタート軍がブリューヌに支援を求めれば、当然ながらティグルのことについて聞かれるだろう。アーケンに捕らえられ、こちらを裏切ってキュレネーについたと答えたら、ブリューヌは決してジスタート軍を許さないに違いない。

「いまのところは、西側に敵の脅威がないだけでもよしとしようか」

そう言って、サーシャがアヴィンとミルを見る。

「君たちはどうかな」

二人は偵察隊の隊長としての立場以外にも、兵たちから現状に対する意見や要望を聞いて、それをまとめる役目を与えられていた。

「現在、兵たちの不満でもっとも大きいのは食事ですね。たまには肉や魚が食べたいと」

アヴィンの言葉に、リュドミラはしかめっ面をつくる。

「今日、キュレネー軍と戦った兵たちの食事には、干し肉を一切れずつ追加する。他の兵たちには、レグニーツァとライトメリッツから食糧が届いたら何か考えるわ。私だって、嫌がらせがしたくて節約させてるわけじゃないの」

「それはわかっています。ただ、俺たちもこの山に腰を据えて十日になります。偵察による地図の作成もはかどりました。この山でとは言いません。人数をおさえて、近くの山で狩りや魚捕りをしてもいいのではないかと」

「そうね……。考えておくわ」

リュドミラはそう答えた。相手がアヴィンでなければ、素直に賛成しただろう。

今度はミルが報告する。

「山のふもとの幕営で寝起きしている兵たちの何人かが、馬糞小屋をもう少し離れたところに設置し直してほしいって」

馬糞小屋は、馬糞を乾燥させて燃料にするための小屋である。

とにかく食糧も物資も充分ではないというのがジスタート軍の現状だが、とりわけ燃料の確保は急務だった。いまは秋で、遠からず冬が訪れるのだ。

木は、洞窟を支える坑木（こうぼく）や、小屋を建てる材料として使う。そうした材料にならない木片や木くずも、使い道は多い。そこで、木に代わる燃料として馬糞を使うことになったのだ。

命令を聞いた当初は呆れ返っていた兵たちも、いまでは馬糞を使うことに慣れた。だが、馬糞小屋の場所だけは我慢ならなかった。幕営の近くに設置したため、その日の風次第では強烈な臭いが流れてくるのだ。

リュドミラも、馬糞小屋を設置して間もないころ、臭いを弱めるための手は打った。

具体的には、床に傾斜をつけることで糞と尿を自然に分離させて、尿だけを水で流すようにした。それから屋根を高くし、臭いを外に流すための換気口とでもいうべきものを設けた。これによって、だいぶ臭いは弱まったのだった。これ以上のことは、できない。

「凍え死ねと言ってあげなさい」

優しささえ感じる笑顔で、リュドミラは即答した。

「設置し直す余裕なんてどこにもないわ。それでもまだ愚痴（ぐち）をこぼす者がいるなら、燃料をとりあげて、その身体にわからせるしかないわよ」

彼女は本気で言っている。そのことを悟ったミルは「はい」と答えるしかなかった。燃料が充分でないのは事実だ。兵たちには我慢してもらうしかないだろう。

そうして、軍議は終わったのだった。

†

遅い夕食をすませたあと、エレンとミル、サーシャとリュドミラの四人は洞窟の外に設置されている浴場に入った。

浴場といっても、その外観は小屋である。兵たちが寝起きしているものより二回り以上も小さく、七、八人も入ればいっぱいになる。

浴場の中央には石造りの炉があり、炉の上にはひと抱えもある大きな石が置かれていた。この石は手で触れたら火傷してしまうほど熱せられており、これに水をかけて、噴きあがる蒸気を小屋の中に満たすことで身体を温め、汗を流すのだ。

四人は木の椅子に厚手の布を敷いて座り、思い思いにくつろいでいた。

「今日は泥だらけになったし汗もかいたから、とくにこの熱さが気持ちいいわね」

ミルが熱気を味わうように背筋を伸ばす。「のぼせないようにね」と、リュドミラが気遣うように言った。

「そういえば、軍議で聞き忘れたけど」

思いだしたように、ミルが三人を見回す。

「いずれ攻めてくるキュレネー軍の中にティグルさんがいたら、どうするの？」

彼女の声音は何気ないことについて聞くようだったが、その内容は浴場の空気を一変させるのに充分だった。リュドミラは緊張をにじませ、サーシャはエレンに視線を投げかける。

「――私が斬る」

壁を見つめ、膝の上で両手を組んで、エレンは静かに決意を述べた。

「あいつの裏切りによって、シレジアは陥ちた。いったいどれだけの人間が死んだのか……。生き延びた者たちも多くのものを失った。あいつにかける情けがあるとすれば、私の手で首をはねることだ」

たいていの者は、その声に含まれた怒気に圧倒されてしまうだろう。エレンの脳裏には、王都の城壁で対峙したティグルの姿と、幾筋も立ちのぼる黒煙に包まれている王都が重なって映しだされていた。

「アヴィンと同じことを言うのね」

そう言ったミルの表情と声音には、挑むような気配がある。エレンは彼女に視線を向けた。

「そういえば、おまえは王都を脱出した日からずっと言っていたな。あいつはアーケンに操ら

れていると」

エレンの表情が優しげなものになる。だが、それはほんの一瞬のことで、すぐに彼女は厳しく険しい表情をつくった。

「仮にそうだとしても、私はあいつを許さん」

「エレンさんを、私が止めると言ったら？」

ミルがわずかに身を乗りだした。エレンも身体ごとミルに向き直り、紅の瞳同士が見えざる火花を散らす。

「邪魔をするなら容赦しないと言うところだが……。では、おまえは何をしたい」

「助けたいの」

胸に手をあてて、真摯な表情でミルは答えた。

「いま、私がこうして生きているのはあのひとのおかげよ。私にとって、ティグルさんは大切なひとだったけど、いまは大切な恩人になった。受けた恩は返せと、私はお母様に教わった。だから、今度は私が助ける。どんな手を使ってでも、あのひとをアーケンから取り返す」

エレンの全身からあふれている激情が、いくらか勢いを弱める。彼女も、ティグルに対する想いをすべて憤怒と憎悪に塗り替えたわけではない。ミルの言葉は、心の奥底に残っていた感情に届いて、その存在を思い起こさせた。

「でも、君は王都でティグルを斬って、とどめまで刺そうとしただろう」

サーシャが冷静に指摘する。ミルは顔を赤くして、「あれはかっとなって、つい……」と、言い訳をした。

そんな二人を見ながら、エレンは奇妙なおかしさを感じていた。

――受けた恩は返せ、か。やはり、ミルの母君とは気が合う。

エレンにとって、その考えは育ての親から教わり、大切にしていることのひとつだった。

ティグルを斬るという決意はいささかも揺らいでいない。だが、エレンはもう少しミルと話をしようと思った。

「おまえの母君に免じて、聞こう。何か手があるのか？」

ミルはエレンの視線を受けとめたものの、すぐに答えることはできなかった。十を数えるほどの時間が過ぎたころ、秘めた思いを打ち明けるような顔で、口を開く。

「ティル＝ナ＝ファを降臨させる」

リュドミラが息を呑んだ。エレンも無意識のうちに表情を引き締める。

それは、この場にいる者以外に決して聞かれてはならない考えだった。

ジスタートとブリューヌの二国で信仰されている十柱の神々の中で、夜と闇と死の女神ティル＝ナ＝ファだけは人々から恐れられ、忌み嫌われている。ミルの言葉を聞いた者がいたら、おおいに驚き、戸惑っただろう。

ミルは、言った以上は思いのすべてを吐きだそうというかのように言葉を続けた。

「ティル＝ナ＝ファを降臨させて、アーケンの力を弱めるの。そうすれば……」

「できるの？」

サーシャが静かな声で尋ねた。その表情に驚きはないが、信じていないというのではなく、可能かどうかを純粋に確認したいというつもりのようだ。ミルはうなずいた。

「私はできない。でも、アヴィンはお父様から話を聞いたことがある、って」

「アヴィンの弓は、ティグルが持っていた家宝の黒弓と同じ形をしているね」

サーシャの黒い瞳が、かすかに興味の輝きを帯びる。そこには敵意の類がまったくないにもかかわらず、ミルは身じろぎした。黒髪の戦姫が続ける。

「ティグルはティル＝ナ＝ファに祈ることで、あの弓から女神の力を借りることができた。あれはすごいものだったよ。アヴィンも同じことができるのかな」

「ええと……その……」

サーシャの視線から逃れるようにミルはうつむき、その言葉はしどろもどろになった。

「女神の力を借りることはできるわ。見たことがあるから。でも、ティル＝ナ＝ファを降臨させることは……」

「できないのか」

エレンが深いため息をついた。リュドミラはほっとしたように身体から力を抜く。サーシャはミルの答えを予想していたようで、「そうだろうね」と言った。

「君やアヴィンの性格を考えれば、もっと早くエレンにそのことを話すか、実行に移しているだろうからね。いますぐは無理でも、いつかはできるのかな」

その問いかけに、リュドミラが愕然とした顔で椅子から立ちあがる。

「アレクサンドラ様、お考え直しください！　ティル……」

「落ち着いて、リュドミラ。声が外に漏れる」

サーシャにたしなめられて、リュドミラはとっさに言葉を呑みこんだ。混乱と衝撃を顔からあふれさせながら椅子に座り直すと、あらためて彼女に訴える。

「ティル＝ナ＝ファを降臨させるなんて……。それでアーケンの力を弱めることができたとしても、状況は悪化しているではありませんか」

それから、彼女は非難の眼差しをミルに向けた。

「あなたの言っていることは卑怯よ。ヴォルン伯爵を殺さないでほしいからといって、すぐにできない手を持ちだして言いくるめようとするなんて。過去はどうあれ、いまの伯爵は敵よ。キュレネー軍の中にいたら、討ちとる以外の選択肢はないわ」

ミルは言い返そうとしたが、リュドミラの鋭い視線に気圧されて黙りこむ。落ちこんだ顔でうつむいた。白銀の髪も力なく垂れさがる。

エレンは憮然とした顔で沈黙を保った。ミルをかばってやりたい気持ちはあるが、彼女の面倒を見ている立場の自分の発言では、リュドミラは容易に納得しないだろう。申し訳ないと思いながら、サーシャに視線で助けを求める。

「リュドミラ、僕の考えを聞いてくれるかな」

サーシャの言葉に、リュドミラは眉をひそめたものの、耳を傾ける姿勢をとった。

「ミルの考えは、このままなら採用できない。でも、条件つきならいいと思う」

「条件ですか？」

「次の戦いで敵軍にティグルがいるとして……。正面から兵たちを狙ってきた場合と、僕に挑んできた場合は討ちとる。ただし、エレンやミル、アヴィンに挑んできた場合は、それぞれの判断に任せることとする」

それだけでは納得しかねるというふうに、リュドミラはサーシャを軽く睨んだ。

「ミルディーヌさんにかなり甘い判断のように思えます。アレクサンドラ様は、ヴォルン伯爵のことについて何かお考えがあるのですか？」

「考えというほどたいそうなものではないけどね」

サーシャの視線がエレンに向けられる。

「エレンたちがアルサスで会ったガヌロンも、アーケンに対抗するにはティル＝ナ＝ファを降臨させるしかないと言ったのだったね」

エレンと、それからミルもいやそうに顔を歪めた。ガヌロンのことは何ひとつ信用できないのだが、彼がそう言ったのは事実だ。仕方なく肯定する。

サーシャは三人を見回して、話を続けた。

「僕はエレンたちと違って、アーケンをじかに見ていない。その力も想像できない。でも、人間では神に対抗できないというのは、その通りだと思うよ。そして、僕から見て、ティグルはティル＝ナ＝ファとうまくつきあっているように思えた」

「あの力に何度も助けられたことと、ティグルの身に実害がなかったことは否定しないがな」

エレンは苦笑まじりに言った。うまくつきあっていたという言葉には反発したくなるが、助けを求めたのは自分であり、親友はそれに応えてくれているのだ。水を差すべきではない。

サーシャがリュドミラを見る。

「ティグルがアーケンに操られているというミルの主張が、事実だとしよう。彼をアーケンから解放できたら、その力でティル＝ナ＝ファをおさえてもらう」

「もしも、ヴォルン伯爵がアーケンに操られているのではなかったら？」

食い下がるリュドミラに、サーシャは肩をすくめた。

「そのときはティグルを討つしかないだろうね。そして、アーケンに対抗する手段としての女神の降臨は、必須になる。どんなに危険でも。他の方法が見つからないかぎり、アヴィンにはティル＝ナ＝ファを降臨させることができるようになってもらわないといけない」

「わかりました……」

根負けしたというふうに、リュドミラはうなずいた。

「アレクサンドラ様のお考えに従います。もしも私の前にヴォルン伯爵が現れたら、一切容赦しませんので」

ミルは三人に深く頭を下げる。

何としてでも自分がティグルと対峙するのだと、決意を新たにした。

浴場でのやりとりをアヴィンが聞かされたのは、翌日の朝である。

今日の朝食もソバの実と豆の粥だった。土を盛って固めた炉を部下たちと囲んで、昨夜、戦いの報酬として得た干し肉のうまさを皆で語りあいながら食事をすませたところで、ミルがやってきたのだ。

今日、彼の部下たちは作業を免除されている。戦いで負傷した者もいるので、しっかり休むようにと言って、アヴィンはミルとともにその場を離れ、ひとけのない場所へ向かった。

「馬鹿か、おまえは」

話を聞いて最初の感想は、それだった。それ以外になかった。

「仕方がないでしょ。他にティグルさんを助ける方法が思いつかなかったんだもの。エレンさんに少しでも考え直してほしかったし」

ミルは口をとがらせつつ胸を張る。アヴィンに対しては強気に出られるのだった。

「おまえができないことで安請け合いをするなと言っているだろう」

そう叱りつけたものの、アヴィンの表情は怒るに怒りきれないというものだ。ティグルを討つという決意に変わりはないが、エレンとティグルがおたがいに殺意を持って戦うところなど想像したくない。そういう意味ではミルの気持ちがわかってしまう。

——それに、女神を降臨させてアーケンに対抗するという考えは正しい。

問題は、いまの自分にはそれができないことだ。

だが、ティグルとどう戦うかについて、自分たちの判断に任せるとサーシャが言ってくれたのは意外だった。彼女なりに、期待してくれているということなのか。

アヴィンは苦い顔で銀色の髪をかき回す。ミルに言った。

「前にも言ったが、俺は昔、父から話を聞いたていどで、具体的なやり方を知らない。エレンさんの予想した通りに敵が来るなら、そのときまでに女神を降臨させることはできない」

落ちこむ彼女に、言葉を続ける。

「ただ、おまえはアレクサンドラ様から許可をとった。それに免じて、一度だけはおまえに合わせてやる。次の戦をしのいだら、ティル＝ナ＝ファのことに真面目に取り組むぞ」

ミルの顔に、まず驚きが、次いで喜びが広がる。嬉しそうにうなずく彼女を見ていると、不思議とことがうまく運ぶのではないかという気がして、アヴィンは苦笑を浮かべた。

3 混沌の都

銀色の月が星々を従えて空に輝き、シレジアは秋の夜の闇に包まれている。

ティグルはアーケンの使徒セルケトとともに、王宮の浴場にいた。

シレジアが陥落するより前から、この浴場には長く湯が張られていなかった。サーシャが王都の守備の指揮を執るにあたり、湯を沸かしてここまで運ぶ手間を削ったからだ。

ただし、王宮に勤める兵士や侍女たちの使う浴場には、彼女は何も言わなかった。彼らの士気を維持するために、こうしたものが必要であることをわかっていたのだ。

シレジアがキュレネー軍のものとなってからも、この浴場に湯は張られなかった。利用する者がいなかったためだ。キュレネー人にも水浴びや湯浴みの習慣はあるが、市街の井戸の水や、それを沸かした湯で満足しており、わざわざここを利用する者はいなかった。

いま、浴場には湯が張られている。そして、床には大人が横になっても余裕があるほどの大きな敷物が広げられていた。

「それでは、はじめましょうか」

セルケトが蠱惑的な微笑を浮かべて、ティグルの服に手をかける。丁寧な手つきで服を脱がせていった。露わになったティグルの身体は戦場と長旅とで鍛えられ、引き締まっている。ミルに斬りつけられた左肩から右脇腹にかけての傷跡は、完全に消え去っていた。

「いつ見てもご立派です。私の衣は、あなた様が剥ぎ取ってくださいませ」

セルケトが甘えてくる。いつものことだった。ティグルは彼女の神官衣を脱がせ、装飾品をひとつずつ外していく。ほどなく、彼女はティグルと同じく一糸まとわぬ姿になった。

美しい面立ち、細い肩、豊かで形の整った乳房、その中心にある小さな突起、腰から尻にかけての曲線、しなやかな脚、そのすべてが見る者を魅了するだろう。ティグルの表情は微塵も動かなかったが、肉体は刺激に反応して、股間のものが隆起する。

「今日もご健康なようで何よりです」

セルケトがティグルの手をとった。二人は並んで湯に入り、肩まで浸かる。

これは、ティグルがアーケンの器として適した身になるための儀式だった。

「神も湯に浸かるのか？」

ティグルが何気なく聞くと、セルケトは首を横に振る。湯に浮いている長い黒髪が揺れた。

「神には必要のないことです。ですが、あなた様は、まだ人間。それに、忌まわしい女神の残滓がまだ感じられますから」

四半刻ほどが過ぎて、二人は浴槽から出た。セルケトが隅に置かれている厚手の布を持ってきて、ティグルの身体から丁寧に湯を拭きとる。敷物を手で示した。

ティグルが敷物の上に立つと、セルケトが後ろにまわる。彼女の手には小さな陶器の瓶があった。漂ってくる香りから香油が入っているとわかる。

セルケトは右手で香油をすくい、ティグルの首筋にゆっくりと塗りはじめた。香油はほのかにあたためられていたが、セルケトの手が触れるたびに、ティグルの身体には痺れに似た奇妙な感覚が走る。もう十数日もこの儀式を行っているのに、一向に慣れない。

わずかに眉を動かすティグルを見て、セルケトは嬉しそうな笑みを浮かべた。

「ご安心ください。少しずつ効いていますから」

ティグルは何も言わなかった。なすがままにされることで、自分の意志は示しているのだ。

セルケトの手はティグルの首筋から背中へ移り、腕、脇の下、尻、脚へと動いていく。それが終わると、彼女に指示されて、敷物の上に横になった。顔や胸、腹部に香油が塗られる。手や足の指にも。身体の奥深くにいるアーケンが、皮膚から浸透していく香油に喜んでいるような気がする。

セルケトの指が、ティグルの右のまぶたをそっとなぞった。

「いずれはこの目も再生します。不完全な器ではいけませんから」

股間には、両手で愛撫するように香油を塗られる。ティグルの男の証は、湯から出た時点ですでにたくましく屹立していたが、セルケトの手の中で、さらに膨れあがっていた。それを見るセルケトの微笑に、淫蕩な歪みがにじむ。

「仕上げはこれまで通りとしましょう」

セルケトが自身に香油を塗っていく。鼻をつく香りが一段と強くなった。

ティグルは顔をしかめたが、この香りにうんざりしたのか、それともこれから行われることに対して、身体の奥底で拒否感が突きあげたのかは、わからない。わかっているのは、いまの自分には拒むことができないということだった。

セルケトが覆いかぶさってきて、ティグルの唇を奪う。さきほど、彼女がティグルの顔に香油を塗ったとき、唇には触れなかった。このときに塗ると決めていたからだ。

長く想いを通わせてきた間柄のように、セルケトはティグルの唇をむさぼり、舌を絡めてくる。彼女の舌の感触と、甘く痺れるような香油の味が、自分の舌から伝わってきた。

セルケトが身体を密着させ、おたがいの香油を混ぜあわせるかのように擦りつけてくる。男の証が呑みこまれ、包みこまれるのを、ティグルは感じとった。衝動に突き動かされて、彼女を強く抱きしめる。香油が骨や魂にまで染みこんでくるような錯覚を抱いた。

セルケトが身体を浮かせ、ティグルの両手をつかんで自分の乳房へと持っていく。望まれるままに、ティグルは乳房を鷲掴みにして強く揉みしだいた。

セルケトが黒髪を振り乱して嬌声をあげる。ねだるように、腰の動きを激しくする。

「もっと、もっと私に身を委ねてくださいませ。魂だけでなく、あなた様の心も……」

二つの身体はおたがいを求めあいながら、半刻以上離れることがなかった。

†

ティグルが王宮にある己の部屋へ戻ってきたとき、小さな窓から見える景色は闇に包まれていた。真夜中に近い。キュレネー兵たちもほとんど眠っている時刻だ。

燭台に火も灯さず、ベッドに腰を下ろして、室内の暗がりを見つめながら考えごとをする。いつもなら、セルケトに見送られて浴場をあとにし、この部屋にたどりついたときには虚脱感に近い感覚に支配されているのだが、今日は違った。

浴場を出た直後、アーケンの声がティグルの意識に届いたのだ。

──シレジアにいるすべての兵を率いて西の山脈へ向かい、戦姫たちを討て……。

それが神の命令だった。

──ようやくか。長かった。

ティグルの顔にはかすかな安堵感がにじんでいる。

しばらく様子を見るというアーケンの意志を知ったあと、ティグルは他の敵を攻めてはどうかと、アーケンに何度か呼びかけた。

キュレネー軍が滅ぼすべき勢力は、ジスタート軍の他に三つある。

ひとつめは、北方の蛮族を牽制している北東部の諸侯の軍。

二つめは、その諸侯の軍に牽制されている蛮族たち。

三つめは隣国ブリューヌだ。最近になって知ったことだが、キュレネー軍は西の国境でブリューヌ軍に勝利をおさめたあと、王都へ向かおうとしなかった。国境に近い町や村を襲っているだけだという。ブリューヌ軍は健在で、王都に集結している。

これらの敵のいずれかを、戦姫たちと戦う前に潰してしまおうと思ったのである。しかし、アーケンから命令は出なかった。

セルケトに聞くと、「それらの勢力は、アーケンにとって脅威に成り得ません」という答えが返ってきた。

「戦姫を滅ぼすために、あなた様の力はあるのです。そのことをお忘れなきよう」

そう言われると、ティグルは引きさがるしかなかった。

それから辛抱強く命令を待ち続けていたのだが、やっと動くことができる。

——戦姫たちを討て……か。

壁に立てかけている、骨を思わせる白い弓を見る。アーケンから与えられたもので、ティグルは白弓と呼んでいた。

いまのティグルは、この弓を通じてアーケンから『力』を引きだすことができる。シレジアの城門を破壊し、エレンの竜技(ヴェーダ)と互角に渡りあったのは、その力だった。

——俺が誕生させてしまった戦姫だ。俺が葬り去らなければならない。

それから、戦姫になる可能性を持つ者も放っておくことはできない。

エレンとリュドミラを討つことができれば、命令は果たしたといえるだろう。

そこまで考えたとき、不意に、ティグルは右目の奥に強い痛みを覚えた。おもわず背中を折り曲げ、両手で目をおさえる。だが、痛みは目だけにとどまらず、頭にまで広がってきた。強い酒を呷ったときのように意識が朦朧としてくる。

視界が空転した。夢から覚めたときのように意識が覚醒する。

ティグルは目から手を離して、顔をあげた。呼吸を整えながら室内を見回す。

ひとつだけの瞳には理性の輝きがあった。

――俺以外に誰もいないな。セルケトたちの気配も感じない。

右のまぶたをそっとなぞる。それから、自分に言い聞かせるように心の中でつぶやいた。

――俺はティグルヴルムド＝ヴォルン。ウルス＝ヴォルンとディアーナの子で、ブリューヌ王国に仕え、アルサスを治めている。いまは客将としてジスタート王国にいる……。

手を握りしめる。たしかな感触が、夢を見ているのではないと教えてくれる。この確認は必要だった。うかつな真似をすれば、「自分」のことを誰かに気づかれるかもしれない。

アーケンの神殿でエレンたちを逃がした直後、ティグルは神に捕らえられ、肉体と精神を侵食された。

だが、完全な支配はかろうじてまぬがれた。

このような事態になってはじめてわかったのだが、約二年前に潰れたと思っていた右の眼球には、家宝の黒弓の小さな破片が刺さっていた。

ティグルが右目を失ったのは、レネートと名のる恐ろしい怪物との戦いの中でだった。怪物の鋭く太い爪が、黒弓の弓幹に亀裂を走らせ、さらにティグルの右目を潰したのだ。

そのとき、黒弓から小さな破片が飛んで、右目の中へ飛びこんだ。思えば、アーケンの神殿で見た、琥珀（こはく）の柱に封印されている黒弓には、当時の亀裂がそのまま残っていた。

これが偶然なのか、それともティル＝ナ＝ファの加護なのかはわからない。

わかっているのは、目に飛びこんだその破片がアーケンを欺（あざむ）いて、侵食からティグルを守ってくれたということだ。自分というものを百だとして、九十九まではアーケンに呑みこまれてしまったが、一だけは残った。

そのおかげで、ティグルは一日のうちのごくわずかな時間を、敵から取り戻した。

五十を数えるかどうかという短すぎる時間だが、何ものにも代え難い貴重な一時だった。いまだけは自由に考え、動くことができる。

――毎晩訪れる、この真夜中のわずかな時間が、いまの俺のすべてだ。

普段の自分は、まどろみの中で夢を見ている感覚に陥っている。自分の身体は誰かが動かしていて、自分は離れたところからそれをぼんやりと見つめているというような。アーケンに心身を侵食されてからずっとそうだ。

――だが、普段、俺の身体を動かしているのも、間違いなく俺だ。

自分の記憶を持っているし、考え方がいちいち自分らしい。違和感があるのはアーケンに忠実な部分だけだ。アーケンによる侵食は、そういう性質のものなのだろう。

——自分の身体に強く干渉しようとすれば、おそらく昼間でもできると思うが……。

白弓の『力』で王都の城門を破壊したときのことを思いだす。もしも必死に抵抗して自分の身体をおさえこんだら、エレンが自分を斬って、あの悲劇は回避できたかもしれない。

だが、ティグルはそれをしなかった。

逃げきれなかった人々がキュレネー兵に無惨に殺されていくさまを、セルケトやメルセゲルとともに眺めていた。

黒弓の小さな破片がアーケンを欺いたように、自分も神を出し抜かなければいけない。

アーケンはティグルを殺さなかった。長い間ティル＝ナ＝ファの力に触れて、神になじんだ肉体を持つ自分を、己の器にしようと考えたからだ。

神は隙を見せた。この機会を逃しはしない。

王都に住む者たちを、王都を守ろうとする者たちを見捨ててでも。

市街に乗りこんだあとに、自分の視界に映ったいくつもの光景を思いだすと、怒りと苦しさと嘔吐感（おうとかん）を覚える。泣き叫ぶ子供に容赦なく剣が振りおろされ、家族をかばった男が何本もの槍で貫かれた。脚を失い、それでも逃げようと懸命に這う娘が囲まれて斬り刻まれた。

自分の考えがどのようなものだろうと、王都の人々を生け贄に捧げた事実は揺らがない。うまくいくかどうかもわからないティグルの考えのために命を捨てる道理など、あの場にいた者たちには微塵もなかった。

──俺の命に代えてでも、アーケンを滅ぼす。

ティグルは足早に机に歩み寄って、引きだしを開けた。中には一枚の羊皮紙と、指の骨を思わせる形状の小さな白い鍵、そして布の切れ端がいくつか入っている。

羊皮紙には、「キュレネー軍の増援の正体」という一文が殴り書きしてあった。書いたティグル自身でなければ、とうてい読めないほど乱雑な字だ。

こうして己を取り戻したとき、かぎられた時間の中で何ができるか、ティグルは考え続けてきた。羊皮紙の一文は、その時間でどれだけの文が書けるか試したものであり、こうした自分の行動がアーケンの使徒たちに気づかれているかどうか、さぐるためのものだった。

──羊皮紙も、鍵も、動かされた形跡はない……。

メルセゲルあたりが気づいていたら、確実に何らかの反応を示しただろう。あくまでいまのところではあるが、彼らは気づいていないと考えてよさそうだった。

──できることなら、この増援についてもしっかり書いて、伝えてやりたいが……。

キュレネー軍において、増援の兵はアーケンが用意している。一度の戦で何万もの兵を失おうと、完全武装の兵が失われた数だけ現れる。

シレジアで無為に日を送っていたティグルは、ふと気になってセルケトに聞いたことがあった。増援の兵は、アーケンが生みだしているのかと。

「少し違いますね」というのが、彼女の返答だった。

「アーケンは冥府を支配する神です。生命を司ってはおらず、それを生みだす方法も持っていません。興味を持ってはいますが」

「では、どうやっている？」

「彼らはキュレネーに残っている女や子供、老人です。死んだキュレネー兵の数だけ、アーケンは彼らから魂を抜き取り、用意した肉体に移して兵士とするのです。神征をはじめたときから生きているキュレネー兵も、だいぶ少なくなってきましたね」

その日の真夜中、己を取り戻したティグルは頭痛がするほどの吐き気を覚えたものだった。自分が討ちとってきたキュレネー兵の中に、元は女や子供、老人だった者がいるかもしれないという想像は、まともに立っていられないほどの衝撃を与えた。

神のために戦い続け、故郷から遠く離れた地にまでやってきたキュレネー兵たちは、アーケンによって愛する家族が次々に命を落としていることを知らない。その上、神のために死ぬことばかりを考えている。そのように支配されている。

何としてでもアーケンを打倒する。強烈な怒りとともに、ティグルはそう誓った。

――羊皮紙はこのままにしておこう。だが、これは持っていく。

ティグルは引きだしの中の白い鍵をつかむと、布の切れ端で何重にもくるんだ。

これは、この王宮にあるアーケンの神殿に通じる鍵だ。

かつて、ジスタートの神々に祈りを捧げる場であった大神殿は、アーケンのための神殿につくりかえられた。ペルクナスをはじめとする十柱の神々の像はすべて打ち壊され、代わりにアーケンの像が置かれて、キュレネー風の装飾がほどこされた。最後に、竜具や黒弓を封じこめた琥珀の柱が並んで、神殿は完成したのである。

この神殿の鍵を、ティグルはセルケトから与えられた。鍵といっても、鍵穴に差しこむのではない。鍵に備わっている『力』を解放することで、神殿に入れるのだ。

この鍵の力は、シレジアから遠く離れた場所でも効果を発揮する。ただし、使った瞬間に、そのことがセルケトに伝わる仕組みにもなっていた。

――ヴォージュに着くまでに、この鍵の『力』をねじ曲げてやる。

ティグルは切れ端でくるんだ鍵を、ベッドのそばに置いていた荷袋の底に押しこんだ。

この荷袋は、アーケンの部下の自分が、いつ出陣の命令が下ってもいいように用意していたもので、弓の手入れに使う道具や火口箱、薬草、継ぎ当てに使う布の切れ端や裁縫道具などが入っている。もうひとりの自分は、すぐには鍵の存在に気づかないだろう。

一息ついたところで、抗いがたい強烈な眠気が襲ってきた。自分だけの時間が、もう終わろうとしているのだ。引きだしを閉めて、再びベッドに腰を下ろす。

直後、ティグルの意識は薄れて曖昧なものとなっていった。

外から扉を叩く音で、ティグルは我に返った。

右目の奥に痛みを感じたことを、彼は覚えていない。エレンとどう戦うか悩んでいたら、眠気で集中力が途切れてしまったようだと思っている。神の器として完成したら、眠る必要を感じなくなるのだろうかと考えながら、誰何の声を投げかけた。

扉の外から聞こえてきた声は、従者のディエドのものだった。

──そういえば、ここへ来るように呼んでいたな。

ディエドの能力は、相変わらずよくいって平均点というところでしかない。少し難しい仕事を任せると、終わらせるのに時間がかかる。だが、彼は真面目だった。ティグルを信頼しているらしく、不満も見せずによく尽くしてくれる。何より人間らしい。

そのような次第で、ティグルは彼に多くの仕事を与えていた。シレジアにいるキュレネー兵たちについて、ティグルの次に把握しているのは間違いなくディエドだ。

「閣下、お呼びとうかがい、参りました」

ディエドは戸口から動かず、深く一礼する。

「夜遅くにすまないな」

ねぎらいの言葉をかけて、ティグルはすぐに本題に入った。

「アーケンから、戦姫たちを討てと仰せつかった。敵は二人の戦姫と、ヴォージュ山脈にいる約二万のジスタート軍だ」

ディエドがびくりと肩を震わせる。彼は、アーケンのために戦うことは受けいれているが、戦を好んではいない。もっといえば死を恐れていた。

「兵たちの様子はどうだ。明日、出られそうか」

「はい。誰もが、早く戦いの命令が下るのを待っています……」

暗い表情になりながらも、ディエドは正直に答える。ティグルはうなずいた。

「では、このシレジアにいるすべての兵に進発の準備を命じる」

シレジアをほとんど空にするという宣言だ。彼は驚き、慌てるかと思ったが、「かしこまりました」とあっさり承知する。これにはティグルの方が拍子抜けした。

「兵を残らず動かすことに、抵抗はないのか」

ティグルに聞かれて、ディエドは首をかしげる。

「この神征ではいつもそうです」

今度はティグルがなるほどと納得する番だった。いくらでも兵を用意できるアーケンにとっては、その方が都合がいいのだろう。

「戦象たちはどうだ」

現在、シレジアには十頭の戦象がいる。偵察隊に加えた二頭がジスタート軍に打ち倒されたあと、新たに二頭の戦象が補充されたのだ。

「十頭とも健康ですが、寒さで動くのを嫌がっています」

「それなら置いていくとしよう。神官たちに面倒を見させればいい。ところで、おまえは戦場でどう動きたい」

ディエドは少し迷う様子を見せたあと、ティグルに深く頭を下げた。

「よろしければ、閣下のおそばに置いていただきたく思います。偉大なるアーケンのために戦うという気持ちは、もちろんあります。ですが……」

そこで、彼は言いよどむ。「わかった」と、ティグルはうなずいた。

「最終的な判断は戦場を見てからになるが、覚えておこう」

それから、ティグルは何気ない口調で尋ねた。

「何か望みはあるか」

思いも寄らないことを聞かれたというふうに、ディエドは目を瞠(みは)る。いくばくかの間を置いたあと、怒りと悔しさに顔を歪めた。

「兄の仇(かたき)を討ちたいというのが、私の望みです。兄は、三ヵ月近く前の戦いでジスタート兵に殺されました。もう仇は生きていないかもしれませんが……」

ジスタートの国境近くで繰り広げられた、ヴァルティスの戦いのことだ。その戦はキュレネー軍の勝利に終わり、ジスタートの騎士や兵の多くがものいわぬ骸(むくろ)となって野を埋めた。このシレジアを攻め落とす戦いでも、キュレネー軍はやはり多くの敵を殺した。仇が生きていないかもしれないとディエドが考えるのは、ごく自然なことではあった。

「力になってやれそうにない願いだが、かなえられるといいな」

ティグルがそう言うと、ディエドは「ありがとうございます」と、感謝の言葉を述べた。

翌朝、約三万のキュレネー軍はシレジアを発った。

総指揮官であるティグル以外はすべて歩兵で、誰もが武装を整えている。ティグルは兵のために人数分の外套を要請していたが、それもすべて用意されていた。

また、漆黒の甲冑で全身を固めた兵が五百人ほどいる。その兜はキュレネーの河川に棲む鰐を模したかのように前に突きでており、ごつごつとした鎧や籠手は鱗を思わせた。彼らは刀身が半ばで湾曲している大振りの剣を背負っている。

ディエドは彼らのことを知っていて、ティグルに教えてくれた。

「鉄鰐兵と呼ばれる、とても勇猛な兵たちで編制された部隊の話を聞いたことがあります。剣も槍も矢も通さない戦士たちで、彼らが前進するだけで劣勢は優勢になり、兵たちの士気もおおいに上がると」

彼らの武装と、歩兵たちの武装を見比べて、ティグルは納得した。鎧が熱を持つような暑い日や、砂漠や荒れ地などでは使いづらいだろうが、時と場所を選べば、倍の数の歩兵ぐらいは容易に蹴散らすだろう。

――このような連中がいるなら、なぜもっと早く戦場に投入しなかった？

体内にアーケンを強く宿しているというのに、まだ忠誠を疑われているのか。それとも、アーケンが力を充分に振るえないために、用意できる戦力が安定しないのか。

青地に白い円環を描いた軍旗を掲げて、彼らは街道を西へ向かう。

二十日後にはヴァンペール山にたどりつくはずだった。

†

ひとけのない王宮の廊下を、ひとつの影が音もたてずに歩いている。

襟や袖口に刺繍(ししゅう)のほどこされた白い神官衣をまとったその男は、アーケンの使徒メルセゲルだった。薄暗い中で、蛇に似た小さな両眼が冷たい光を放っている。

いくつかの階段を上り、廊下を抜け、扉を開けて、メルセゲルは王宮の最上階へと向かっている。その顔に感情らしきものはうかがえない。

ほどなく、彼は最上階にたどりついた。ここにあるのは初代国王を埋葬した棺が安置された部屋で、本来なら国王が許した者のみが入室できる。三つの鍵穴を持つ扉が、メルセゲルの前に立ちはだかっていた。

　メルセゲルが扉に触れると、驚くことに鍵はひとりでに外れて、軋む音とともに開く。彼は無言で室内に足を踏みいれた。

　狭い部屋の中央に、漆黒の棺が置かれている。ふたも、側面も黒く塗られており、表面には「黒竜」という文字が金色で刻まれていた。

　ジスタートの初代国王は、その出自がわかっていない。

　約三百年前、ジスタートの地では五十以上の部族が覇権をかけて争っていた。そこへ、ひとりの男がふらりと現れ、「黒竜の化身」であると名のった。そして、自分に協力するなら勝利をもたらそうと言った。

　多くの部族は彼を笑って相手にしなかったが、七つの部族は彼を信じて従い、それぞれの部族でもっとも美しく、武芸に長けた娘を差しだした。男は彼女たちに武器を与え、「おまえたちは戦姫だ」と告げた。ジスタートの建国神話の一節である。

　この棺の中には、二百数十年前の亡骸（なきがら）が眠っていることになる。

　メルセゲルは棺に歩み寄ると、無造作にふたを取り外した。

　しかし、中は空だった。あるのは冷えきった空気とわずかな埃ばかりだ。

　メルセゲルが棺の中を確認するのは、これで二度目だった。

　一度目は、ティグルに初代国王の遺骸が見つかったかどうかを尋ね、棺は空だったという答えが返ってきたときだ。彼の挑発に乗せられたわけではないが、己の目で確認した。

その後、メルセゲルはシレジア全体に範囲を広げて遺骸をさがした。しかし、ひとならざるものである彼の能力をもってしても、遺骸のかけらすら見つからなかった。

初代国王の死については、さまざまな噂が伝えられている。雷に打たれて姿を消したというものや、真夜中に急に馬に乗って駆けていき、そのまま行方が知れなくなったというもの、遺言によって死体は遠くの地にひそかに埋葬されたなどというものもあった。

これらの噂は、棺の中に遺骸がないという話が、昔から人々の間にそれとなく伝わっていたことを示していると考えていい。

だが、メルセゲルはかえって確信を抱いた。遺骸は巧妙に隠されているのだと。

「初代国王が何ものであれ、この地に七つの竜具をもたらしたのは事実。その遺骸がかけらも残っていないなどということが、あるはずがない」

棺を睨みつける。次の瞬間、漆黒の棺は周囲の空間を歪められて、粉々に砕け散った。吹き飛んだ無数の木片が、床に散乱する。

その中に、親指の爪ほどの大きさの何かを発見して、メルセゲルは目を細めた。ジスタート人であれば絶対にできなかった暴挙によって、彼は正解にたどりついたのだ。

「底板の中に隠していたか。しかも、感知されぬように『力』をほどこして」

拾いあげる。一見したところでは何の変哲もない黒い薄片だが、メルセゲルはこれが何かを正確に理解していた。

「竜の鱗だな。間違いない」

竜は、険しい山の奥や深い森の中など、ひとけのないところに棲息している。人里に姿を見せることはまずないため、竜を見たことのある者は非常に稀だ。おとぎ話にしか出てこない存在だと思っている者は少なくない。メルセゲルは、むろん竜についてよく知っていた。

薄片を観察すると、非常に小さな文字で文章らしきものが刻まれている。竜の鱗は鋼の刃を通さないほど頑丈で、ふつうの方法では加工などできない。

──古い時代のジスタート語か。

『余は女神とともに在る』と読める。おそらく、この意味を説き明かした先に、初代国王──黒竜の化身の遺骸があるのだろう。

──底板に隠した竜の鱗に、謎かけと、手の込んだ真似をする。

黒竜の化身は、竜に近しい人間だったのだろうと、メルセゲルは思った。

──これをアーケンに捧げれば、すぐに解き明かしてくださるだろうが……。

だが、少し考えたあと、メルセゲルは鱗の薄片を手の中に握りこむ。そうして手を開くと、薄片は消え去っていた。体内に隠したのだ。

──アーケンの使徒としてあるまじき振る舞いだが、これは我が解き明かそう。

メルセゲルは、アーケンに不信感を抱いている。

竜具を奪い返され、戦姫が新たに生まれたことは予想外の事態だった。それを実現させた魔弾の王は即座に滅ぼすべきであるはずだが、アーケンは彼を己の器にしようと考えて生かし、セルケトもそれを後押ししている。彼女は魔弾の王をずいぶん気に入っているようだ。

魔弾の王はアーケンに忠実で、かつての味方を積極的に滅ぼす姿勢を見せているので、いまのところ問題は起きていない。

だが、メルセゲルには、計画に致命的な歪みが生じたように思えてならなかった。この世界のセルケトが、メルセゲルの知る彼女よりかなり若い肉体を持っていることも気になる。

――我はただの使徒ではない。分かたれた枝の先から来たものだ。

ただの使徒ではやれないことをやらなければならない。

戦姫を滅ぼし、魔弾の王を滅ぼし、自分たちの行く手を阻むことごとくを滅ぼし、最後にティル＝ナ＝ファを滅ぼして、この世界をアーケンの治める冥府に加える。

それができなければ、何のためにここまで来たのか。

――我だけでも、歪みを戻し、計画を進めてみせる。

メルセゲルは部屋をあとにする。薄片の文章の意味を考えながら、階段を下りていった。

†

エレンとアヴィン、ミルたちがキュレネー軍の斥候に打ち勝った日から、二十日が過ぎた。冬の気配が迫り、山や森は緑の中に黄や紅の色彩を散らしつつある。幸いにも晴れた日が続いており、風も涼気を含んだ過ごしやすいものになっていた。

その日の朝、洞窟の中の会議室には、エレンとアヴィン、ミル、サーシャとリュドミラの五人が集まっていた。皆が一様に苦い顔をしているのは、朝食をすませたあとだからだ。

今日の朝食はパンと、隣の山に大量に自生していた野草の球根をすり潰して混ぜたスープだったのだが、スープがとにかく苦かったのである。ただし、この球根には身体を内側から温める作用があって、我慢して飲みきれば、かなり気分がよくなるのだった。

「もう知っているだろうけど、昨日、食糧が届いた。武器もね」

四人を見回して、サーシャが言った。ミルが嬉しそうにうなずく。

「あちらこちらで歓声があがったものね。皆、これでまともなパンが焼けるって大喜びよ」

サーシャの言う通り、レグニーツァとライトメリッツから食糧と武器が届いて、ヴァンペールの拠点は祭りのような騒ぎになった。麻の大袋に詰まった小麦や干し肉、干し魚を見て、兵たちは子供のように目を輝かせたものだ。

一方で、リュドミラや、彼女に従って食糧や武器を管理、分配する兵たちの苦労は並大抵のものではなく、終わったあとは疲れきって動けなくなったほどだった。

サーシャはうなずくと、さきほどと同じ口調で続けた。

「いい話のあとにはよくない話が来るものでね。昨日、偵察隊がキュレネー軍を発見した。北東から、街道を通ってこちらへ向かっている。二日後には山のふもとまで来るだろう」

室内の空気が一気に緊迫したものになる。エレンが腕組みをした。

「そろそろ攻めてくるとは思っていた。数は？」

「偵察隊の報告では、約三万。すべて歩兵で、戦象は見ていないとのことだ」

「こちらは約二万。山に拠って戦うことを考えれば、圧倒的に不利とはいえませんが……」

アヴィンが厳しい表情になる。今日までに、キュレネー軍を迎え撃つための準備や訓練は進めている。しかし、実際に戦ってみるまではどうなるかわからないのが戦だ。

サーシャがエレンを見る。

「敵の先頭に、キュレネー人ではない、弓を背負った男がいたそうだ」

その言葉に、エレンは紅の瞳を激情で輝かせて、身を乗りだした。しかし、彼女は開きかけた口を意志の力で閉じ、何かに耐えるように手を握りしめて、両目を強くつぶる。

すべてを投げ捨ててでもティグルに向かっていきたい。それがエレンの本心だ。だが、そのような行動が許されない立場に、彼女はある。

戦姫は兵たちの命を背負っている。戦場全体のことを考えるべきだった。

短いながら激しい葛藤の末に、己の感情をおさえこむと、エレンはサーシャに話を続けてくれるよう頼んだ。

サーシャは四人を見回して、静かに問いかけた。

「敵の目的は何だと思う？」

「私たちを全滅させることでしょ。いままでだってそうだったんだから」

ミルが、いまさら聞くことだろうかと言いたげな顔をする。彼女が先に発言したおかげでわずかながら考える余裕のできたアヴィンは、サーシャの意図を察して難しい表情になった。

「敵は、エレンさんとアレクサンドラ様を狙ってくると？」

「正確には、僕のバルグレンとエレンのアリファールということになるかな。アーケンが竜具を封じこめていたという話を考えるとね」

壁に立てかけてある二つの竜具を、サーシャは見つめた。

「では、アレクサンドラ様とエレオノーラ様は、この洞窟のそばに待機して、なるべく動かない方がいいということですね」

確認するように言ったリュドミラに、サーシャは小首をかしげてみせる。

「基本的にはね。戦いがはじまれば、あとは敵の出方次第だ。警戒すべき相手はティグルだけじゃない。アーケンの使徒もいる」

サーシャは、ヴァルティスの野でメルセゲルと戦っている。逃げるティグルとエレンを追いかけてきたメルセゲルに、彼女が一撃を与えたのだ。容易ならぬ怪物だと認識している。

「そういう厄介な連中が動きだしたら、私とサーシャの出番というわけか」

エレンの言葉にうなずきを返して、サーシャはリュドミラに視線を向けた。

「僕とエレンは状況を見ながら独自に動く。そこで君に軍の指揮を任せたいんだけど、やってもらえるかな」

「わかりました。必ず……必ず勝ってみせます」

硬い表情と上ずった声で、リュドミラは答えた。

実のところ、彼女はこれまで大軍を指揮したことがない。戦姫だった母が存命だったころ、小規模の戦や山賊討伐などに同行させてもらったことはあるし、母の手伝いという名目で、数百の兵を動かす訓練ならしたことがある。しかし、文官になってからは、そういったことと無縁の生活を送っていた。

「君ならできるよ。ここにいる二万の兵を指揮して、拠点づくりを進めてきただろう」

サーシャが穏やかに言い、アヴィンが賛同するというふうに大きく首を縦に振る。リュドミラは一瞬、気分を害し、それから苦笑を浮かべた。アヴィンの反応を見て力が抜けたのだ。

「私とこいつは何をすればいいの？」

隣に座っているアヴィンを指で示しながら、ミルがサーシャに聞いた。

「好きにしていいよ。リュドミラに何か考えがあるなら、その指示に従ってもらうけど」

「いいの？」

予想外の言葉に、ミルが目を丸くする。アヴィンも呆気にとられた顔になった。こうして軍議に参加させている以上、サーシャは自分たちを重要な戦力と考えているはずであり、何か役割を与えられていると思っていたのだ。

「君たちは自由に動いた方が、敵の意表を突けると思う」

「さすが戦姫を十一年やってる方だわ。私たちの大戦果を期待してね！」

「おまえが大口を叩いて恥をかくのはいいが、俺を巻きこむな」

満面の笑みで胸を張るミルに、アヴィンが冷たく口を挟む。それから彼は姿勢を正した。

「俺は、ミルに行動を合わせます。この戦だけですが」

ミルに話を聞かされてから今日までに、アヴィンは作業の傍ら、弓の鍛錬に励んだ。女神に祈りを捧げて『力』を引きだすことも、何度かやった。

だが、ティル＝ナ＝ファを降臨させる方法は、いまだにわからない。黒弓に語りかけてみたこともあったが、答えはなかった。

もともとティル＝ナ＝ファのことは、この戦いのあとに考えると決めている。アヴィンは自分にそう言い聞かせたのだった。

サーシャは小さくうなずくと、リュドミラに視線を向けた。

「ティグルのことについて、君から何か意見はある？」

「総指揮官としてお答えしますが」

生真面目な前置きをして、リュドミラは続ける。

「兵たちには、容赦せずに討ちとれという命令しか出せません。死ぬまで戦い続けるキュレネー兵がいるかぎり、彼を捕虜にする余裕はないでしょう」

「君の前に現れたら？」

その問いかけに、青い髪の文官は一瞬、迷う様子を見せた。

リュドミラがティグルと知りあったのは今年のはじめだ。サーシャの補佐役を務めるようになって、彼女から紹介されたのである。

若くしてブリューヌの英雄と呼ばれる男がどのような人物なのか興味を抱いていたリュドミラは、ティグルと会い、言葉をかわして意外な思いを抱いた。

ティグルの言動には彼女の思い描く英雄らしさなど微塵もなく、また貴族らしさもなかったのだ。それでも肩肘を張らず、落ち着きのある態度は嫌いではなかった。

立場の違いもあり、友人というほど親しくはないが、言葉をかわすのが苦ではなかったし、感情を率直にぶつけられる相手でもあった。

敵と味方にわかれて戦うことなど想像もしなかった。

「以前にも申しあげたように、討ちとります」

そう答えたとき、リュドミラの青い瞳から迷いは完全に消えている。こういう場合に感傷を持ちこんではならないことを、彼女は亡き母から学んでいた。

4　ヴァンペールの攻防

　約三万の歩兵で構成されたキュレネー軍がヴァンペール山のふもとに姿を見せたのは、サーシャの予測した通り、ジスタート軍の偵察隊が彼らを発見してから三日後の朝だった。

　ジスタート軍はとうにふもとの幕営を引き払って、必要なものをすべて山の中へ運びこんでいる。うかつに何かを残して、敵によけいな情報を与えるわけにはいかなかった。

　ティグルはヴァンペール山の東に陣を布いて、ジスタート軍の本陣に正面から向かいあう。兵たちに待機を命じ、ディエドだけをともなって山へと歩いていった。

「たいしたものだな」

　ヴァンペール山を見上げて、おもわず感嘆の声を漏らす。

　山の中腹には軍旗をいくつも掲げた本陣とおぼしき幕舎があるのだが、そこへ続く斜面のそこかしこに、先端を尖らせた杭を並べた柵があり、武器をかまえた兵たちがいる。

　茂みや木々があるところにも兵たちが潜み、罠が仕掛けられているのだろうと容易に想像できる。熟練の指揮官ほど攻めることをためらうだろう重厚な陣容だった。

「おまえはどう思う」

　傍らに控えるディエドに尋ねる。彼は顔をしかめた。

「戦のことはよくわかりません。ただ、あの本陣にたどりつくのは難しいと思います」

「それだけわかれば上出来だ」

ティグルが踵(きびす)を返して歩きだすと、ディエドは慌ててついてきた。

兵たちのところへ戻ったティグルは、主だった兵を二十人呼ぶように、ディエドに命じる。

キュレネー軍に指揮官はいない。戦場における彼らの行動は決まっているからだ。だが、平時での生活や行軍において、まとめ役とでもいうべき者はいる。ディエドは、ティグルの従者として働くうちに、そうした者たちをほとんど把握していた。

四半刻が過ぎたころ、二十人の兵がティグルの前に並ぶ。どの顔も明るく、戦意に満ちて、命令を待ちかねているというふうだ。漆黒の甲冑をまとっている鉄鰐(メセフ)兵も二人いる。

ディエドを傍らに控えさせ、彼らを睥睨(へいげい)して、ティグルは淡々と告げた。

「最善の手は、兵糧攻めだ」

ヴァンペール山を振り返って、ティグルは言葉を続ける。

「シレジアから逃げたジスタート兵は、約二万という話だ。山の大きさや敵の陣容から見て、そこから大きく増えているとは考えにくい。山をぐるりとまわって、山道や、ふもとに下りやすいところをすべておさえる。そうすれば一ヵ月も待たずに勝てる」

アーケンの命令は戦姫たちを討てというものであり、この戦い方でも問題ないはずだ。

キュレネー軍の食糧は、必要なだけアーケンが用意してくれる。それは圧倒的な強みだ。

だが、その強みを活かせないだろうことを、ティグルはわかっていた。

「総指揮官殿」

鉄鰐兵のひとりが、重々しく甲冑を鳴らしながら進みでる。

「我々は、偉大なるアーケンのために戦って死ぬことを誇りに思っています。攻めよと、ただそれだけをお命じください」

「アーケンのために血を流し、はるかな眠りの旅に出ることは、おおいなる喜びなのです。最善の手を求めるのではなく、アーケンの望みと我らの願いをかなえてくださいますよう」

もうひとりの鉄鰐兵が、鰐を模した兜の奥から勇ましくも野太い声を発した。ティグルは他の兵たちを見回したが、誰もが二人に賛同する顔つきをしている。

「では、そのようにしよう。命令を出すまでしばらく待て」

あっさりと承諾して、ティグルは兵たちを解散させた。予想できた結果なので、失望や落胆はない。ディエドを見ると、彼は苦しげな表情で、身体を強張(こわば)らせていた。ヴァンペール山に攻めかかる自分と戦友たちの末路を想像してしまったのだろう。

「おまえは攻撃に加わる必要はない」

そう言うと、ディエドは困惑した顔になった。その反応にかまわず、続ける。

「陽動をやってもらう。兵を百人選べ。『神の酒(アグバ)』は飲ませるな」

神の酒は、戦う前に兵たちに振る舞われる不思議な酒だ。

青銅杯に満たされたそれを一息に飲み干すと、身体の奥底から熱が湧きあがり、全身に力がみなぎって、神の敵を打ち倒さなければという強い信念に意識を満たされるのである。身体が軽くなり、武器の重さも感じなくなる。

もっとも、個人差があるのか、ディエドはそこまで強い思いに駆られたことはないという。

ティグルの命令に、ディエドは再び深刻な表情になってうつむいた。

「私に、陽動なんて重要な役目が務まるとは思えません……」

「難しいことはない」

ティグルは首を横に振ると、その場に屈んで地面に簡単な図を描く。

「三万弱の兵が正面から攻撃を仕掛ける。おまえと百人の兵は山のふもとから少し離れて、東から北東までの間を、相手に見えるように何度か往復しろ。もしも相手が山から下りて向かってくるようなら、追ってこなくなるまで逃げていい」

ディエドは驚き、緊張と不安を顔いっぱいに浮かべた。

「それなら私にもできそうですが……本当にそれでよいのですか？」

うなずくと、彼は慌てて敬礼をして、兵を集めるために走り去る。

遠ざかっていくディエドの背中を眺めていたティグルは、ふと、背後にひとならざるものの気配を感じた。とくに反応せずにいると、気配の主が抱きついてくる。

「気づいたなら、振り返ってくださってもいいでしょう」

甘えるような声で呼びかけてきたのは、セルケトだった。ティグルは義務を思いだしたような顔で、自分の胸にまわされている彼女の手を軽く握る。セルケトは抱きついたまま、器用に前へと回りこんできた。その顔には妖艶な微笑が浮かんでいる。

「さきほどはどうして兵糧攻めを？」

「聞いていたのか」

「あの子供がそばにいるときは、あなた様は気が緩むようですね」

子供というのはディエドのことだろう。そうだろうかと内心で首をひねっていると、彼女は視線であらためて問いかけてきた。

「この戦の指揮は、俺に任されている。勝つための手を考えた結果だ」

「神征の大義はすべてに優先されるものです。人間たちもそれを望んでいます」

セルケトの瞳が不思議な輝きを帯びる。

「ここにいる兵たちがことごとく死んでも、すぐにあなた様の前に新たな兵が現れます。その兵たちが死んでも、次の兵たちが。あなた様は彼らに戦えと命じるだけでいい」

キュレネー軍においては、彼女の言うことが正しい。南の大陸でも、北の大陸でも、彼らはそうして戦い続け、恐ろしい勢いと総合的な物量で敵を蹂躙してきたのだ。

「俺の考えは、アーケンに背くものか」

「私は、アーケンからあなた様を罰するように命じられていません。ですから、問題のある行いではないのでしょう。ただ、私には意味のない、無駄な行いに見えます」

「それならいい」

ティグルはセルケトに背を向け、ヴァンペール山を見据える。

「なるほど……」

背後で、何かに納得したふうなセルケトの声が聞こえた。

「気になっていたことがありました。毎夜、身を清めているにもかかわらず、あなた様はなかなかアーケンの器としてふさわしい身体にならない。忌まわしい女神の残滓(ざんし)が思いのほか強力なためだと思っていましたが、もうひとつ理由があったのですね」

「何だ、それは」

背を向けたまま、問いかける。セルケトはティグルのうなじを指先で撫でた。

「人間を人間として扱う人間らしさは、神の器には不要なものです。——ところで、どちらの戦姫を狙うつもりですか？」

ティグルは顔をしかめる。ディエドを戦場から遠ざけつつ、三万足らずの兵を囮(おとり)に使い、単独で戦姫を狙うというティグルの考えを、セルケトは見抜いていたのだ。

「長剣の竜具(ヴィラルト)を持つ戦姫だ。あの女を戦姫にしたのは俺だからな」

「お手伝いしましょうか。二人がかりなら確実でしょう」

ティグルは首を横に振った。

「俺ひとりで充分だ。手伝うつもりなら、リュドミラという青い髪の娘を狙ってくれ」

「なぜ、その娘を……？」

「メルセゲルが、槍の竜具について気にしていただろう。槍の竜具を持つ戦姫が誕生するとすれば、彼女だと俺は思っている。文官だが、戦姫の娘でな。鍛えている節もある」

「そうですか。少し、嬉しいですね」

セルケトのまとう雰囲気が変わったことを感じとり、ティグルは彼女を振り返る。セルケトは想い人のような微笑をこちらに向けていた。

「実は、その娘と私の間には因縁がありまして。あなた様からのお願いがなくても、ひとりで葬り去るつもりだったのです。ですが、それを知らないあなた様がお願いしてくれた」

表情はいつも通りだが、声から強烈な感情が伝わってくる。

セルケトがティグルの首に腕を絡ませて、唇を奪った。音が出るほど強くむさぼって、満足したように離れる。

「ひとつ、教えてさしあげます。双剣の竜具を持つ戦姫ですが、メルセゲルが彼女を滅ぼすと言っていました。以前に逃げられたのが、よほど気に入らなかったようです」

ヴァルティスの戦いのことだ。ティグルはかすかに興味を抱いて聞いた。

「メルセゲルなら、双剣の戦姫に勝てるのか？」

「もう少し力を蓄えられれば滅ぼせると言っていました。あなた様もこれ以上、彼を怒らせないでくださいませ」

最後にからかうような言葉を付け加えて、セルケトの姿が消え去る。

――セルケトとリュドミラとの間に因縁があるだと？

ティグルは内心で首をひねった。リュドミラは戦姫になれなかった文官であり、戦場に出たこともないと聞いている。セルケトの言う因縁とはいったい何なのか。

――俺の考えることじゃない。エレンを討つことに専念しなければ。

頭(かぶり)を振ると、ティグルはエレンとどのように戦うかだけを考えることにした。

†

同じころ、ヴァンペール山の中腹にあるジスタート軍の本陣では、リュドミラが二十人の指揮官を集めて演説を行おうとしていた。

彼女は髪を後頭部でまとめ、文官の服ではなく、濃紺を基調とした軍衣をまとい、手には使い古された槍を持っている。その装いに、指揮官たちは驚きを禁じ得ないようだった。

八年前、リュドミラの母のスヴェトラーナは娘のために軍衣をつくらせた。彼女は、娘に対して形のあるものはこれだけしか残さなかった。自分と同じく戦姫になるのだから、何もせずともすべてを受け継ぐだろうと考えていたらしい。

だが、リュドミラは戦姫になれなかった。軍衣は、母から受け継いだ唯一のものになり、捨てられなくなると同時に、誰にも話せないものになった。

サーシャに仕えるようになってしばらくしたころ、リュドミラはすっかり身体に合わなくなっていたこの軍衣を仕立て直した。戦姫になれずとも、サーシャの下でなら軍衣に袖を通す機会があるかもしれないと思ったのだ。また、一度も着ることなく朽ちさせてしまったら、亡き母に申し訳ないという思いもあった。

キュレネー軍によってシレジアが陥落した日、混乱の中でリュドミラが自分の部屋から持ちだしたのは、これだけだった。他に持ちだすべきものはたくさんあったのに、軍衣しか頭の中に浮かばなかったのだ。あとで自分の行動を振り返って、リュドミラは悲しそうに笑った。

いま、リュドミラは左右にエレンとサーシャを控えさせ、精一杯の威厳をもって、ここに集まった二十人の指揮官を見ている。静かな声で言った。

「この姿は、私も一個の戦士として皆とともにあるという意志の表れです。非力な身ですが、いざとなれば力を尽くして、最後まで戦い抜いてみせます」

これで少しでも皆の士気が高まってくれればという計算がないとはいわない。だが、文官が着替えたところで、彼らを白けさせるだけではないかという不安もあった。

「総指揮官殿」と、指揮官のひとりが厳めしい表情で口を開く。

「そのお気持ちだけ、ありがたくちょうだいします」

「この本陣に敵を寄せつけないのが、我々の務めです」

　別の指揮官が明るい声で言った。

「我々が武勲をたてるのを見守っていてください」

　他の指揮官たちも、尊敬と信頼を湛(たた)えた眼差しでリュドミラを見つめる。この山に拠点をつくると決めたときから、彼女が必死に知恵を絞って奮闘してきたことを、誰もが知っていた。

　必要と思えば、リュドミラは中腹とふもとを一日に二度でも三度でも往復した。兵たちと語らうことはほとんどなかったが、多くの兵が彼女の仕事ぶりを見ていた。

　エレンやサーシャとは異なる意味で、リュドミラがこの軍に欠かせない存在であることを、指揮官たちはわかっていた。

　目の奥が熱くなり、涙腺が緩むのをリュドミラは自覚する。槍を強く握りしめて表情を引き締め、口を引き結んだ。これから戦だというのに、総指揮官が泣くわけにはいかない。

　風が吹き抜けて、火照った顔を冷やす。呼吸を整えて、リュドミラは言った。

「敵の数は三万。私たちが勝つには、彼らを文字通り殲滅(せんめつ)しなければなりません。これまでにキュレネー軍と戦った者は知っているでしょうが、彼らはどのような状況になっても決して逃げない。最後のひとりになっても戦いをやめず、手足が折れても立ち向かってくる」

　指揮官たちの間に緊張感が漂う。ここに並ぶ者たちは、さすがにそのことを知っていた。

「私は彼らを打ち倒すために、この山に十層の防御陣を築きました。攻めよせる敵を削りなが

ら後退していく戦いになります。そこで、あなたたちにお願いがあります」

感情が昂ぶり、リュドミラは槍の石突きで地面を力強く叩く。声を張りあげた。

「無理をしないでください」

指揮官たちの顔を戸惑いがよぎる。彼らの考えていることが、リュドミラにはわかった。

「あなたたちは、いずれ劣らぬ熟練の指揮官です。これまで、無理をしなければならない状況に遭遇したことは幾度となくあったでしょう。多大な犠牲が出るのを覚悟で突撃したり、あるいは苦しさに耐えて持ち場を死守したりして、勝利をつかんできたことがあったと思います。ですが、すでに言ったように、キュレネー軍はこれまでの相手とは違います」

喋りすぎだろうかと、リュドミラの胸の奥底で不安がこみあげる。亡き母は、もっと多くの兵たちを前にしても、こんなに長く話していなかったと思う。

——先代を気にしすぎないことかな。

以前に誰かが自分に言った言葉が、不意に思いだされた。

——そうよ。私は私。戦姫じゃないんだもの。

自分に言い聞かせて、言葉を紡ぐ。

「私たちが王都を脱出して、約五十日。あの日の敗北を忘れず、怒りを抱え、屈辱を晴らす機会を待ち続けていた者は多いでしょう。ですが、おさえてください。戦いは今日で終わりはしません。キュレネー軍をこのジスタートから完全に追い払う日まで、ひとりでも多くの戦友とともにあることを、私は望みます」

言うべきことはすべて言った。息を吐きだして、リュドミラは皆を見つめる。

沈黙が訪れる。それは、指揮官たちが呼吸を合わせるための、一瞬の産物だった。

彼らはいっせいに腕を高く突きあげて、腹の底からの喊声（かんせい）を響かせる。大気が割れんばかりに揺れ、山そのものも震えたかと思われた。

これが、総指揮官に対する彼らの答えだった。

もう一度、リュドミラは泣くのをこらえた。彼らに負けてはならないと、大声で叫ぶ。

「配置につけ！」

指揮官たちが敬礼し、足早（あしばや）に駆け去っていく。あとにはエレンとサーシャが残った。

「いや、驚いた。つい聞き惚（ほ）れたぞ。正面からおまえを見たかった」

エレンがリュドミラの背中を軽く叩き、サーシャは彼女の肩に軽く手を置いた。

「僕も正面から敬礼をしたかったたね。君に任せてよかった」

「や、やめてください、お二人とも……」

リュドミラは顔を真っ赤にすると、恥ずかしそうにうつむく。目の端を手で拭（ぬぐ）った。

「では、私は自分の持ち場へ戻る。しかし、リュドミラ殿は本当にひとりでいいのか？」

エレンに聞かれて、リュドミラは気を取り直す。この本陣には彼女しか残らない。護衛の兵はひとりもおらず、エレンもサーシャもここから離れた持ち場に待機する。

「兵の余裕がありませんから」

　リュドミラは笑顔をつくった。嘘ではない。山の中に誘いこむとはいえ、二万の兵で三万の敵を相手にするのだ。エレンとサーシャは、ティグルやアーケンの使徒といった強敵に備えて動かせず、相手はどれだけ犠牲を出しても絶対に退かない。一兵も無駄にできなかった。

「敵がここまで来るようなら、私たちの負けです。そうなる前に逃げなければなりません。そういったことを考えても、ここには私だけがいればいいんです」

「わかった。おたがいに気をつけよう」

　エレンが歩き去っていく。だが、サーシャはその場から動かず、リュドミラを見つめた。

「リュドミラ、戦場では何が起きるかわからないから、いまのうちに言っておきたい」

　普段通りの声のようでいて、その中に含む真剣さに気づき、リュドミラは背筋を伸ばす。

サーシャは言葉を続けた。

「君なら戦姫になれると、僕は思っている。どんな手を使ってでも生き延びてほしい」

　思いがけない言葉に、リュドミラはうろたえる。反論しようとしたが、声が震えた。

「そんな……やめてください、アレクサンドラ様」

「ファイナに仕えてほしいと頼まれて、僕に相談しに来た日のことはいまでも覚えている。戦姫になりたいという気持ちを、君はあのときに心の奥底にしまいこんだのだと思う。でも、捨ててはいないはずだ」

リュドミラは槍を握りしめて、うなだれる。これがエレンに言われたのであれば、反発しただろう。相手がアヴィンだったら怒鳴りつけたかもしれない。

しかし、サーシャに対してはできなかった。

五つ数えるほどの沈黙を経て、リュドミラは槍で自分を支えながら、うなずく。

その通りだ。戦姫になれなかったとき、どうしてなのかと何日も悩んだ。そして、それでも戦姫になりたいという気持ちを捨てられなかった。

だから、「戦姫になってください」とアヴィンに言われたとき、戸惑ったのだ。

「いつだったか、エレンは竜具を取り返すと言っていたけど」

リュドミラの肩を軽く叩いて、サーシャは笑いかける。

「かなうことなら、君のための竜具を取り返したいと僕は考えている」

言うべきことを言ったのだろう。サーシャが離れる。リュドミラが顔をあげると、こちらに背を向けて、自分の持ち場へ歩いていく彼女の姿があった。

「そういうことを、戦がはじまるときに言わないでください……」

つぶやくように苦情を吐きだして、リュドミラは考えを切り替える。

戦場となった山を見下ろした。ここからなら、いくつもの部隊にわかれて待機している兵たちを、かぎられた時間の中で必死につくりあげた防御陣を、毎日のように歩きまわっている山道や斜面を一望に収めることができる。

兵たちが寝起きしているいくつもの小屋は、そのままだ。場合によっては障害物にしたり、火を放って敵の前進を阻んだりするつもりだった。

「勝って……！」

願いが、心の中でおさまらずに口をついて出た。

†

アヴィンとミルは、ふもとに近い第一層の防御陣にいる。キュレネー軍の攻勢を最初に受けとめる場所だ。受けとめるといっても、正面からぶつかりあうようにはできていない。土を盛って厚い壁を築き、柵を立て、木々の陰や地面に数々の罠を張り巡らせてあった。

第一層の防御陣にいる兵の数は、実に五千を超える。一箇所にまとまらず、少数の部隊にわかれて広く分散していた。アヴィンたちのそばにいる兵は数十人ほどだ。

山である以上、上へ行くほど小さく、狭くなっていく。防御陣は小さくなり、攻めてくる敵の密度は増す。それゆえに、リュドミラは全軍の二割以上の兵を第一層に配置したのだ。

不意に、中腹から驚くほどの大音声があがった。

「盛りあがってるじゃない」

中腹を見上げたミルが、剣の鞘で肩を叩きながらうらやましそうな声を出す。

「私もリュドミラさんの演説を聞きたかったな。どんな話をしたのかしら」

「あとでエレンさんかアレクサンドラ様に聞けばいい」

黒弓の弦を指で弾きながら、アヴィンがそっけなく言葉を返した。ミルが眉を吊りあげる。

「アヴィンは気にならないの？　エレンさんならともかく、リュドミラさんが兵たちに演説をするなんて、はじめてのことじゃない」

アヴィンは黒弓から顔をあげて、ミルを軽く睨んだ。その表情から、彼女はアヴィンの内心を察して、意地の悪い笑みを浮かべる。

「気になるから、気にしないようにしてたのね。ひねくれ者っていうのよ、そういうの」

どんなふうに言い返してやろうかと思っていると、キュレネー軍の陣営から獣のような雄叫びが聞こえた。約三万の兵によるものとはいえ、彼らのいるところからこの場所までは数百アルシンある。十数人ほどのジスタート兵が驚いた顔をしていた。

「おまえたち、たかが声に驚いてどうする」

ひとりの兵士が立ちあがり、ことさらに呆れた声を出して仲間たちをなだめる。背が高く、整った顔だちをしているが、念入りに逆立てた黒髪が、彼を奇人に見せていた。

男の名はルーリックという。この部隊の隊長を務めており、革鎧をつけ、弓を背負い、腰に剣を吊している。優れた戦士で、とくに弓に長けていると評判だった。

「さすが、ルーリックさんは落ち着いてるわね」

「なに、この頭で怯えては、笑いものでしかないのでな。常に意地を張るしかないのだ」

気さくに声をかけたミルに、ルーリックは笑って応じた。


アヴィンたちがルーリックと言葉をかわしたのは、シレジアを脱出し、ヴォージュ山脈を目指して行軍していたころだ。王都でも顔を合わせたことはあったが、おたがいに忙しく、話す余裕はなかった。

自分たちがティグルに会ったことを話すと、ルーリックは詳しい話を聞かせてほしいと頼んできて、打ち解けたのである。

ちなみに、ミルが最初に聞いたことは、「どうして髪をそんなふうにしているんですか？ふつうにしていれば格好いいと思うのに」だった。アヴィンはかなり慌てたものだったが、ルーリックは気分を害することもなく、逆立てた髪をそっと撫でながら答えた。

「これは願掛けのようなものだ。風と嵐の女神エリスへのな」

エリスは、ジスタートとブリューヌで信仰されている女神だ。弓を使う狩人や、風向きが重要な船乗りなどに信仰する者が多い。弓に強い自信を持っているとはいえ、戦神トリグラフではなく、エリスを信仰するルーリックは、戦士としては変わり者といっていいだろう。

アヴィンたちはティグルとの短い旅について話したあと、ルーリックとティグルの出会いについて聞いた。彼は、とくに隠すこともなく語ってくれた。

「私がティグルヴルムド卿とはじめて出会ったのは、四年前だ。あの方はブリューヌの内乱を鎮めたあと、ブリューヌとジスタートの友好を深めるために客将としてジスタートを訪れた」

アヴィンとミルはうなずく。以前にティグルとエレンから聞いたことがあった。

「あの方と会うまで、私は自分より矢を遠くまで飛ばせる者など、たとえ他国にでもいるはずがないとうぬぼれていたのだ。だが、ティグルヴルムド卿と出会って増長に気づかされた。それで、あの方に追いつくまで、この髪にすると決めた」

話しながら、ルーリックの視線は遠くに向けられていた。失われた過去を懐かしむように。

「追いついたら、髪は元に戻すの？」

屈託を感じさせない口調で、ミルが聞いた。ルーリックとしても、彼女の態度は好ましいものだったようで、興味深そうな目を向ける。

「そのつもりだが、君には何か考えが？」

「いまの髪も気に入っているように見えたから。失礼な言い方に聞こえたらごめんなさい」

「ふむ」と、ルーリックは、もう一度髪を撫でた。

「そうだな。この形にしてからだいぶたつ。慣れたとは思っていたが、思ったより気に入っていたのかもしれないな」

「顔がいいから、いっそ禿頭でも似合うと思うんだけど」

それはさすがに失礼なもの言いに思えて、アヴィンはミルの頭を軽く小突いた。

アヴィンは、おもに弓の技術について、ルーリックと盛りあがった。

「以前、ティグルヴルムド卿と、よい弓の条件について話しあったことがある。優れた素材でつくった弓は、たしかに矢がよく飛ぶ。しかし、弓というものはそれほど頑丈ではない」

「わかります。父も言っていましたが、肝心なときに傷んで矢が飛ばなくなり、直すための材料もなかなか手に入らない弓が、はたしていいものといえるのか。遠いヤーファ国にしかない素材でつくった弓を見せてもらったこともありましたが……」

「結局、手近にあるものでつくった弓が、いちばんいいのではないかという結論になる。おとぎ話に出てくるような、竜の牙や鱗でつくられた弓がほしいと、二人で笑いあったよ」

そのあと、二人はおたがいの弓の技量を見せあったが、三百アルシン（約三百メートル）先まで矢を飛ばしてみせたアヴィンに、ルーリックは素直に感心したものだった。

「十七歳で、よくこれだけ鍛えあげたものだ。どうやって身につけたのか教えてくれないか」

「父に教わりました。あとは、戦場で」

「その変わった弓も、お父君に？」

このとき、アヴィンが持っていたのは黒弓だった。

「旅に出るときに、持っていけと渡されました。とにかく頑丈な弓で」

「いや、ティグルヴルムド卿が以前に持っていた弓と、よく似ていると思ってな」

　ルーリックは笑ってそう言ったが、アヴィンの弓についてそれ以上の追及はしなかった。それ以後、三人は親しく言葉をかわす間柄になったのである。

　そこかしこに雲を散らした空の下、風に乗って、独特の大太鼓の響きがアヴィンたちのところにまで聞こえてきた。キュレネー軍が動きだしたのだ。

「来るぞ」

　ルーリックが表情を引き締めて、兵たちに武器をかまえるよう命じる。ジスタート兵のひとりが、上へ向かって大きな赤い旗を振った。

　それぞれの防御陣は、大きな旗と狼煙(のろし)とで連絡をとりあっている。伝令も用意しているが、山の中を駆けまわることになるので、よほどの場合にしか使わないことになっていた。

　大太鼓にまじって、角笛の音も聞こえた。槍の穂先を陽光に反射させて、約三万のキュレネー兵が前進してくる。ジスタート兵たちが緊張の息を吐く。アヴィンは矢の本数を確認し、ミルは足元に置いたたくさんの石をもてあそんだ。

　山まであと五、六十歩というところまで来たとき、キュレネー兵たちの両眼に猛々(たけだけ)しい戦意の輝きが灯る。剣を振りあげ、槍を突きあげて、彼らは鬨(とき)の声(こえ)をあげた。我先にと山に飛びこんで斜面を駆けのぼり、第一層の防御陣にまっすぐ向かっていく。

「ヴァンペールの戦い」が、はじまった。

「やれ！」

ルーリックが叫ぶ。兵たちが矢を放ち、石礫や泥の塊を投げつけた。

風を引き裂いて降り注ぐ矢や石、泥を、キュレネー兵たちは避けようとも、盾で防ごうともしなかった。何人かがそれらをまともに受けて、次々に斜面を転げ落ちる。だが、運よく当たらなかった者や、当たっても姿勢を崩さなかった者は、勢いを落とさずに斜面を駆けた。

防御陣に迫ったところで、先頭にいたキュレネー兵たちが転倒する。地面から低い位置に縄が張ってあったのだ。他に、たっぷり水を流されて泥濘と化している場所もあった。ジスタート軍の仕掛けた罠だ。

転倒したキュレネー兵たちに、矢と石礫が浴びせかけられる。彼らが死ぬまで戦う以上、確実に葬り去らなければならなかった。

一瞬ごとにキュレネー兵の死体が増えていくが、後続のキュレネー兵はひるまない。戦友を気遣うこともなく、倒れた仲間を踏みつけて猛進する。

「すごい勢いで石が減っていく」

足元に残っている石を見て、ミルがため息をついた。

「敵の中に飛びこんで斬っていった方が、早い気がしてくるわね」

「そんなことをしたら、おまえの背中を狙うからな」

アヴィンが冷たく突き放す。新たな矢を黒弓につがえながら、山のふもとから防御陣の前までを埋めつくすキュレネー兵たちを、冷静に観察した。

——ティグルさんの姿はないな。

兵の配置を決めるとき、アヴィンとミルはリュドミラに頼んで、第一層の防御陣の守りについた。王都の戦いでそうだったように、ティグルがキュレネー兵たちの先頭に立って向かってくる可能性を考えたからだ。白弓の『力』を使われたら、リュドミラが構築した堅固（けんご）な防御陣はたやすく吹き飛ばされてしまうだろう。

ちなみにエレンとサーシャは、ティグルは敵軍に捕らえられて操られていると兵たちに説明している。裏切ったのではないかという声もあがったが、キュレネーが裏切り者を受けいれた例はないというサーシャの言葉に、反論できる者はいなかった。実際、いくつもの国がキュレネーによって滅ぼされているというのに、それらの国の将や騎士がキュレネー軍に加わったという話はない。

むろん、操られているのだとしても、ティグルの行動は許されるものではなく、討ちとらなければならない。だが、ティグルの強さをエレンたちはわかっている。それで、戦うことになったら、容赦をする必要はないが逃げてもよいと言っていた。

「ティグルさんはここにはいないみたいね」

ミルが憮然（ぶぜん）としてつぶやいた。アヴィンと同じことを考えていたらしい。第一層の他の場所でも戦いははじまっているが、ティグルが現れたような気配はない。

「単独行動をとったかな」

「そう思わせておいて、もう少ししたら正面から攻めてくることも考えられるわ」

いずれにせよ、敵が目の前に迫っている状況で、自分たちだけがこの場を離れることなどできない。アヴィンとミルは仲間とともに、敵兵を打ち倒していった。

地面をいくつもの死体が埋め、その上に新たな死体が重なり、血の臭いが土の匂いをかき消してこちらまで漂ってくる。投げだされた槍や盾が血煙と土埃の中に埋もれていく。

防御陣の前方に凄惨な光景が展開し、ジスタート兵たちが肉体的にも精神的にも疲労を感じはじめたころ、キュレネー軍の動きに変化が生じた。

物々しい響きとともに、黒い甲冑を着こんだ一団が姿を見せる。前に突きでた形状の兜や、ごつごつとした鎧や籠手が禍々(まがまが)しい印象を与えた。手にしているのは、刀身が半ばで湾曲した大振りの剣だ。

「何なの、あいつら……」

ミルが顔をしかめる。キュレネー兵の武装は、金属片を連ねた革鎧を着て、頭に単眼を描いた布を巻き、右手に槍を、左手に盾を持って、反(そ)りのある剣を腰に下げるというものだ。そうした集団の中から現れたこの甲冑の戦士たちは、はるかに異質な存在に見えた。

「まさか、鉄鰐兵というやつか」

ルーリックが緊張も露わに呻く。アヴィンが意外だという顔で彼を見上げた。

「ご存じなんですか」

「シレジアにいたころ、南の大陸から逃げてきたという者に、いろいろと話を聞いたことがあってな。南の大陸は年中、暑いとかで、使いどころを選ぶものの、ひとたび戦場に出れば恐ろしく勇猛だという話だ」

鉄鰐兵たちは地面を踏みしめるように、ゆっくりと進んでくる。ジスタート兵たちは矢を射かけ、石礫を投げたが、彼らのまとう甲冑にことごとくはね返された。

「まずいな」

アヴィンは唸った。矢と石と泥で敵の数を少しでも減らすというのが、ジスタート軍の基本的な方針だ。キュレネー兵の武装を考えれば、それで通じるはずだった。

このあたりの地面に仕掛けた罠は、ほとんど使った。残っているものも、キュレネー兵の死体で埋まっていて、役に立ちそうにない。

鉄鰐兵たちが、こちらが張り巡らした柵に近づいてくる。あと十数歩というところだ。

ミルが長剣を肩に担ぎ、柵を飛び越えたのは、そのときだった。気合いの叫びをあげて、彼女はひとりで鉄鰐兵たちに立ち向かっていく。

先頭にいた鉄鰐兵が、剣を振りあげ、振りおろした。ミルはその一撃を難なく避けて、相手の首をはねる。首を失った死体が、鮮血を噴きあげながら仰向けに倒れた。

るとすらできない。

「馬鹿」と、アヴィンはおもわず毒づいた。これではミルに当たることを恐れて、彼女を助けることすらできない。

仲間の死体を踏み越えて、二人の鉄鰐兵がミルに襲いかかる。ミルはひるまず、斬撃のひとつを弾き返し、もうひとつは横に跳んでかわすと、相手の脚に斬りつける。そうして敵兵が体勢を崩したところへ、喉を狙って剣を突きこんだ。

ミルの活躍に、ジスタート兵たちが歓声をあげる。ルーリックが叫んだ。

「甲冑の敵は放っておけ！　やつらの後ろにいる軽装の兵を狙うんだ！」

ミルを支援するという点でも、彼の命令は的確だった。矢や石が大きく弧を描いて飛び、鉄鰐兵以外のキュレネー兵を打ち倒す。その間に、ミルは三人目を斬り伏せた。

新たな鉄鰐兵たちが、待ちかねたようにミルに襲いかかってくる。

彼らの剣をかわしたときだった。鉄鰐兵の後ろにいたキュレネー兵が、槍を突きだす。その穂先がミルの外套に引っかかった。体勢を崩して、ミルは尻餅をつく。

顔をあげると、自分を見下ろす二人の鉄鰐兵と目が合った。殺意と狂気と昂揚感が両眼からほとばしっている。彼らは剣を振りあげた。

ミルは長剣を振るって、自分の外套に突き刺さったままの槍の柄を勢いよく斬り払う。そのまま横に転がった。泥濘に倒れこむ形になり、黒い泥飛沫があがる。鉄鰐兵たちの剣は、彼女の髪と肩をかすめるだけにとどまった。

だが、ミルはまだ窮地を脱したわけではなかった。起きあがろうとしたところで、左手を何かにつかまれる。そこに倒れていたキュレネー兵の仕業だった。顔に二本の矢を受け、鼻はおそらく投石によって潰れていたが、まだ生きていたのだ。

そのキュレネー兵は、もはやミルの手をつかむ以上の行動はできないようだったが、振りほどこうとしても離そうとしない。鉄鰐兵のひとりがミルに歩み寄る。

アヴィンとルーリックが動いたのは、同時だった。弓をかまえ、矢をつがえて、弓弦を引いたかと思うとすばやく射放つ。二本の矢はまっすぐ飛んで、いままさに剣を振りおろそうとしていた鉄鰐兵の兜の奥に突きたった。左右の目を貫かれて、鉄鰐兵は崩れ落ちる。

ミルは左手をつかんでいたキュレネー兵にとどめの一撃を突きこむと、今度こそ手を振りほどいて立ちあがった。襲いかかってくるキュレネー兵たちを斬り捨て、ひとりを鉄鰐兵の方へ蹴りとばし、彼らに背を向けて駆けだす。泥まみれの身体で柵を飛び越え、戻ってきた。

「さすがに死ぬかと思ったわ……」

大きなため息を吐きだしながら、アヴィンの外套の裾で顔の泥を拭うミルに、若者は怒りを帯びた冷たい声を投げつける。

「この戦が終わったあとで、エレンさんにしっかり報告するからな」

自分が何か言うより、彼女から怒られた方がいいと思ったのだ。案の定、ミルは慌てた。

「待ってよ。鉄鰐兵だっけ、あいつらを討ちとったじゃない」

「武勲を言い訳に使いたいなら、死ぬ気であと十人ぐらい斬ってこい」

緊張感に欠けた台詞をアヴィンは返したが、半分は本気だった。ミルが減らしたとはいえ、鉄鰐兵は目に見える範囲で四十人近くいる。

──さっきみたいにうまく狙えたらいいが、どれだけ減らせるか。

そう思ったとき、離れたところからこちらへ走ってくるジスタート兵の姿を、アヴィンの目は捉えた。自分の偵察隊の一員だったレヴだ。この戦では隣の防御陣に配置されていた。

視線をかわしておたがいの無事を喜びあうと、レヴはルーリックのそばに駆け寄る。息を弾ませながら懸命に報告した。

「オレクシーの部隊のレヴです。北側の防御陣が二箇所、突破されました。黒い甲冑の敵兵が手強(てごわ)いため、我々は防御陣を放棄して第二層まで後退します」

「ご苦労」

ルーリックは短い言葉でレヴをねぎらうと、すぐに自分の隊の伝令を呼ぶ。レヴから聞いた内容に加えて、自分の隊も後退することを告げ、他の防御陣へ走らせた。それから兵たちを見回して叫ぶ。

「ここは捨てる！　残っている武器をありったけ叩きつけてやれ！」

隣接している味方の防御陣がなくなれば、敵は正面だけでなく、右や左からも攻めてくる。そうなれば守りようがない。引き際を誤ってはならなかった。

ジスタート兵たちが二手にわかれる。一方は敵軍に向かって矢を放ち、石礫と泥の塊を投げつけた。その間にもう一方は、大人が数人がかりで抱えるほどの大岩や、枝も根もついたままの木を用意した。柵を取り払い、息を合わせて叫びながら、それらを転がす。

大岩や木による攻撃は、強力だった。どうしても狙いが甘くなり、いくつかは見当違いの方向へ転がっていったが、キュレネー軍に直撃すると、鉄鍔兵ですら耐えられない。大岩や木が通過したあとには、潰されて血まみれになったキュレネー兵の死体がいくつも倒れていた。

キュレネー兵はひるまなかったが、味方同士でぶつかりあい、混乱が生じた。彼らが体勢を立て直す間に、ジスタート兵たちは背を向け、斜面を駆けあがって逃げる。

アヴィンとミルは、ルーリックや少数の兵たちと殿を務めた。追ってくる敵兵を射倒し、あるいは石を投げつけて、前進を鈍らせる。地面に水を流して、彼らの足を滑らせた。

そうしてどうにか追撃を振りきり、第二層の防御陣が見えてきたころ、アヴィンはルーリックに呼びかけた。

「ルーリックさん、俺とミルは……」

自分たちは第二層には行かず、エレンのもとへ向かう。そう言う前に、ルーリックはすべてを承知したようだった。彼の顔は汗と土埃にまみれ、逆立てた髪は萎れた野草のようになっていたが、笑ってみせるとそれだけでさまになった。

「実はな」と、ルーリックは言った。

「私はライトメリッツ公国で生まれ育ったんだ。だから、エレオノーラ様には勝手に親しみを感じていた。どうか、私の分もお守りしてくれ」

「任せて！　またあとでね！」

ミルが力強くうなずき、ルーリックたちから離れて急な斜面を走りだす。アヴィンもルーリックに一礼してから、彼女を追った。ほどなく隣に並ぶ。

ティグルはついに第一層のどこにも現れなかった。正面からの攻撃には加わらず、単独または少数でエレンかサーシャを狙うのだろう。止めなければならない。

「おまえの安請け合いも……」

隣を駆けるミルを一瞥(いちべつ)して、アヴィンは言った。

「たまには悪くないな」

ティグルを相手に、自分たちがどこまで戦えるかもわからないのに、「任せて」などと、よく当たり前のように言えるものだ。

「うらやましいなら真似(まね)してみる？」

ミルがくすりと笑う。二人は木々の間に飛びこみ、灌木(かんぼく)や茂みにまぎれて駆けていった。

†

山の中腹の本陣で、リュドミラは戦いを見守っている。

防御陣から聞こえてくる怒号や悲鳴、さまざまな戦いの響き、いくつか見える旗の動き、立ちのぼる狼煙などで、およその状況は把握していた。

だが、リュドミラには何もできない。予備の兵など用意していないし、そばにはひとりの伝令もいないからだ。

「第一層は完全に放棄したみたいね……」

どのていどの被害が出たのか。そして、どのていどの損害を敵に与えたのか。

リュドミラは知らないことだが、第一層を捨てた時点で、ジスタート軍は四千近くのキュレネー兵を討ちとっている。一方、ジスタート兵の死者は三百に満たず、負傷者も五百ほどだ。

だが、両軍の数の差は依然として大きい。二万足らずのジスタート軍に対し、キュレネー軍は約二万六千の兵が残っている。そして、神のために戦う彼らの戦意は尽きることがない。

この戦いがどのような結末を迎えるのか、まだ誰にもわからなかった。

視線を転じて、山のふもとを見る。北東のあたりにキュレネー軍がいた。数は百ほどで、山に入ろうとはせず、東から北東の間をうろうろしている。

――あんな不可解な動きをするキュレネー兵の部隊なんて、聞いたことがないわ。

百ていどとはいえ、油断はできない。この場所からもっとも近い第十層の防御陣に知らせに行こうかと思ったが、ひとつの疑惑がリュドミラを押しとどめていた。

彼女がこれまでに学んできた知識と、それをもとにした思考は、あれは陽動であると告げている。キュレネー軍が囮を使うという話は聞いたことがないが、そうとしか思えないのだ。相手の罠に引っかかって兵を無駄に動かすようなことがあれば、敗北しかねない。

「だいじょうぶ、だいじょうぶよ……」

槍を握りしめて、自分に言い聞かせる。ひとりでよかったと思った。百人の敵兵を見て悩んだり不安に駆られたりする総指揮官の姿など、誰にも見せられない。

「まだ第一層を捨てただけ。エレオノーラ様とアレクサンドラ様も控えている」

もっとも、エレンとサーシャに戦場へ向かってもらうのは、本当に最後の手段だ。二人にはティグルやアーケンの使徒をおさえてもらわなければならないのだから。

そのときだった。強烈な視線を感じて、リュドミラの背筋に戦慄が走る。

そちらへ目を向けると、十数歩先にひとりの女性が立っていた。長い黒髪を持ち、白を基調とした神官衣に身を包んだキュレネー人らしき女性だ。

女性と目が合った瞬間、リュドミラは恐怖を覚えた。額に汗が浮かび、身体が震える。どうやってここまで来たのかという疑問は、消し飛んでいた。

人間のような外見をしているが、人間ではない。向かいあっただけで、それがわかった。

「はじめまして。私はアーケンの使徒、セルケトと申します」

リュドミラの顔が青ざめる。アーケンの使徒。エレンたちが言っていた、アーケンに仕えている恐ろしい怪物たちだ。

　セルケトが後ろに手を回す。金属を軽く打ちあわせるような澄んだ音が響いたかと思うと、彼女の両手には、奇妙に弧を描いた刀身を持つ剣がそれぞれ握られていた。

　リュドミラは反射的に槍をかまえたものの、額からは幾筋もの汗が流れ、もう息が乱れはじめている。戦姫ですら手強いと感じるような相手と、ただの人間である自分がまともに戦えるはずがない。サーシャやエレンに助けを求めようにも、逃げられるとは思えない。

「よい死出の旅を」

　二本の剣を胸の前で交差させて、セルケトがまっすぐ襲いかかってきた。

　リュドミラは姿勢を低くして、地面に身体を投げだすように跳躍する。そのまま転がって、すばやく立ちあがった。意識してのものではない。毎日の鍛錬で鍛えられた肉体が、攻撃に反応して動いたのだ。だが、それによって止まっていたリュドミラの思考が働きはじめた。

――そうよ。この怪物はきっと、私を殺したらアレクサンドラ様かエレオノーラ様を狙う。

　そんなことをさせてはならない。いや、止めるのは無理だろうから、少しでも遅らせなければならない。どんなことをしてでも時間を稼ぐのだ。

「ひとつ言っておくけれど」

　必死に呼吸を整えて、リュドミラは強張った笑みを浮かべる。

「私を殺しても、ジスタート軍は崩れないわ。戦姫がいるかぎり」

「私もそう思います。ただ、あなたを殺す理由が二つほどありまして」

セルケトはゆっくりと近づいてくる。無造作に、というふうではない。踊り子が舞をはじめる瞬間をはかるような歩き方に似ていると、リュドミラは思った。

「ひとつは、魔弾の王というのが何ものなのかは知らないが、目の前の怪物以外にも、自分を殺そうと思っているものがいることを知って、リュドミラは身体をびくりと震わせた。

魔弾の王に頼まれたこと」

「もうひとつですが……実は、あなたと私の間には因縁がありまして」

リュドミラは眉をひそめる。セルケトとは、いま会ったばかりのはずだ。彼女も「はじめまして」と、言ったではないか。

「分かたれた枝の先の私は、戦姫であるあなたに滅ぼされた。あなたは仇なのですよ」

言っている意味がわからない。しかし、それについて考えている余裕はなかった。

セルケトが地面を蹴って高く跳躍する。リュドミラは、動かなかった。本心をいえばすぐにでも距離をとりたかったが、その方が危険だと悟っていた。

セルケトの気配が間近に迫る。その瞬間、リュドミラは槍を横薙ぎに払いながら、後ろへ飛び退った。強烈な衝撃が槍から伝わってくる。

「驚きました」

声がしたときには、セルケトは目の前に降りたっていた。自分が相手の一撃を弾き返したのだと理解する暇もなく、刃が迫る。リュドミラは防戦一方に追いこまれた。

セルケトの剣が髪をかすめ、肩をかすめ、腕や脚を斬る。飛び散った鮮血が軍衣を汚し、地面に赤い斑点を描いた。瞬く間に傷だらけになったリュドミラだが、致命的な傷はない。驚異的な集中力を発揮して、本当に危険な攻撃だけをかわすことに専念したからだ。

「いい動きです。初撃を避けたのは、まぐれではなかったのですね」

セルケトが微笑を浮かべる。リュドミラは言葉を返すだけの余裕がない。呼吸を整えて、相手のわずかな動きをも見逃すまいと目を凝らした。

だが、続いて発せられたセルケトの言葉に、動きを止める。

「あなたが戦姫になっていたら、いつぞや遊んであげた槍使いの戦姫よりも楽しめる相手になっていたかもしれませんね」

槍使いの戦姫。自分の母は病に倒れたから違う。

イルダー王に従って戦場へ赴き、戦死したファイナ＝ルリエしかいない。

「あなたが槍使いの戦姫を……？」

心の奥底からふつふつと湧きあがる強烈な感情のために、リュドミラの声は震えた。

「最初は私が相手をしたのですが、あまり楽しめなかったので、メルセゲル――同じアーケンの使徒に譲りました。彼が、はるかな眠りの旅へと導いてあげていましたよ」

自分とファイナの関係は、決して良好なものではなかった。彼女はリュドミラに槍の鍛錬をやめるよう求め、自分はそれを拒んだ。二人の間には目に見えない亀裂が生じ、それが修復されないまま、彼女はこの世を去った。

だが、リュドミラはファイナを心から嫌ったことはない。オルミュッツのためによい戦姫であろうと努力する彼女を尊敬し、羨んでいた。

自分たちに足りなかったのは時間と、心の余裕だ。

それを奪ったのは、いま目の前にいるアーケンの使徒と、その仲間だった。

セルケトが前へ踏みだす。リュドミラは地面を蹴った。衝動が、彼女を突き動かした。

青い髪が数本舞う。恐るべき斬撃を紙一重でかわしながら、リュドミラは身体をひねり、渾身の一撃を突きこんだ。槍の穂先がセルケトの喉を正確に突き、そして砕け散る。

リュドミラは大きく息を吐いて、その場に座りこんだ。いまの刺突で、すべての力を使い果たしてしまったかのように。セルケトが剣を振りあげる。

「遠い世界の私の仇をとらせてくれたこと、感謝しますよ」

「――感謝はいらないよ」

静かなその声は、上から聞こえた。セルケトから目を離せなかったリュドミラだったが、姿を見なくとも、その声の主が誰なのかはすぐにわかった。口元に笑みが浮かぶ。セルケトは顔をしかめて上を見た。

煌炎の朧姫(ファルプラム)の異名を持つアレクサンドラ＝アルシャーヴィンが、斜面に立っていた。

　サーシャはかろやかにふたりの前に降りたつと、リュドミラを守るように、セルケトと対峙する。バルグレンをかまえながら、後ろのリュドミラに呼びかけた。

「よくがんばった。おかげで気づくことができたし、間に合ったよ」

　リュドミラが立ちあがって後退する。戦姫と怪物の戦いに飛びこもうものなら、かえってサーシャの足を引っ張ることになりかねない。

「アーケンの使徒だね」

　サーシャがセルケトに笑いかける。

「戦姫を狙っているんだろう。相手になるよ」

「メルセゲルには、シレジアに帰還したらお詫びしましょうか」

　つぶやいて、セルケトは狙いをサーシャに変えた。アーケンの使徒にとって、戦姫は何よりも優先して倒すべき敵である。

　セルケトが歩きだす。サーシャもまた無造作に歩みを進めた。間合いでいえば、双剣を持つサーシャより、湾曲した剣を持つセルケトの方がいくらか広い。

　そうしてセルケトの剣の間合いに入る直前に、サーシャは地面を蹴った。セルケトもまた、滑るように前進する。

　次の瞬間、四本の刃が激突して赤い火花をまき散らした。セルケトは舞うような動きと柔軟な身体を駆使して二本の剣を操り、おもわぬ角度からサーシャに斬りつける。

しかし、サーシャはそうした斬撃のことごとくを弾き返し、あるいは避けた。彼女はセルケトとは対照的にほとんど動かず、攻撃よりも回避に重きを置いているかのように見える。バルグレンは炎を操る竜具だが、その炎もほとんど用いていない。

不意に、セルケトが大きく身体をひねる。長い黒髪が広がった。刹那、サーシャは身体を横に倒して転がりながら双剣を振るう。硬質の音が響き、虚空に炎が弧を描いた。

「どうやって気づいたのですか？」

上体を起こしたセルケトが、感心したように目を細める。

彼女の髪には一本だけ、蠍の尾針を思わせる先端を持つものがあった。それには人間ならば一刺しで死に至らしめる猛毒が備わっている。セルケトは二本の剣で注意を引きながら、毒針を持つ髪を鞭のように操って、サーシャを葬り去ろうとしたのである。

「すべてに警戒していたというだけだよ」

こともなげにサーシャは答えた。セルケトは微笑を浮かべて、間合いを詰める。

突然、セルケトの身体が地面の中に沈んだ。まるで、彼女の足元が一瞬で水になったかのようだった。これにはサーシャも驚き、目を瞠る。しかし、彼女は驚きはしても、動きを鈍らせることはなかった。

地面を蹴って跳躍する。直後、彼女が立っていた地面から、湾曲した刃が飛びだした。サーシャの動きが少しでも遅れていれば、刃が彼女の脚を斬り裂いただろう。

サーシャが離れたところに着地したとき、セルケトが地面から浮かびあがった。

「本当に、よく気づきますね」

サーシャは戦慄を隠せない表情でセルケトと対峙した。

†

ティグルが戦場を避けるようにして山に入ったのは、戦がはじまって間もないころだった。

約三万のキュレネー兵を、囮に使ったのである。ひとりで、中腹にある本陣に向かうつもりだった。本陣に戦姫がいるという保証はないが、攻撃すれば現れるだろうと考えている。

骨を思わせる白い弓を左手に持ち、矢筒を腰に下げて、ティグルは斜面をのぼっていく。

リュドミラが防御陣を構築しなかった場所は、登りづらい急な傾斜であるとか、木々が邪魔でとても進めないところなのだが、ティグルは慣れた調子で進んでいった。

半刻ほどが過ぎて、そろそろ中腹が見えてくるだろうというところまで来たところで、三つの人影に気づいて足を止めた。

エレンとアヴィン、ミルが、十数歩先のやや高い場所から自分を見下ろしている。

「やはり、ひとりで登ってきたか。攻めよせてきたキュレネー兵の中に、おまえの姿がないのがわかってな」

エレンが冷厳な表情で言った。その手にはアリファールが握られている。白銀の刀身が風を起こして、彼女の足元の草をそよがせた。アヴィンとミルもそれぞれ武器をかまえている。

「ひとつだけ聞かせて」と、ミルが剣を肩に担いで、言葉を続けた。

「裏切ったの？　操られているの？」

「操られてなどいない」

ティグルはそっけなく答え、白弓に矢をつがえる。その動作が戦いの狼煙となった。


アヴィンが黒弓にすばやく二本の矢をつがえて射放つ。ティグルはさっと身をひるがえして右に向かって駆け、二本の矢をかわした。

そこへ、ミルが斬りかかる。彼女の狙いはティグルというより、その手にある白弓だ。ティグルは矢を放ちながら地面を蹴って、跳躍した。茂みの中へと飛びこむ。

ミルは自分に向かって飛んできた矢を斬り払いながら、地面に降りたった。彼女は茂みに飛びこんだティグルを追わず、剣をかまえて様子をうかがう。不意に、離れたところで小石の転がるような音がした。おもわずそちらに目を向ける。

音がしたのと違う方向から矢が飛んできたのは、その瞬間だった。予想外の出来事に、ミルは立ちつくす。だが、横合いから吹いてきた突風が矢の軌道をねじまげた。

「だいじょうぶか、ミル」

　エレンが駆けてくる。いま、矢を吹き飛ばしたのは、彼女の竜具が起こした風だった。エレンに礼を述べながら、ミルは困惑したように眉をひそめる。

「エレンさん……。相手はもうひとりいるみたい」

　しかし、エレンは首を横に振った。「私から離れるな」と、言って、さきほど音のしたところへ歩いていく。ミルは周囲を警戒しながら、彼女についていった。

「いまの音の正体はこれだ」

　エレンが屈んで拾いあげたのは、小さな石ころだった。

「以前に見たことがある。あいつは二本の矢を弓につがえて、一本目を離れたところに転がっていた小石に当てた。そうして獲物の注意をそらし、二本目をすばやく射放って仕留めた」

　こちらへ歩いてきたアヴィンが、慄然とした顔で周囲を見回す。

「もしかして、この地形は……」

「そうだ」と、エレンが厳しい表情でうなずいた。

「狩人としてのあいつに有利な場所だ。あいつがやる気なら、なおさらな」

　三人から十数歩ほど離れた木の陰から、矢が飛んできた。さきほどとはまるで違う方向だ。エレンはアヴィンとミルをかばうように前に出た。矢は、エレンの手前で風によって方向をそらされ、力なく地面に落ちる。

「裏切り者」と、エレンは怒りをこめた低い声で呼びかけた。

「貴様には人間の名前すらふさわしくないので、こう呼ぶ。おまえがどのような手管で矢を射放ってこようと、私に届くことは決してない。諦めて首を差しだせ」

アヴィンとミルが顔を見合わせる。エレンの言葉は正しくない。王都の戦いで、ティグルはあの白弓から『力』のある矢を放ち、エレンは竜技(ヴェーダ)でそれを相殺(そうさい)した。竜技でなければ相殺できなかったのだ。つまり、この呼びかけは挑発だろう。

案の定、エレンはささやくような声でアヴィンたちに言った。

「私から離れろ。あいつを誘いだす」

たしかに、それしかないように思われた。ティグルにしても、エレンに通常の矢が届かないことはわかっているだろう。黒い瘴気(しょうき)をまとわせて放つか、接近戦を挑むしかない。そして、接近戦では戦士として優れた力量を持つエレンにかなわない。

ミルとアヴィンはうなずくと、左右にわかれて慎重に歩きだす。

数歩進んだミルは、足元の草が、輪をつくるように結ばれているのに気づいた。こちらが爪先を引っかけて体勢を崩せば儲けものというところなのだろう。

――いつの間に仕掛けたのよ。

声には出さず毒づいて、あらためて周囲を見回す。十数歩先の木の陰に、外套の裾らしきものが揺れているのに気づいた。

——こちらの不意を打つために隠れている……。そう見せかけた囮というわけね。

　きっと、外套だけを木の枝に引っかけたに違いない。三対一だというのに、まるで優勢な気がしない。恐ろしい狩人だ。

——引っかかったふりをして近づけば、矢を射放ってくるはずだから場所がわかる。

　ミルは姿勢を低くして、外套の見える木に向かって走りだす。だが、かなり近づいても、予想していた反応はなかった。すぐに木の前までたどりつく。

——関係ないものだということ？

　地面から小石を拾って、木の陰から見える外套に投げつける。次の瞬間、後ろに引っ張られていたらしい木の枝が、勢いよくしなってミルに襲いかかってきた。その枝には、一本の矢がくくりつけられている。ミルは反射的に剣を振るって、その枝を切り飛ばした。

——こんな仕掛けまで……！

　宙に舞う木の枝を睨みつけながら、ミルは自分が罠にかかったことを悟った。ティグルは木の枝を強くしならせて革紐か何かで固定し、そこに外套を引っかけて、外套が軽い衝撃を受けたら木の枝が戻るように細工していたのだ。

　自分に向かって矢は飛んでこない。当然だろう。ティグルの狙いは自分ではないのだ。

「エレンさん！」

　彼女を振り返りながら、ミルは叫んでいた。

ミルが叫んだときには、ティグルは姿を見せていた。アヴィンからもミルからも離れた茂みの中に立って、白弓をかまえている。つがえた矢の鏃（やじり）には、すでに黒い瘴気が集まっていた。

エレンは長剣をまっすぐ掲げている。その刃には、すさまじい風の力が凝縮していた。

「──大気ごと薙ぎ払え（レイ・アドモス）！」

彼女の竜技に合わせて、ティグルは矢を放つ。二つの『力』が両者の間で激突した。

閃光が四方八方に飛散し、衝撃が大地をえぐり、吹き飛ばす。噴きあがった雑草や土砂は轟音をともなった土色の柱となった。

二人はおたがいだけを睨みつけて、間髪（かんぱつ）を容（い）れず第二撃を用意する。エレンの長剣には風が渦を巻いて集まり、ティグルがつがえた新たな矢は黒い瘴気をまとった。

閃光。衝撃。轟音。土煙が濛々と湧きあがって、二人の姿をわずかな間ながら隠す。

ティグルは疲労を感じながらも、よどみない動作で新たな矢を白弓につがえた。

シレジアでの戦いを思い返しても、竜技を立て続けに放つと、エレンは体力を大きく消耗するようだ。すぐに三発目を撃つことはできないだろう。風の防御膜を展開することすら難しいかもしれない。エレンが回復するまでの、わずかな間隙を突く。

土煙がおさまっていく。ティグルの視界に、長剣を握りしめながら、懸命に呼吸を整えているエレンの姿が映った。風の防御膜は、おそらくない。

矢を放つ。エレンは避けられないと悟ったのか、アリファールで斬り払おうとした。

そのとき、横から影が飛びこんできて、エレンの前に立ちはだかった。ミルだ。

矢が、ミルの左肩に突き刺さる。その瞬間、エレンだけでなく、ティグルも動きを止めた。

ミルの名を叫びながら、アヴィンが矢を射放つ。ティグルの反応は鈍かったが、どうにか命中する直前に身体をひねった。矢は、左腕をかすめて地面に落ちる。

――なんだ……？

ミルが矢を受けたことで、どうして自分が動揺しているのか、ティグルにはわからない。右目の奥がかすかにうずく。痛みですらないそれが、なぜか思考をかき乱す。

さきほど以上の隙ができたことに、ようやく気づいた。

はっとして顔をあげたときには、右手からミルが斬りかかってくる。右目を失っているいまのティグルには死角であり、動くのが遅れた。それでも気配と音でおよその位置と剣の軌道を感知し、地面を転がって斬撃をかわす。

だが、それはミルに読まれていた。彼女の左手には鞘が握られている。

大きく身体をひねりながらの二撃目に、ティグルは横面を張り飛ばされて吹き飛んだ。地面に倒れたティグルに、ミルが駆け寄る。

「これで目を覚まさないなら、もう一発お見舞いしてやるわ……！」

ティグルは彼女を見向きもせず、手元に転がっていた小石をつかんだ。手首の返しだけであらぬ方向へ投げる。そちらから、一本の矢がミルの脚めがけて飛んできた。仕掛けた罠のひとつだ。ミルは反射的にその矢を斬り払ったが、ティグルに時間を与えてしまった。

ティグルは今度は手元の土をすくって、ミルの顔に投げつける。目に土が入って、ミルはおもわず後退した。そうして彼女をひるませると、ティグルは腰のベルトに吊り下げている革袋のひとつをつかんで取り外す。乱暴に矢を突き通した。

アヴィンに向き直りながら、ティグルは革袋を貫いた矢をつがえて、放つ。アヴィンにではなく、彼の頭上高くにだ。

これにはアヴィンも意表を突かれ、黒弓につがえていた矢をティグルに向けるか、空中にある革袋に向けるか、迷う。一呼吸分ほどの短い時間だったが、ティグルが新たな矢をつがえて放つには、充分だった。この矢もまた、アヴィンを狙わない。空中にあり、落下していこうとする革袋に放たれた。

矢が刺さって、革袋が弾ける。中に入っていた黒い粉のようなものが、下にいるアヴィンに降りかかった。アヴィンはとっさに後ろに下がったが、風が吹いたこともあって、わずかな量の粉が彼にまとわりつく。

アヴィンは激しくむせた。革袋の中身は、キュレネー産の胡椒(こしょう)をはじめとする複数の香辛料と炭を、それぞれ粉になるまですり潰して混ぜあわせたものだ。

痛打というほどのものではない。ミルも、アヴィンもすぐに立ち直るだろう。だが、ティグルにとっては、エレンに『力』ある矢を放つ時間ができれば、それで充分だった。

エレンは回復し、三発目の竜技の用意に入っている。ティグルも白弓に矢をつがえ、鏃に黒い瘴気をまとわせた。すばやく計算する。

これから放つ矢は、さきほどのように相殺されるだろう。だが、その次の矢はエレンの四発目の竜技より速い。ミルとアヴィンが妨害してくるとしても、わずかに間に合わない。

「──大気ごと薙ぎ払え！」

エレンが竜技を放つ。だが、その動きはティグルにとって予想外のものだった。彼女は竜技を放ちながら、跳躍したのだ。

二つの『力』が激突して、閃光がめくるめく乱舞し、破壊の音と暴風とが大気を揺るがす。そして、エレンはその暴風を利用して、さらに高く飛翔していた。

空中から自分を見据えているエレンを見て、ティグルは計算の誤りを認める。新たな矢を取りだしたものの、動きを止めた。鏃に瘴気を集めるより、彼女の方が速い。

「おまえのやり方に、いつまでもつきあってやると思うな！」

はたして、エレンは長剣を腰だめにかまえると、獲物を発見した猛禽の勢いでまっすぐ急降下してきた。刃の切っ先はティグルに狙いを定めている。

逃げきれないと判断したティグルは矢を矢筒に戻し、白弓を左腕に通す。呼吸を止めて、エレンを見据えた。

風が唸り、彼女の姿が迫る。身体ごとぶつかってきたエレンを、ティグルは正面から受けとめた。ティグルの心臓を狙っていた彼女の長剣は、革鎧の左脇を斬り裂き、肉をわずかに傷つけただけにとどまる。

直後、ティグルがとった行動は、エレンを驚かせた。アリファールの刀身を両手で握りしめたのだ。見れば、その両手は黒い瘴気に包まれている。

エレンの剣をかわせないと判断したとき、ティグルは鏃ではなく、両手に瘴気を集めたのだった。失敗していれば両手の指を失う恐れもあったが、ためらわなかった。

しかし、エレンも驚いたままではいなかった。彼女のまとっている風が広がって、ティグルを包みこむ。彼女の行動を読みとって、ティグルは顔を強張らせ、奥歯を強く噛みしめた。アリファールを握りしめる両手に、いっそう力をこめる。

ティグルの足が地面から離れて浮きあがり、エレンとともに空に舞った。

飛翔してしまうと、おたがいにほとんど動けない。エレンは考えを切り替えたのか、大きく弧を描いた。斜面の上空から離れて、まっすぐそびえている岸壁に向かっていく。

ティグルは背中から岸壁に叩きつけられた。衝撃に息が詰まり、アリファールを手放す。

三十チェート（約三メートル）ばかり落下して、ティグルは地面に着地した。だが、反動に耐えられず、派手に転倒する。エレンもまた、ティグルから離れたところに降りたったが、疲労から大きくよろめいた。

　身体を起こしながら、ティグルは矢筒から矢を取りだす。白弓を握りしめた。だが、視界が定まらず、呼吸も乱れ、何より両手が激しく痛んで、うまくいかない。指が震えている。

——他に方法がなかったとはいえ、瘴気を手に集めたのは無理があったか。

ティグルにとって幸いなのは、エレンは立つのがやっとらしいということだ。自分は、もう一本だけならどうにか『力』のある矢を射放てる。

　膝立ちの姿勢で、普段の何倍もの時間をかけて、矢をつがえ、弓弦を引き絞る。

　狙いを定めたところで、しかしティグルは動きを止めた。ためらいを覚えたのだ。

　このまま矢から指を離していいのかという思いが、強く湧きあがっている。

——馬鹿な。

　焦りを覚えた。シレジアで対峙したときはもちろん、ここで戦いをはじめたときでさえ、このような感情は湧きあがらなかった。どうして、いまになって彼女を傷つけることに抵抗を覚えるのか。ミルに矢が当たったときから、自分の感情はおかしくなっている。

　自身を叱咤して、鏃に瘴気を集める。そのときだった。

「やあああっ！」

　頭上で、声がした。不吉な予感を覚えて見上げれば、剣を振りかぶったミルが落ちてくる。八十チェート以上はある高さから、自分めがけて。

ティグルはおもわず彼女に向かって、瘴気をまとわせた矢を放っていた。だが、ミルの剣はその矢を受けとめ、あろうことか打ち砕く。その刀身は青い輝きに包まれていた。

かわせない。ミルもただではすまないだろうが、自分は確実に死ぬ。そう思いながらも、ティグルは懸命に回避を試みる。もしも彼女の落下速度が変わらなかったら、ティグルの予想は当たっていただろう。だが、そうはならなかった。

ティグルの頭上で風が巻き起こる。ミルの落下速度がわずかに緩められた。それは彼女にとっても意外な出来事だったらしく、顔に戸惑いが色濃く浮かぶ。それによって生じた時間はひとつ数えるかどうかというぐらいだったが、ティグルにとっては充分だった。

地面を転がるようにして、ティグルはミルの剣から逃れる。身体を起こし、振り返りもせずに下り坂の斜面に飛びこんだ。駆けおりるというより、身体で滑り降りていく。

一方、地面に降りたったミルは、ティグルを逃がさじとばかりに下り坂の斜面のそばまで駆けていったものの、そこで足を止めた。斜面には茂みや灌木がいくつもあり、何本かの木が斜めにそびえている。狩人にとって有利な地形だ。

「エレンさんとの戦いで満身創痍のはずだけど……」

そう思いながらも、いくつもの罠に苦しめられた記憶が脳裏をよぎって、これ以上、ティグルを追うのはためらわれた。

「追う必要はない」

そう声をかけてきたのは、ゆっくりとこちらへ歩いてきたエレンだ。ミルは不満も露わに、エレンに詰め寄ると、大声で問い質した。

「どうして私に風の力を使ったの!?　あれさえなければ……！」

「おまえはどうなった？あの高さだ。脚を折るだけではすまないだろう」

岸壁に視線を移しながら、エレンは尋ねる。彼女がティグルを叩きつけた位置は、岸壁の中央よりやや下だ。だから、落ちても怪我をせずにすんだ。ミルの場合は命を落としていた可能性すらある。エレンがアリファールの力で落下速度を弱めたのは、当然の判断だった。

「それに、左肩もだ。無理をするなとは言わないが、限度というものがある。だいたい、おまえはあいつを助けたいとか言っていただろう。本気で斬りかかってどうする」

叱りつけると、ミルは申し訳なさと悔しさの入りまじった顔で唇を噛む。

「私が斬るつもりだったのは、あの不気味な白い弓よ」

エレンは眉をわずかに動かして、彼女を見直した。このようなことで嘘を言う娘ではない。「悪かった」と、謝罪する。

「やつについては次の機会を待て。本陣に向かうぞ。サーシャの様子も気になる」

ミルが、はっとする。キュレネー軍以外の敵が、ティグルだけとはかぎらない。

そのとき、岸壁の縁にアヴィンが姿を見せた。エレンたちを見て安堵の息をつく。エレンは風の力を使ってミルとともに飛翔し、アヴィンのところまで戻った。

†

ジスタート軍本陣での、サーシャとセルケトの戦いは続いている。

二本の剣と、毒針を仕込んだ長い髪を操るだけでなく、地中と地上を自在に行き来するセルケトにサーシャは為す術もなく、翻弄されていた。

いまのところ、相手の攻撃はすべて避け、あるいはバルグレンで弾き返しているが、攻撃はまったくできていない。斬りつけても地中に逃げられ、さらに地中から反撃されることを考えると、うかつに踏みこめず、消極的な戦い方を強いられているのだ。

――ヴァルティスで戦ったメルセゲルより手強いな……。

いままた、セルケトは地中に潜っている。サーシャは地面を警戒しながら、周囲に視線を走らせた。気がつけば、上へ延びる斜面の方へ追いつめられている。

――僕が斜面のそばにいれば、下だけでなく側面からも攻撃できるというわけか。

リュドミラは先端の砕けた槍を握りしめながら、歯がゆい思いでサーシャの戦いを見守っている。かなわないのを承知の上で、いますぐにでも戦場に飛びこみたい。だが、彼女を助けるどころか、セルケトに一撃で斬り伏せられる未来が容易に想像できて、動けなかった。

突然、サーシャの数歩先の地面から一本の刃が突きでた。セルケトの剣の刀身だ。それは円を描くような動きで、サーシャの周囲をまわりはじめる。

サーシャはその場から動かない。刃の動きから目を離すことはしなかったが、これは威嚇を兼ねた囮だと見切っている。

はたして、サーシャの背後の地面が割れて、セルケトが飛びだした。右手に持った剣と、黒髪に仕込んだ毒針とで襲いかかってくる。サーシャは双剣でその二つの攻撃を弾き返した。しかし、セルケトはその反応を予期していたかのように、空中で姿勢を変える。鋭い蹴りをサーシャの頭部に叩きつけようとした。ひとならざるものの打撃だ。人間の頭部など粉々に吹き飛ぶだろう。

サーシャはあえて体勢を崩して、恐ろしい蹴りをかわす。そのまま地面を転がって距離をとろうとした。そこへ、地面を動きまわっていたセルケトの剣がまっすぐ向かってくる。彼女の首を狙って。

無理な体勢から、サーシャは跳躍した。まだ空中にいたセルケトを蹴って、その反動を利用して刃から離れた場所に転がる。

身体を起こすよりも速く、セルケトが追い討ちをかけてきた。サーシャは双剣を交差して彼女の蹴りを受けとめたものの、勢いを殺しきれずに吹き飛ばされる。

よろめきながらもサーシャが立ちあがったとき、セルケトはもう地中に姿を消していた。相手の気配をさぐりながら、身体の具合をたしかめる。

――骨は折れていない……。でも、これ以上受けるのは厳しいな。

竜具で受けとめても、全身が痛むほどの衝撃を受けてしまう。起きあがれなくなる前に決着をつけるべきだ。

「つらそうですね。でも、あなたは他の戦姫より手強い存在でしたよ」

地中からセルケトの声が聞こえた。サーシャはわずかに眉を動かす。

「おまえは、僕の他に誰と戦った？」

「名前は存じませんが、鞭使いの戦姫と、槍使いの戦姫ですね。槍使いはメルセゲルに譲りましたけど」

サーシャが渋面をつくる。

――ユリアと、ファイナか……。

鞭の竜具の使い手は、ルヴーシュ公国を治めていた戦姫ユリア＝フォミナだろう。ルヴーシュは、サーシャの治めるレグニーツァの北にあるため、彼女とは交流があった。

ユリアの父は海賊討伐に熱心な騎士で、母は漁師の娘だった。そのような両親を持ったためだろう、ユリアは海を愛し、海賊討伐に熱心に取り組んだ。口癖は、「海を見よう。そうすればたいていのことは気にならなくなる」であった。

その一方で、彼女は内陸部の問題にはなかなか関心を持てず、サーシャと意見を衝突させることがしばしばあった。それでも、サーシャはユリアを嫌いではなかったし、素朴に父親を尊敬している彼女に、羨望に近い感情を抱いてもいた。

　昨年、ユリアはキュレネー軍の動向をさぐるべく、キュレネーに征服されたムオジネルに潜入して、帰らぬひととなった。

　槍の竜具の使い手であるファイナとも、サーシャはつきあいがあった。レグニーツァとオルミュッツは公国ひとつ分、離れているので親密なものにはならなかったが、ファイナはサーシャを先達として敬意を払い、時折、政事についての相談を持ちかけた。

　戦姫になる前のファイナは有力な諸侯の令嬢であり、教養を鼻にかけた態度が出ることもあったが、そのことを指摘されれば、彼女は素直に反省し、直そうとしていた。

　戦姫であろうとすることに、ファイナは一生懸命だった。その姿勢には焦りの色が濃く、彼女が気負いすぎていると感じたサーシャは何度か助言したが、これについては最後まで変わらなかった。

　今年のはじめに、彼女はあることを自分に頼んできた。オルミュッツから連れてきたリュドミラに、サーシャの補佐を務めさせたいというものだ。

「シレジアにいる間、あなたが彼女にどう接するかを見て、参考にしたいの。彼女はあなたのことを信頼しているでしょう」

　リュドミラとの関係について、ファイナは政務の傍らで何年も悩んでいたという。彼女を遠ざけるなり、他の公国へ派遣するなりしては、自分と彼女が不仲であることを証明するようなものだ。何より根本的な解決にはならない。そこで、サーシャに助けを求めたのだ。

「わかったよ。しばらく預かろう。ところで、リュドミラにはこのことを……」

「言っていないわ」と、ファイナは首を横に振った。

「もうだいじょうぶだと思ったら、私から言うわ。それまでは秘密にしていて」

ファイナとリュドミラのために、サーシャはその頼みを引き受けた。

だが、ファイナにとってその機会は永遠に失われた。この夏、彼女はイルダー王に従って戦場へ向かい、命を落としたからだ。

脳裏に浮かんだ彼女たちの顔を消し去って、サーシャは現実を見据える。静かな怒りをこめた息を、そっと吐きだした。彼女の意志を読みとって、双剣の刃が炎をまとう。

サーシャが双剣を振るうと、彼女を中心に、炎が前後左右に地面を走った。

「目くらましのつもりですか？　そのていどで、あなたの位置を読めなくなるとでも？」

セルケトの冷笑を無視して、サーシャは次の行動に出る。手にしている双剣を、無造作に放り投げた。朱色の刃と金色の刃を備えた一対の武器が、地面に転がる。

一拍の間を置いて、サーシャは真上に跳びあがる。刹那、彼女の足元の地面が割れて、セルケトが飛びだした。

「――バルグレン！」

サーシャが己の竜具に呼びかける。次の瞬間、地面に転がっていた双剣が光をまとってかき消える。ほとんど同時に、サーシャの手の中に双剣が現れた。自身に迫るセルケトの剣を、サーシャは双剣で受けとめる。セルケトの表情にはかすかな驚きが浮かんでいた。

「思った通りだ。先に僕を襲ってきたね」

地面を焼いたことに、とくに意味はない。サーシャが何かを仕掛けたと、セルケトに思わせるための手だ。その上で、竜具を地面に放って無防備になった。

この状況でセルケトはどう考えるか。地面に転がった竜具については、何かの罠だと思うだろう。サーシャを襲うにしても、地面を焼いたことに何らかの意味があるとすれば、距離を開けるのは危険だ。ならば、最短距離で攻めかかるしかない。

セルケトは、まさにそのように考え、動いた。サーシャの罠にはまった。

至近距離で、サーシャはセルケトの右手を蹴りとばす。力いっぱいではなく、横へ押しのけるように。そうして、相手の懐に飛びこんだ。

鋭い二つの斬撃に、炎が続く。セルケトは悲鳴こそあげなかったが、身体をねじれさせながら吹き飛んで、背中から地面に叩きつけられた。サーシャは危なげなく地面に降りたつと、姿勢を整えながら駆けだして、間合いを詰める。

セルケトは弾かれたように立ちあがり、二本の剣を振るい、毒針を振りまわした。しかし、サーシャは最小限の動きでその三つを弾きとばす。姿勢を低くして、セルケトが地中へ逃げるより先に、彼女の足元へ滑りこんだ。

双剣の刃から放たれた炎が、セルケトを襲う。彼女は地中に逃げることを諦め、神官衣を焼かれながら、大きく後ろへ跳んだ。

サーシャはすぐに身体を起こして、追い討ちを掛けようとする。セルケトが口をすぼめた。黒髪の戦姫が彼女の間合いに踏みこんだ瞬間、黒煙にも似た息を細く吹きだす。髪の毒針に劣らない、まともに浴びればひとたまりもない猛毒だ。

しかし、猛毒の吐息が大気に広がったとき、サーシャの身体は空中にあった。正面から向かっていけば必ず何かをやってくるという確信を抱いて、一瞬早く行動していたのだ。

右手の小剣がセルケトの手から剣を弾きとばし、左手の小剣が彼女に炎を浴びせかける。セルケトは顔を歪めながらも、舞うように身体を回転させて炎を吹き散らした。

サーシャは彼女から離れたところに着地して、次の攻撃を仕掛けようとする。

そのとき、どこからか一本の矢が飛んできて、サーシャの足元に突き刺さった。一瞬、サーシャは動きを止める。

セルケトを警戒しつつ、視線を巡らせる。いまの矢は遠くから放たれたものだ。自分に対する敵意は感じられなかったので、外れたのではなく、当てるつもりがなかったのだろう。

——ティグルか……？

そう思ったとき、間合いの外に逃げたセルケトの姿が消えた。地中に潜ったときのような、かすかな気配も感じない。逃げたらしい。

「メルセゲルもそうだったけど、アーケンの使徒は厄介だな」

　地上に引きずりだしてからは優勢に戦いを進めたものの、彼女が恐るべき敵であったことはたしかだ。少しでも気を抜けば、やられていただろう。

　ともあれ脅威は去ったと判断して、サーシャは双剣を下ろす。リュドミラを振り返った。彼女は槍を両手で握りしめて、こちらに駆けてくる。

「ご無事ですか、アレクサンドラ様。怪我などは……」

「見ての通り、すり傷と切り傷ぐらいでたいしたことはないよ。君こそだいじょうぶ？」

「私は平気です。すぐに助けていただきましたから」

　リュドミラはそう答えてから、悔しそうにうつむく。

「あの怪物は、ファイナ様を……」

「僕も聞いた。ユリアを討ったのもあいつらしい」

　サーシャとセルケトの会話は聞こえていなかったのだろう、リュドミラは衝撃を隠せずに立ちつくした。サーシャは右手に持っている小剣を腰に差すと、彼女の肩を軽く叩く。

「いずれ、二人の仇はとる。いまは落ち着いて、目の前のことを考えよう」

　リュドミラがうなずいたとき、複数の足音が聞こえた。見ると、エレンとアヴィン、ミルがこちらへ走ってくる。

「エレンたちも何ものかと戦ったみたいだね」

泥だらけの彼女たちを見て、サーシャはつぶやいた。サーシャたちの姿を認めたエレンが、風をまとって滑るように駆けてくる。

五人はそれぞれの無事を短く喜びあい、何があったのかを話しあった。ティグルと戦い、逃げられたという話を聞いて、サーシャはすばやく考えをまとめる。

「ひとまず、よしとしよう。僕たちは、アーケンの使徒とティグルを撃退した」

だが、まだ戦いは終わっていない。山の中では、ジスタート兵たちとキュレネー兵たちの攻防が続いている。怒りと戦意をぶつけあい、血を流し、死体を積みあげていた。

「兵たちの援護に行く。まだ動ける？」

「もちろんだ」

エレンが紅の瞳に覇気を輝かせる。リュドミラに聞いた。

「現在の状況はどうなっている？」

「お待ちください」

リュドミラは急いで山の斜面に視線を走らせる。セルケトに襲われるまでは、ずっと戦いを見守っていたのだ。どのあたりを見ればよいのかは見当がついていた。

「主戦場はだいぶ上へ移っています。おそらく第四層まで放棄したかと。皆、思っていた以上に善戦してくれています」

彼女の言葉に、サーシャとエレンは笑顔をかわした。

「僕と君たちとで手分けしよう。無理はせずに」

「サーシャもな」

　エレンの後ろで、アヴィンとミルが表情を引き締める。

　ティグルに苦戦を強いられ、あまつさえ逃げられた以上、ここで奮戦しなければならないという思いが二人の顔にあふれていた。


　エレンとサーシャはわかれて戦場へ躍りこんだのだが、戦姫の登場と、その戦いぶりは、ジスタート兵たちをおおいに昂揚させた。

　エレンもサーシャも正面からキュレネー軍に躍りこみ、縦横無尽に竜具を振るう。戦姫の前では盾も鎧もぼろきれと変わらなかった。頭を割られ、肩から胸までを斬り裂かれ、首をはねられて、キュレネー兵たちは次々に彼らの崇める神のもとへ送られていく。

　むろん、彼らは相手が戦姫だろうとひるむことなく襲いかかったが、槍も、剣も、エレンとサーシャに届いたものはひとつとしてなかった。アリファールの起こす風はキュレネー兵たちの血飛沫で赤い虹を描き、バルグレンから噴きだす炎はキュレネー兵たちを次々に焼き払う。

　さらに、アヴィンとミルも加わった。アヴィンは冷静に戦場を観察し、崩れそうになっている味方を見つけると、そこへ立て続けに矢を射放って敵兵を射倒した。

ミルはエレンを見習うかのように剣を肩に担いで敵陣に飛びこみ、左肩の負傷を感じさせない剣勢で、向かってくるキュレネー兵を斬り捨てた。

四人の活躍は、ジスタート兵たちを安堵させ、彼らを勇気づけ、そして活力を取り戻す時間を与えた。彼らは呼吸を整え、投げるための石や泥玉を用意し、戦列を組み直す。状況を報告するため、本陣に伝令を向かわせる部隊もあった。

そして、本陣で報告を受けとったリュドミラは、伝令を使って部隊の再編制に着手する。このとき、ジスタート軍は彼女が言った通り、第四層の防御陣まで放棄していたが、リュドミラはおもいきって第五層も捨てさせて、第六層の守りを強めた。同時に、一部の兵に短い時間ながら休息を命じ、余裕のある部隊と余裕のない部隊を巧みに入れ替えた。

「戦姫は一騎当千。そう言われてるけど、まさにその通りだわ。アレクサンドラ様とエレオノーラ様の二人で、数千の兵に優る」

やがて、ジスタート軍の優勢は、兵たちの目にもあきらかになった。そして、この段階に至って、ジスタート兵の何割かは、どのような傷を負っても戦い続け、退くことのないキュレネー兵の異常さを知ることになったのである。

ジスタート兵の動きが鈍くなると、エレンとサーシャは積極的な攻勢から、兵たちの援護に行動を切り替えた。予想していたことだったからだ。

ここにいる者たちだけでヴァンペールの拠点を守らなければならない以上、むやみに死なせることはできなかった。

†

セルケトを助けたあと、ティグルは戦場から離れて、まっすぐ山のふもとを目指した。北東にいたディエドの部隊のもとへ向かう。

ティグルの姿を見たディエドは、配下の兵たちに行軍を止めるよう命じた。実のところ、ティグルに仕えるまで一兵士でしかなかった彼にとって、この立場は名誉よりも重圧を感じるものだったが、ディエドは懸命に己の役目を果たしていた。

「閣下、ご無事で何よりです」

膝をついてそう言ったディエドに、ティグルは短く告げる。

「戦は終わった。撤退する」

その言葉に、ディエドは驚きと困惑、さらに不安の入りまじった表情を浮かべた。

「その、味方は、まだ戦っているのでは……」

ディエドの視線が、山の方へ向けられる。戦場の怒号や悲鳴、咆哮(ほうこう)は、かすかにだがここにも聞こえていた。しかし、ティグルは冷静に首を横に振る。

「神の酒を飲んだ者を撤退させる方法を、俺は知らない」

ディエドは目を見開き、呆然と立ちつくした。その顔は、兵たちを見捨てるのかと、ティグルに訴えている。この反応はティグルにとって、意外な計算違いだった。神の酒と大太鼓が兵たちにもたらすものを、彼もよくわかっていると思っていたのだ。

だが、いまさらティグルに考えを変えるつもりはなく、言葉を尽くす余裕もなかった。

「命令だ、ディエド。ここにいる兵たちを連れて、シレジアに引きあげろ」

ディエドはすぐには答えず、顔を強張らせて衝撃に耐える。だが、やがて震える声で「わかりました」と、答えた。ティグルはさらに言った。

「俺はここにとどまって、敵の様子をうかがう。シレジアまでの道のりはわかるな」

ディエドは「はい」と、答えたが、その声は悲しみを隠せないものだった。

彼が歩き去ったあと、ティグルは虚空に向かって「セルケト」と、呼びかける。背後に気配を感じたかと思うと、セルケトの声が聞こえた。

「さきほどは助けてくださって、ありがとうございました」

ティグルには見えなかったが、セルケトの身体には傷ひとつ、汚れひとつ残っていない。焼かれたはずの神官衣も、そのようなことなどなかったかのように復元している。

「俺に感謝しているのなら、ひとつ頼みがある」

背後を振り向かず、ティグルはディエドと百の兵たちに視線を向けた。

「彼らがシレジアまで無事に帰れるよう見守ってくれ」

「どうしてそのようなことを？　いずれアーケンのもとで永久の眠りにつく者たちですよ」

不思議そうな声で、セルケトは聞いてくる。

「俺もおまえも戦姫を仕留められなかった」と、淡々とした口調でティグルは答えた。

「戦姫たちとの戦いは、まだ続く。どこかで使い道があるかもしれない」

「わかりました。他ならぬあなた様の頼みなら」

後ろからティグルを抱きしめながら、艶のある声でセルケトが言った。次の瞬間、彼女は音もなくかき消える。

ティグルは小さく息を吐きだしたあと、何気(なにげ)ない仕草で右のまぶたを撫でた。

眼帯がほしいと思った。


ヴァンペールの戦いは、ジスタート軍の勝利に終わった。

やはりというべきか、キュレネー兵たちは逃げなかった。ふもとにいた約百の兵を除いて。

ジスタート兵は血に飽きながらも、向かってきた敵兵をことごとく打ち倒したのだった。

ジスタート軍の死者は一千に満たず、負傷者も二千ほどであり、数において劣っていたことを思えば、快勝といっていい。

もっとも、生き残った兵はひとり残らず疲れきっており、状況次第では一気に瓦解していた可能性があることから、薄氷の上の勝利というべきかもしれなかった。

戦いが終わったとき、兵たちは歓声をあげて自分たちの勝利を祝ったが、不気味な敵との戦いからの解放を喜んだ者は決して少なくなかった。

エレンとサーシャは兵たちに休息と手当てを命じ、戦後処理に移ったのだが、ここで揉めごとが起きた。キュレネー兵を埋葬せよという命令に、一部の兵たちが反発したのだ。

「多くの仲間が死んだ。王都だって奪われ、多くのジスタート人が殺された。どうして俺たちがこんな連中を埋葬してやらなければならない」

他国との戦では、このようなことはめったに起きない。まず、全滅するまで戦うということがない。また、指揮官と状況次第ではあるが、可能な範囲で死体を回収するからだ。

だが、キュレネー兵は最後のひとりが死ぬまで戦い続ける。回収する者もいない。

彼らの死体は三万近く。これを埋めるだけの穴を掘り、死体を運ぶのはそうとうな手間だ。ましてや、直前まで殺しあっていた相手となれば、兵たちの怒りは当然だった。

「死体はいずれ腐り、疫病の原因になる。それはわかっているだろう」

部隊長たちは厳しい表情で兵たちに命じる。彼らも兵たちと同じ気持ちだが、上に立つ者として、拠点のすぐそばに死毒を蔓延させることはできなかった。

その後、兵たちは戦場から離れた場所に幕営を設置し直した。

5　女神を求めて

キュレネー軍に勝利した日の夜、エレンとサーシャ、リュドミラ、アヴィン、ミルの五人は会議室で軍議を行った。戦後処理は、信頼できる指揮官たちに任せてある。

「兵たちの様子はどうかな」

サーシャが聞いた。彼女は泥と汗とで汚れた軍衣をそのまま着ている。顔を拭い、髪についた泥を落としはしたが、身体を拭いたり、着替えたりする余裕はなかったのだ。それは他の者たちも同様だった。

「ほとんどは疲れきって休んでいます。勝利に騒いでいる者はごく少数ですね」

リュドミラの報告に、サーシャは申し訳なさそうな顔をする。

「今日は、理想的といっていい勝利を迎えることができた。敵を全滅させ、こちらの死者は少ない。大物を取り逃がしはしたが、万全からほど遠い状況であることを思えば、欲をかくべきじゃない。兵たちにほとんど報いてやれないのは、つらいね」

「形のあるもので報いてやるのは後日のこととするしかないが、明日、兵たちを見てまわり、声をかけるだけでも多少は違うだろう」

エレンがそう言ってなぐさめる。サーシャは感謝の意をこめてエレンにうなずくと、気を取り直して四人を見回した。

「敵の援軍は現れなかったね」

そのことを、ジスタート軍はもっとも警戒していた。ディエドの部隊が撤退をはじめて、ようやく戦いの終わりを確信し、胸を撫で下ろしたのである。

「アーケンの使徒たちを撃退できたからかもしれないな。だが、やつらはすぐに次の手を打ってくるだろう」

エレンが腕組みをして言葉を続けた。

「私がキュレネー軍なら、今回と同じ三万の軍を複数用意する。全滅してもかまわないとばかりに、戦力を投入して攻め続けるんだ。いずれ、こちらは力尽きる」

「俺も同じ意見です。この拠点を攻めるなら、兵糧攻めがもっとも効果的とは思いますが」

アヴィンが言い、ミルも同意を示す。

「その手を考えるなら、今度の戦でそうしたはずだものね」

サーシャはリュドミラに視線を向けた。彼女は慎重に発言する。

「敵の次の手についてはまだ読めませんが、今度の戦で気になったことがひとつあります。山に入らず、撤退していった少数の部隊……彼らの目的、役目は何だったのか。私はこちらを惑わすための陽動だと思ったのですが」

ディエドの部隊のことだ。エレンとサーシャが視線をかわし、まず黒髪の戦姫が言った。

「僕もリュドミラの言う通り、陽動だと思う。キュレネー軍らしくないとは思うけど」

「だが、陽動にしては数が少なくないか？　リュドミラ殿が見たかぎり、百前後の兵しかいなかったのだろう。私なら二千は用意する。そうでないと相手に危機感を持たせられん」

エレンが異論を唱える。ミルが首をかしげた。

「正面からの攻撃に参加したいって兵ばかりで、陽動をやってもいいっていう兵があれぐらいしか集まらなかったんじゃないかしら」

「それなら陽動などやらないだろうと言いたいところだが」

そこまで言ってから、エレンは難しい表情でつぶやいた。

「キュレネー軍か、あるいはアーケンに何か変化が起きているのか……」

それ以上のことは、言葉にしない。考えるには情報が不足していることと、自分のつぶやきに願望が含まれていることを自覚しているからだ。

話しあった末に、敵の陽動への対策としては、無理矢理にでも予備兵力を編制して本陣に待機させておくという結論でまとまる。リュドミラは頭痛をこらえるような顔をしたが、他に手がないのもたしかだった。

「それにしても、得るもののない戦だったわ」

両手を頭の後ろにまわして残念そうに言うミルに、エレンが首を横に振る。

「時間を稼いだのはでかい。勝ち目をつくるための時間をな」

紅の瞳には覇気が輝いている。彼女の言葉は、重苦しくなりかけた空気を払った。

「ひとまず、私たちが勝ったことをレグニーツァとライトメリッツ、それからアルサスに伝えよう。助けを求めやすくなるし、士気も高めることができる」

明日からは、次の戦いに備えた作業を行うことになる。武器を補充し、冬に向けて食糧を備蓄しなければならない。戦いで失った小屋も再建する必要がある。ジスタート軍が冬を越すために、外部の助けは絶対に必要だった。

リュドミラが作業の予定について説明する。そのあと、アヴィンが手を挙げた。

「俺に、ここをしばらく離れる許可をいただけますか。ティル＝ナ＝ファを降臨させるか、それが無理でも、いまよりさらに女神の力を得られる方法をさがしたいんです」

四人の視線を浴びながら、アヴィンは硬い表情になる。

彼には忸怩たる思いがあった。ミルとの約束があったことに加えて、彼女やエレンに矢が当たることを恐れたとはいえ、自分の動きはあまりに消極的すぎた。そのせいでミルは負傷し、エレンも危険にさらしてしまった。二度と、あのような状況を招いてはならない。

「俺たちとティグル……あの男との戦いについては、エレンさんが話した通りです。ミルの問いかけに対して操られてなどいないと答え、狩人らしい罠を仕掛けた。その上、エレンさんのアリファールを素手でつかんだ」

ティグルのことをわざわざ「あの男」などと言い直したのは、アヴィンなりのけじめだ。

せめてティグルをどうにかするまでは、「ティグルさん」という呼び方は使いたくなかった。

「ティグルと戦ってみた感想は？」

　サーシャに聞かれて、エレンは顔をしかめる。

「手強いな。私には、アリファールで集めた『力』を手に移すなどという真似はできない。あいつはそれをやってのけた。『力』の使い方においては、私やアヴィンよりずっと上だろう。今日の戦いも、私ひとりでは勝てなかったかもしれない」

「もしも俺ひとりだったら、間違いなく負けていました」

　アヴィンはそのことを率直に認めた。壁に立てかけている黒弓を見つめる。

「だからこそ、いま以上にティル＝ナ＝ファの力を引きだせるようになりたい」

「具体的には何をするのかな」

　穏やかに尋ねるサーシャの視線を受けとめて、アヴィンは考えていたことを答える。

「このヴォージュにある、ティル＝ナ＝ファの神殿に行きます。そこで力を手に入れることができるのかはわかりませんが、何もしないよりは行動して、一縷の望みに賭けたい」

　サーシャは考える様子を見せたあと、リュドミラに視線を向けた。総指揮官としての意見を求められていることを理解して、彼女は四人を見回す。

「今度の戦で、私はセルケトと名のるアーケンの使徒に襲われました。アレクサンドラ様に助けていただいて、こうして命を拾いましたが……。敵軍の超常の存在、超常の力には、同じように超常の力で対抗するしかないと思います」

異論がないことを確認してから、リュドミラは厳しい表情で続けた。

「まともな戦なら、三万の敵軍を殲滅（せんめつ）するのは充分な決定打になります。ですが、キュレネー軍には通じない。エレオノーラ様が勝ち目をつくるとおっしゃいましたが、相手に対抗できる力をティル＝ナ＝ファから借りられるなら……」

「いいのか？　人々から忌み嫌われている女神から力を借りるなんて」

からかうように、エレンが笑う。リュドミラはばつが悪い顔をしたが、すぐに生真面目な表情をつくった。

「この状況で贅沢は言えませんから。頼れるものは何でも頼ります」

「力を借りる側の態度ではないな。ティル＝ナ＝ファが気分を害したらどうする」

「そのぐらいで勘弁してあげて、エレン」

サーシャが苦笑まじりに割って入る。それから、彼女はアヴィンを見た。

「リュドミラは許可を出した。さて、誰か連れていく？」

「私が行くわ」

ミルが当然のような口調で名のり出る。次いで、エレンも言った。

「この二人の面倒を見るのは私の役目だろうな」

仕方ないというふうな態度をとってはいるが、実のところ、ティル＝ナ＝ファの名に、エレンはじっとしていられなかった。かつてのティグルが使っていた力が、ティル＝ナ＝ファに由来するものなら、シレジアやこの山で見せた力はアーケンに由来するものだろう。ティグルをアーケンから引き離さなければならない。

「わかった。三人に頼もう。気をつけて」

そうして軍議は終わった。

軍議を終えたあと、リュドミラは早々に休むことにした。

はじめて総指揮官を務め、約二万という兵を動かした。その上、セルケトに襲われた。戦が終わったときには、心身ともに疲れきっていたのだ。軍議が終わるまでよく体力がもったものだと自分を褒めたいぐらいだった。

着替えることすら億劫（おっくう）で、汚れた軍衣のまま、土を盛って固め、外套（がいとう）を敷いただけのベッドに横になる。ひどく疲れているのに、目を閉じても眠れなかった。

――最初は私が相手をしたのですが、あまり楽しめなかったので……。

耳の奥に、セルケトの言葉が残っている。あのときにこみあげた怒りが再燃する。

ファイナに対して心から主君と思うほどの忠誠心を抱いていたわけではない。だが、やはりリュドミラにとって、彼女は大切なひとのひとりだった。仇（かたき）はとってやりたい。

セルケトの言葉については、もうひとつ気になっていることがある。

──戦姫である私が、あの怪物を滅ぼしたというのはどういう意味なのかしら。

自分は七年前からずっと、戦姫になれなかった者として生きてきた。

セルケトを滅ぼすどころか、サーシャに助けられなければ死んでいたのに。そのあとは、サーシャを助けることもできず、両者の戦いを見守ることしかできなかったのに。

なぜ、仇呼ばわりされ、狙われなければならないのか。

──仇……。

そう言ったからには、セルケトはいずれまた自分の前に現れるのだろうか。

──戦姫になれば……。

あの怪物に、自分の力だけで挑むことができるだろうか。滅ぼせるだろうか。

「戦姫になってください」というアヴィンの言葉が思いだされる。

「君なら戦姫になれると、僕は思っている」と、サーシャも言っていた。

──なってやろうじゃない。

軍衣の裾を強く握り、暗闇の中で決意を固める。

それは、彼女がいままで抱いたことのない感情だった。

こんなところで、無念を抱えたまま死にたくはない。あの怪物と戦えるようになるなら、なってくださいと言うなら、なれると言うなら、なってやる。戦姫に。

理想とした、母のような戦姫にはなれないだろう。それでもかまわない。

ただし、母から学んだことを捨てるつもりもない。

自分なりの、誇りある戦姫になる。

『——そうよ。誇りをもって』

不意に、耳元でささやきかけられたような気がして、リュドミラはおもわず身体を起こす。

周囲を見回したが、ひとの気配はない。誰かが入ってきた形跡もなかった。

——お母様だったような、別のひとの声だったような……。

そう思ってから、首を横に振る。気のせいだろう。

横になって、大きく息を吐きだす。決意が固まったせいか、急に睡魔が襲ってきた。

ほどなく、リュドミラは寝息をたてはじめた。

†

シレジアの都にある王宮の、地下へと続く階段を、ひとりで静かに下りているものがいる。

アーケンの使徒メルセゲルだ。

今朝、彼はようやく解き明かしたのだ。初代国王の棺の底板から発見した、竜の鱗に刻まれていた謎かけを。

その答えが示すものを求めて、メルセゲルは地下へ向かっているのだった。

階段は恐ろしいほど長く、常人なら地の底まで延びているのではないかという不安を抱いたろうが、ひとならざるものであるメルセゲルは気にしなかった。明かりがなくとも視界がきくので、その点における不自由さもない。

やがて、メルセゲルは小さな空間に降りたった。

そこには、ひと抱えもある箱が置かれている。メルセゲルは表情こそ変えなかったが、内心で驚きを禁じ得なかった。その箱が何でできているか、彼には一目でわかったからだ。

――竜の骨、小さな鱗、そして竜の翼の皮膜……。

メルセゲルは箱に歩み寄り、手をかざす。

その箱には、ひとつの仕掛けがほどこされていることがわかった。仕掛けといっても人間の考える罠ではなく、メルセゲルのようなものたちが使う『力』を用いたものだ。

「夜に、しかも一切の光を入れることなく開けなければ、この箱ごと消滅するか……」

余は女神とともに在る。棺の底板にあった鱗に刻まれていた一文を、あらためて思いだす。

「女神とは、夜と闇と死の女神ティル＝ナ＝ファのことだ。死を国王の遺骸として、そこに夜と闇をそろえて女神と為すか」

箱のふたを開ける。中には、大人の腕ほどの長さと太さを持った、湾曲した白い牙が一本、置かれていた。

「竜の牙……」

　メルセゲルの口から呻き声が漏れる。

——ただの竜の牙ではない。神に匹敵する力を持つ竜から抜け落ちた牙だ。

　凡庸な者には、せいぜい気味の悪い雰囲気を持つ置き物にしか見えないだろう。しかし、メルセゲルのようなひとならざるものにとって、これは莫大な『力』の結晶であった。

　これを完全に己のものにできれば、どれほど己を鍛え、研鑽を積んでも決して得られないほどの、それこそ神に近い力を手にできる。だが、未熟な存在であれば竜の牙に耐えられず、押し潰されて跡形もなく滅ぶだろう。

「これが初代国王の遺したものか」

　初代国王は人間だろうという推測が誤りであったことを、メルセゲルは認めた。力のある竜だったというのならば、アーケンがその遺骸を求めていたのもわかる。

——それにしても人間じみた真似をする。ひとの世で生きる間に、人間に染まったか。

　ふと、メルセゲルは違和感を覚えた。いま自分が見ているものに、何か間違いがあるような気がしたのだ。だが、竜の牙は幻影でもなければ偽物でもない。

——意表を突かれて、余計な疑念が湧いたか。

　気を取り直して、竜の牙を観察する。なぜ、牙だけなのだろうと思った。竜であったのならば、角や骨なども残していていいはずだ。箱に使っている骨や鱗だけでは少なすぎる。

──竜に近しいものではあっても、竜そのものではなかったということか？

ひとまず、そう結論づけることにした。

竜の牙をつかむ。その手の中で、牙は無数の光の粒子となって霧散した。

次の瞬間、メルセゲルは己の身体の内側から、かつてないほどの力があふれだしてくるのを感じた。この力を用いれば、戦姫が束になってこようとひとりで滅ぼせる自信がある。

──完全に取りこんだわけではないというのに、これほどの力を得られるのか……。

いまの自分ならば、戦姫たちが束になって挑んできても余裕をもって打ち倒せるだろう。地上はアーケンのものなので、いたずらに傷つける気はないが、このシレジアを吹き飛ばすことだって難しくはない。

──これは、ただちにアーケンに捧げるべきではないか。

そう思いながらも、メルセゲルはためらった。

──様子を見てからでも、遅くはない……。

メルセゲルが警戒したのは、アーケンというよりティグルの存在だ。あの人間を器としてアーケンが地上に降臨したとき、予想もつかない異変が起きる可能性がある。

魔弾の王を己の器にしようという神の考えを変えることができない以上、安全が確認されるまで、この牙の存在は隠しておくべきだ。

それこそがアーケンの使徒のとるべき行動だ。メルセゲルはそう判断した。

†

キュレネー軍との戦いがあった翌日の朝、アヴィンは山のふもとで、偵察隊の部下たちと食事をとっていた。

九人いた部下は、七人になっている。戦いの中で二人が命を落としたのだ。昨夜、その報告を受けたアヴィンは、生き残った部下たちとともに神々に祈りを捧げた。

朝食は、魚スープ(ウハー)もどきである。偵察隊で最年少のレヴが、そう名づけた。

あまり大きいとはいえない塩漬けの魚と、ようやく食べられるていどに大きくなった丸蕪(ラジース)、野菜くずをてきとうに切って、まとめて煮こんだものだ。隣の山で採ったという野草で味つけをした。他に、レグニーツァから届いた林檎(りんご)が、二人につき一個ある。

「今日からしばらく肉体労働が続くっていうのに、もう少し腹にたまるのを食べたいなあ」

丸蕪を咀嚼(そしゃく)しながら、レヴが不満を述べた。年配の部下がたしなめる。

「戦勝祝いで林檎がついているだろう。甘い食いものなんて王都にいたとき以来だ」

「それはわかるよ。厳しい食糧事情にも、馬糞小屋にも慣れたけど……」

弱々しく反論するレヴに、アヴィンが諭(さと)すように言った。

「一ヵ月か二ヵ月ほど我慢してくれ。俺たちがキュレネー軍に勝ったと聞けば、レグニーツァやライトメリッツは次も奮戦することを期待して、また食糧を送ってくれるはずだ」

「そう願いたいですね」と、中年の部下が肩をすくめる。

「材料がないというのは悔しいものです。玉ねぎとひとつまみの塩があれば、この魚スープを五倍、いや十倍はおいしくできるのに」

「おまえの家の味つけにするというだけだろう。高く見積もっても五倍にすらならん」

年配の部下が冷たくあしらった。

皆で魚スープを食べながら、「まずい」と口々に笑いあう。不思議と、食事の貧しさがいくらか緩和(かんわ)されるような気がした。

「そういえばさ」

空になった自分の皿を見つめていたレヴが、何かを思いだしたように一同を見回す。

「キュレネー兵って、何を食べてるんだろう。聞いた話じゃ、あいつらを埋葬するときに懐(ふところ)をさぐっても、食糧らしいものは何も出てこなかったんだって」

他の部下たちが視線をかわす。年配の部下が、呆れた顔でレヴを見下ろした。

「いくら腹が減ったからって、敵の死体をあさったのか、おまえは」

「俺じゃないよ。他の部隊のやつから聞いたんだって」

レヴが慌てて弁解する。別の部下が考え深げに口を開いた。

「王都から二十日間かけてここまで来た三万の兵が、食糧を持っていないわけがない。こちらの襲撃を警戒して、離れたところに食糧を積んだ荷駄隊を待機させていたというのが、現実的なところじゃないか」

しかし、その言葉に心から納得した者はいなかった。

彼らは戦の前日まで馬を走らせて、敵の動きを調べていたのである。三万の兵を食べさせるための荷駄隊となれば、そうとうな規模の部隊になるはずであり、自分たちが見逃したとは思えなかった。反論しないのは、そのための材料がまったくないからだ。

「俺もそう思う」

アヴィンが、そう言って話を終わらせる。

──エレンさんが言っていたように、アーケンがやつらの食糧を用意していると思うが……。

それは、うかつに話せることではなかった。確証を得られていないし、事実だとしても、兵たちを不安にさせるだけだからだ。敵軍が人智を超えた力を有していると聞かされて、誰が平常心でいられるだろうか。

次の話題が出ず、沈黙が部下たちの間に舞いおりる。アヴィンはそれを払うように、まだ食べていなかった自分の林檎をまっすぐ突きだした。

「半分しかないから皆でわけろとは言わない。的当てで勝った者にやる」

的当ては、ここでは気晴らしの類だ。木の枝にてきとうな的を吊し、石を投げて、当たるかどうかを競うのである。戦いにおける石礫の命中の度合いを高めるというもっともらしい理由がつけられて、この遊びはおおっぴらに行われていた。

部下たちが喜びと気合いの叫びをあげる。年配の部下と中年の部下もやる気を見せていた。

アヴィンは苦笑を浮かべて中年の部下に林檎を渡すと、彼らが落ち着くのを待って、自分がしばらくヴァンペール山から離れることを話した。

「エレオノーラ様のお供で、いくつかの山を見てくることになったんだ。運がよければ十日ぐらいで帰ってくる」

部下たちが、神妙な顔になってアヴィンを見つめる。自分たちの隊長が、この軍の中で特殊な立場にあることはわかっていたが、それをあらためて知らされたというふうだった。

「いつ、出発するんですか？」

レヴが聞いてくる。「このあとすぐだ」と、答えると、中年の部下が林檎を見つめた。それが持つ意味を察したらしい。年配の部下が、彼らを代表して言った。

「十日ということですし、戦姫様のお供なら、めったなこともないでしょうが、どうか無事で帰ってきてください。俺たちは、他の男を隊長と呼ぶつもりはありませんよ」

「林檎もくれるしね」と、レヴがおどけて言い、何人かから小突かれた。

彼らの反応を、アヴィンはおおげさだとは思わなかった。キュレネー兵との戦いがあったばかりであり、全体から見れば少ないとはいえ、死者も出ている。

それに、戦姫が拠点を離れるとなれば、重要な用事である可能性は大きく、危険は少ないとしても困難なものであるに違いない。感傷的になるのも当然だった。

「ありがとう、皆」

アヴィンは立ちあがって、深く頭を下げる。それから、ひとりひとりと握手をかわした。

部下たちに送りだされて、待ち合わせの場所へ歩いていく。途中でミルと会った。見慣れた格好で、剣を背負い、荷袋を右手に持っている。

「さっき、ルーリックさんに会ったわ。エレンさんのお供で遠出をするって言ったら、うらやましいって言われた。あと、気をつけてって」

ルーリックは、昨日の戦いを無事に生き延びていた。第二層や第三層の防御陣では、少数になった他の部隊や、はぐれた兵などを自分の部隊に加えて粘り強く戦ったという。

「いいひとだな」と、アヴィンは素直な心情を口にした。

「俺の部下たちもそうだ。昨日の戦いで死んだ二人も」

「もしかして、ここにとどまりたくなった？」

隣に並んで歩きながら、ミルが聞いてきた。アヴィンは首を横に振る。

「自分の居場所はわかっている。すべてかたづいたら帰るさ」

「いつかたづくのか、わからなくなってきたけどね。アヴィンと旅をはじめたときは、まだ夏だったのに、いつのまにやら秋も半ばを過ぎて、冬が迫っているんだもの」

くすんだ空を見上げながら言ったミルの横顔に、アヴィンは訝しげな視線を向けた。

「おまえはどうなんだ？　ずいぶんとここが……エレンさんが気に入っているみたいだが」

「大好きよ」

　あっさりと、ミルは答える。白銀の髪を揺らしながら続けた。

「でも、ずっといっしょにいたいというのとは違うわ。エレンさんのために、できるかぎりのことをしたいとは思ってるけど」

「それならいい」

　アヴィンが話を終わらせたのは、待ち合わせた場所に、三頭の馬とともに立っているエレンの姿が見えたからだ。彼女は軍衣の上に外套を羽織り、腰にアリファールを吊していた。

　三人は顔を合わせて挨拶をかわす。エレンがミルに聞いた。

「顔色はよさそうだが、左肩はだいじょうぶか？」

　ティグルの射放った矢から、彼女をかばって負った傷だ。エレンの見立てではそれほど深くないし、戦いのあとで手当てもしっかりしたが、気になっていた。

「平気、平気。包帯はきつく巻いたし、二、三日もすれば痛みもなくなると思うわ。昔から小さな怪我はたくさんしてるから、治りの速さはわかるの」

　ミルが自分の左肩を力強く叩く。直後、声を詰まらせてよろめいた。

　エレンは苦笑し、アヴィンは呆れまじりのため息をつきながら馬に乗った。

†

以前にエレンたちが野営に使ったティル＝ナ＝ファの神殿は、ヴァンペール山の拠点から馬を進ませて約二日の距離にある。

エレンからその説明を聞いたアヴィンは、いささか拍子抜けした顔になった。

「思ったより近いんですね」

「ヴァンペール山はヴォージュ山脈の北東端にあるからな。私たちがおまえたちと出会ったところからも、山二つ分ぐらいしか離れていない」

「言われてみれば、アルサスに近いものね。私たちの拠点」

「そうだ。ブリューヌの現在の状況を考えれば可能性は小さいが、ことと次第によっては、ヴァンペールで一時的にアルサスの民を保護することだってあり得る」

エレンの言葉に、アヴィンが厳しい表情をつくった。

「想像したくないことですね……」

秋の終わりごろとあって、ヴォージュを形成するいくつかの山には雪が降りはじめている。雪が積もったり、寒さで凍りついたりしている山道は少なくないだろう。

アルサスの民がこちらへ逃げてくるとなれば、そういうところを通ることになる。エレンとしても、自分の言ったような事態は起きてほしくなかった。

三人は馬に乗って山の中を進んだ。道行きは順調で、獣や野盗に遭遇（そうぐう）することもなければ、山道が落石でふさがっているというような事故にも遭わない。冷たい風も陽射しがやわらげてくれる。黄色の葉で鮮やかに彩られた山の斜面を愛でる余裕すらあった。

日が傾いてきたころ、エレンたちは野営する場所をさがしはじめた。だが、なかなかよさそうなところが見つからず、風をしのげる岩陰を見つけてここにしようと決めたときは、空が暗くなっていた。

三頭の馬から荷物を下ろし、鞍を外して休ませる。火を起こし、小さな鍋に湯を沸かして、干し野菜と干し肉を入れた。干し肉を入れるのは、やわらかくするだけでなく、塩を抜くためでもある。そのままかじるには、この干し肉は塩辛かった。

星の群れが瞬きはじめた空の下、食事をしながら、エレンは何気（なにげ）ない口調でミルに聞いた。

「次にティグルと戦うとき、おまえはどうする？」

敵の狙いが戦姫であり、ティグルが生きている以上、そのときはいずれ必ず訪れる。

ミルは胸を張ってエレンに答えた。

「私は、ティグルさんを止めるという考えを変えるつもりはないわ」

「いい加減にしろ」

アヴィンが憤然（ふんぜん）として叱（しか）りつける。

「左肩だったからよかったものの、ひとつ間違えれば死んでいたかもしれないんだぞ」

ミルは渋面をつくったが、口を引き結んで、退かないという決意を示した。

エレンが冷静なのは、ミルの返答を予想していたからだ。そうでなかったら、アヴィンほどでなくとも呆れ返っていただろう。そして、彼女の頑(かたく)なな態度に、エレンは興味を抱いた。

「いつだったか、おまえは言ったな。受けた恩は返せと教わった、だから助ける、どんな手を使ってでもアーケンからあいつを取り返すと」

ミルがうなずくのを確認して、言葉を続ける。

「おまえは、ただそれだけで自分の意志を貫けるのかもしれない。だが、もしも他に理由があるのなら、教えてくれないか」

エレンの視線を受けとめて、彼女は強気な笑みを浮かべた。

「信じてるの」

焚き火の中で、薪(たきぎ)が爆(は)ぜる。ミルは言葉を続けた。

「何度も……旅の中で何度も、ティグルさんの話を聞いたわ。奇跡を起こした英雄だって。だから私は信じてる。アーケンなんかに負けはしないって」

ミルが本気で言っていることが、エレンにはわかった。彼女が何かを隠していることも直感で悟ったが、それについてはいまさらだと考える。いまだに彼女とアヴィンの素性については知らない。

――ティグルを止めたいといっても、戦いを避けたいというわけじゃない。

そのことは先日の戦いでもあきらかだ。ミルは本気でティグルに挑んでいた。

「わかった。これまで通り、おまえの判断に任せよう。私とアヴィンも、あいつを討つという考えは変えない」

「甘すぎませんか」

アヴィンが責めるような眼差しを向けてくる。エレンは肩をすくめて干し肉をかじった。塩加減はほどよいものになっている。

「おまえたちとも長いつきあいになって、わかってきたことがあるからな。こいつにやりたくないことをやらせると、たぶん隙ができる」

思いあたることがあったらしい、アヴィンは唸った。ミルが得意そうな笑みを浮かべて、星々の輝きをちりばめた夜空を指で示す。

「私の考えを変えさせるよりも、たくさんの星の中から、ティグルさんを討つ選択をした私をさがして連れてくる方が速いわよ、きっと」

「何の話だ？」

彼女の言葉の意味がわからず、エレンは首をかしげた。ミルは意外そうな顔をする。

「あれ、エレンさんは知らない？『騎士グリーシャの選択』っていうおとぎ話」

「そういう話には詳しくないからな。有名なのか？」

「どうなのかな。私は小さいころ、お母様に聞かせてもらったんだけど……」

火に薪を足しながら、アヴィンが言った。

「俺も、おまえから聞くまでは知らなかったな。もっとも、おとぎ話をたいして知っているわけじゃないが」

「じゃあ、せっかくだからエレンさんに聞かせてあげようか？」

その提案にエレンは苦笑したが、ミルが楽しそうな顔をしていることもあり、気晴らしにはなるだろうと思ってうなずいた。

ミルが焚き火に顔を近づけて、奇妙な陰影を浮かびあがらせる。

「昔々、ある王国にグリーシャという騎士が住んでいました……」

グリーシャは中年の男で、三十人の兵とともに、国境の城砦の守備についていた。

あるとき、隣国の将軍が一千の兵を率いて攻めてくるという知らせがもたらされた。グリーシャは騎士として戦うべきか、それとも降伏するべきか迷いながらも、ひとまず周辺の村や集落で暮らす人々を城砦に受けいれた。

そうして逃げこんできた人々の中に、旅の女占い師がいた。

その日の夜、グリーシャは彼女を呼んで、「この戦いの行方を占ってほしい」と頼んだ。

実のところ、彼は占いをまったく信じていない。占い師などというものは、もっともらしい格好やもの言いで客を惑わし、いかにも客が喜びそうなことばかりを並べたてて金をとる商売だと思っている。このときも、そういう言葉を聞かせてもらった上で、兵たちの士気を高めるのに使うつもりだった。

ところが、女占い師は大人の頭部ほどもある水晶玉を両手で持ちながら、「お見せしましょうか」と言ってきたのである。

「戦うか、降伏するか、迷っておられるのでしょう？　どちらかを選んだら、おっしゃってください。選ばなかった世界をお見せします」

微笑む女占い師に、グリーシャは戸惑い、底知れない不気味さを感じた。彼がこれまでに見てきた占い師とは、まるで言っていることが違う。

いや、これはきっと駆け引きだ。俺を混乱させて、大金をせしめるつもりなのだ。

グリーシャはそう考え、自分は惑わされないぞと思い、女占い師の言葉に乗った。

「実は、降伏しようと思っている。いくら俺と兵たちが勇敢で強くても、一千もの兵にはかなわないのでな」

「わかりました」と、女占い師は答えた。

その瞬間、水晶玉が光り輝き、ひとつの光景が映しだされた。

城砦の城壁に、甲冑を着こんだ自分と兵たちが立っている。城壁の下は、恐ろしい数の隣国の兵で埋めつくされていた。

「馬鹿な……」

グリーシャは、水晶玉を見つめて呻いた。

水晶玉から、かすかに鬨の声が聞こえる。隣国の兵たちの持つ槍の穂先が、陽光を反射して輝いている。とうていつくりものとは思えなかった。

城壁に立っている自分たちは堂々としているように見えて、あきらかに気圧されている。勝負にならないことを思い知らされながら、健気にも虚勢を張っているのだった。

「だめだ。たった三十の兵では半日すらもたぬ。どう考えても無駄死にではないか……」

そう思ってから、グリーシャは女占い師を見つめた。

「これは本当に現実の……つまり、未来の光景なのか？」

女占い師は窓のそばまで歩いていった。窓から見える夜空には星々が輝いている。

「たくさんの星が見えるでしょう。あれはすべて、あなたが選ばなかった世界です。私はそのひとつを、この水晶玉に映したのです」

「選ばなかった世界？」

突拍子もない話に当惑したグリーシャだったが、彼女の次の言葉にはたいそう驚かされた。

「あなたは小さいころ、騎士になるか、神官になるかを迷い、騎士の道を進んだのでしょう」

その通りだった。しかし、兵たちにも話したことがないというのに、この女占い師はいったいどうやって知ったのか。

女占い師の持つ水晶玉が再び光り輝き、さきほどとは違う光景を映しだす。

水晶玉の中には、汚れた神官衣をまとったグリーシャがいた。年齢はいまの彼と同じぐらいだろうか。小さな村の傾きかけた神殿を任されているらしく、神殿の掃除をしたり、祈りに来た娘の悩みごとを聞いてやったりしていた。村の中を忙しく歩きまわって畑仕事を手伝い、子供の喧嘩(けんか)を仲裁(ちゅうさい)していた。現在の自分からは、まったく想像できない姿だった。

「俺がもしも神官を志していたら、こんな人生を歩んでいたのか」

女占い師は言葉を返さず、微笑を浮かべただけだった。

グリーシャは彼女の隣に立って、窓から星空を見上げた。

これまでの人生を振り返ると、たしかに星の数ほど選択をしてきたように思える。

この城砦の守備につくときもそうだった。ある諸侯から、自分に仕えてほしいという話があったのだ。それを断って、ここに来た。

「ありがとう。気が楽になった」

明日、兵たちに降伏することを告げよう。そう思いながら、女占い師に礼を言う。

しかし、話はこれで終わらなかった。女占い師の持つ水晶玉が三度、光り輝く。

映しだされたのは、最初のものと同じ光景だった。隣国の大軍が城壁の下まで押しよせ、グリーシャと兵たちは城壁に立って、彼らを見下ろしている。

何を見せようというのだ。グリーシャは怪訝(けげん)な顔で水晶玉を見つめた。

水晶玉の中で、隣国の軍勢の中から将軍が進みでる。大声で叫んだ。

「この大軍を前にしても退かぬとは、見上げた勇気だ。そなたに一騎打ちの機会をやろう。そちらが勝てば、我々は撤退する。我々が勝っても、そなたらの命を助けよう」

グリーシャは一騎打ちに応じて、将軍に負けた。

だが、将軍は約束を守って誰も殺さず、略奪もしなかった。

「騎士よ」

将軍は笑って言った。

「その勇気を大切にすることだ。もしもそなたが戦う姿勢を見せずに降伏してきたなら、私はひとり残らず首をはねて、城砦を破壊し尽くしただろう。臆病者は嫌いだからな」

グリーシャは水晶玉から顔をあげる。愕然(がくぜん)として、女占い師を見つめた。

「降伏したら、我々は死ぬのか？」

「わかりません」

女占い師は首を横に振った。

「水晶玉が映すのは、あなたが選ばなかった世界です。選んだ世界のことは見えません」

「だが、いまならまだ変えることができるだろう。戦うと決めれば、降伏した世界を選ばなかったことになるではないか」

そう言って女占い師に詰め寄ったグリーシャに、彼女は微笑を浮かべて訊いた。

「占い師の見せるものを信じるのですか？」

ミルが語り終えると同時に、再び薪が爆ぜた。

「どう？」

水を入れた革袋を取りだして、喉を潤しながら、ミルが聞いてくる。

「面白くはあったが、おとぎ話にしては少し悪趣味だな」

女占い師に突き放されたグリーシャは結局どうしたのか、気になってしまう。

エレンは干し肉を呑みこんで、夜空を見上げた。おとぎ話になぞらえるなら、この無数の輝きの中に、ミルがティグルを討つと決めた世界があるわけだ。

自分の場合はどうだろうかと、空想をもてあそぶ。まだ二十一年しか生きていないが、人生を大きく変えるような選択は、それなりにあったはずだ。

――五年前、テナルディエ公爵と戦うと決めたティグルに会ったとき……。

自分が協力しなかったとしても、ティグルは内乱に勝っただろうか。

勝っていたかもしれないと、エレンは思う。ティグルには意地があり、諦めの悪さがあり、何よりも生き抜く力のようなものがあった。「勝ち目はつくるものだ」と言ったときの不敵な顔を、エレンはいまでも鮮明に思いだすことができる。

――その場合、自分は……？

テナルディエ公爵につくという選択肢は、はじめからなかった。ブリューヌを離れ、いつかティグルの勝利を風の噂で聞き、もったいないことをしたと仲間たちと笑いあって、次の戦場をさがしていたのではないか。ティグルと再会することはなかったに違いない。

　その道を歩んでいたら、自分を何を得て、何を失っていただろうか。

「もしも違う道を選んでいたらって、考えてる？」

　楽しそうなミルの問いかけが、稚拙（ちせつ）な空想を吹き飛ばしてエレンを現実に引き戻した。

「顔に出ていたか……？」

　ごまかそうとしたら追及されそうな気がして、エレンは素直に認める。

「この話を聞いたひとは、だいたい自分の人生を振り返るそうですよ。俺もそうでした」

　アヴィンが言って、それから遠慮がちに付け加えた。

「ただ、エレンさんが何を考えたのかは、気になります」

「素性を話せない私たちが言えたことじゃないけど、エレンさんの話、ちゃんと聞いたことないものね」

　ミルも強い興味を示して身を乗りだす。

「別におまえたちと違って隠すつもりはないが……」

　冗談まじりに言葉を返してから、エレンは夜空を見上げた。眠るには少し早い。それに、ミルからおとぎ話を聞いたお返しと思えば、ちょうどいいかもしれない。

「おまえの話ほど面白いものじゃないぞ」

そう前置きをして、エレンは話しはじめた。

「私は赤子のときに捨てられ、『白銀の疾風(シルヴヴァイン)』という傭兵団に拾われた」

白銀の疾風は、ただの傭兵たちの集まりというわけではなく、しっかりとした組織だった。戦士の他に料理長や鍛冶師、主計係、洗濯係などがいる。男だけでなく女性も何人かいた。

団長はヴィッサリオンという三十代の男で、エレンを拾ったのも彼だった。優れた戦士というだけでなく、統率力もあり、傭兵団の者たちは彼を慕い、その命令に忠実だった。

「皆、私を可愛がって、いろいろなことを教えてくれた。裁縫や洗濯の仕方などもな。だが、私が何よりも興味を持ったのは剣だった。木剣をもらって、毎日、素振りをして、一日も早く戦場に出て活躍することばかりを考えていた」

焚き火を見つめて、エレンは懐かしそうに話す。間違いなく幸福だった時代の物語を。

「十歳のときに立ち寄った町で、リムに会った。その町に滞在している間に仲良くなって、傭兵団に誘ったんだ。あいつは来てくれた」

リムが白銀の疾風に入ったのは、エレンに誘われたからというだけではない。その町で戦が起きて、彼女の父が命を落としたからだ。未亡人となった母のために、自分はいない方がいいと考えたのである。エレンはそのことをリムから聞いていたが、口にはしなかった。話す必要のないことだからだ。

「私はずっと見習い戦士で下働きだったが、十歳を過ぎたころから戦に参加させてもらえるようになった。はじめはヴィッサリオンから離れず、彼の槍を持つ役目だった。そうして戦場に慣れていったある日、剣を渡された」

　エレンは初陣で、敵軍の兵士をひとり、討ちとった。皆、褒めてくれたが、ヴィッサリオンが頭を撫でてくれたのが、何よりも嬉しかった。

「私に親はいないが、父親という言葉から思い浮かぶのはヴィッサリオンしかいない。ヴィッサリオンはいい父親で、立派な戦士で、尊敬される団長だったが、傭兵らしくない夢を持っていた。国をつくりたいというものだ」

　皆が飢えることなく、野盗や獣に怯えず、凍えるような寒さも乗り切ることができて、ひとの行き来が盛んで、誰もが笑って暮らせる。そんな国をつくりたいと、彼は言った。

「傭兵団の者たちで、その夢を笑わない者はいなかった。いまから振り返ると、彼らの反応はもっともだと思うが、当時の私は我慢できなかった。自分だけでもヴィッサリオンの夢が実現するように手伝うと息巻いて、リムを困らせた」

　そこまで話したところで、エレンの顔に悲哀の影がよぎる。続きを話すのに、いくばくかの努力が必要だった。

「十三歳のとき、ヴィッサリオンが死んだ。戦場で一騎打ちをして、負けたんだ。それからすぐに、白銀の疾風はなくなった。誰も、ヴィッサリオンのように皆をまとめられなかった。ひとりが抜け、二人が抜け、それが止まらなくなって、消滅だ」

焚き火から、暗くなってきた空へ、エレンは視線を移す。過去の幻影を求めるように。

「私とリムは、二人で各地を放浪した。ヴィッサリオンの夢を、私たちがかなえる。その思いだけで傭兵を続けた。一年が過ぎたころ、リムと話しあって傭兵団を起ちあげた。風の剣（ストリボグ）と名づけた。さんざん笑いものにされたが、二人で励ましあって耐えた」

笑われるたびに、エレンはヴィッサリオンを思いだした。彼は、自分の夢をどれだけ笑われようと、泰然（たいぜん）としていた。エレンをはじめとする団員たちが誰かに侮辱（ぶじょく）されたときなどは黙っておらず、即座に行動したのに、自分の夢については笑って耐えたのだ。

「戦場で手柄をたてるたびに、少しずつ入団を希望する者が現れた。勘違いして言い寄ってくる者もいたが、もちろんすぐに追いだした。二年が過ぎて、風の剣がそれなりの規模になったころ……私はティグルに出会った」

大きく息を吐いて、エレンはミルとアヴィンを見つめた。

「今日はこのへんにしておこう。続きはまた今度、話してやる。私が先に見張りをやってやるから、おまえたちはさっさと休め」

「そんな！　ここから血湧き肉躍るブリューヌの内乱の話をやってくれるんでしょ」

ミルは声をあげて不満を露（あら）わにしたが、エレンにその気がないと悟ると、仕方なく外套にくるまって横になる。エレンに背を向けた。アヴィンも同じようにする。

「エレンさん、変なことを聞くようですが……」

ためらいを先立たせたあと、おもいきったように彼は聞いた。

「いま歩んでいる道で、よかったと思っていますか」

「当然だ」

エレンは即答する。

異なる道には異なる道の出会いがあり、別れがあっただろう。さまざまなものを得て、失っていただろう。

はっきりしているのは、異なる道には、いまの人生におけるティグルとの出会い、彼といくつもの戦いをくぐり抜けてきた記憶、戦の合間の数々の思い出がないということだ。

それなら、どれほど華やかで幸せな人生であったとしても選ぶ気にはなれない。

ティグルを斬るという決意に変わりはないが、これまでの記憶を否定することもしない。

――この思い出は、この想いは、私の……私だけのものだ。

エレンは微塵(みじん)の迷いもなく、そう思うことができた。

「ありがとうございます」

どこか安堵(あんど)したような、嬉しそうな声でアヴィンが言った。

ほどなく、二つの寝息が聞こえはじめる。

翌日の夕方、エレンたちはティル＝ナ＝ファの神殿にたどりついた。

†

日が沈み、月が昇って、ヴォージュ山脈の上に広がる空は、無数の星で飾りたてた夜の帳に覆われている。月がもっとも高い位置に達するまで、あと四半刻もかからないだろう。

アヴィンとエレン、ミルのいる神殿の中は、ほとんど暗がりに包まれていた。エレンとミルの持つ松明の明かりだけが闇を払って、三人の顔と女神の像を浮かびあがらせている。

「だいたい三ヵ月ぶりってところかしら。ちょっと懐かしさを感じるわね」

静かにたたずむティル＝ナ＝ファの像を見上げて、ミルがそんな感想を漏らした。彼女は後ろに立っているアヴィンを振り返る。

「それで、どうやってティル＝ナ＝ファの力を得るの？」

「うまくいくかどうかはわからないんだが」

アヴィンは黒弓を手に、真剣な表情で女神の像の前に腰を下ろした。

「俺の声が届くまで、女神に祈り続ける」

「それだけ……？」

ミルが顔をしかめる。エレンは呆れもしなければ、笑いもしなかった。まさに、ティグルが女神に祈って力を借りていたことを知っているからだ。アヴィンの持つ可能性に賭けて、ここまで来た以上、彼を信じるだけだった。

「私やミルも祈った方がいいか？」

エレンに聞かれて、アヴィンは首を横に振る。

「ひとりでだいじょうぶです。ミルがおかしなことをしないよう見ていてください」

「眠くなったら遠慮なく言ってね。眠くならないようにしてあげる」

ミルが物騒な笑みを浮かべて、右手で殴るような動作をした。

アヴィンは女神の像を見上げて、その顔を鮮明な形で記憶に刻みつける。両目を閉じ、弓を両手で握りしめた。呼吸を整え、女神に祈りはじめる。

――夜と闇と死を司るもの、三面女神（トレスリーニャ）よ、一柱でありながら三つの意志を持つ女神よ。

ティル＝ナ＝ファには、三面女神という呼び名がある。三柱の女神がひとつになったものであり、それゆえに夜と闇と死という三つのものを司り、神々の王ペルクナスの妻であり、姉であり、妹であるという説があるからだ。

それが事実であることを、アヴィンは知っていた。

閉ざした視界に女神の像を映しだしながら、懸命に呼びかける。

――私は分かたれた枝の先から来た。本来、あなたに力を求めていい存在ではない。

黒弓を手に、女神の力を求めるのはティグルのはずだった。だが、いまのティグルは黒弓を持たず、アーケンに従っている。

――しかし、私は祈る。あなたに願う。私の声に耳を傾けてくれ、ティル＝ナ＝ファ。

アヴィンは心の中で、ティグルについて知るかぎりのことを語った。口に出す必要はない。相手は女神だ。大声で叫べば祈りが届くわけではない。

だから、心の中で思いを言葉にして、静かに紡いでいく。

――ティグルヴルムド＝ヴォルンは、あなたから何度も力を借りた。ティグルの思いを、ティル＝ナ＝ファはその都度、認めてきたということだ。

――いま、彼はあなたに祈ることができずにいる。アーケンのために。ティグルをアーケンから解放したい。そう呼びかける。

――女神よ。あなたはひとを愛し、ひとならざるものたちを愛し、地上を愛している。そのすべてを守るために、力が必要なのだ。

次いで、アヴィンは自分のことを語った。なぜ、この旅をはじめたのかを。今日までにどのような旅をしてきたのかを。自分に黒弓を託してくれた父たちのことを。

――さきほども述べたように、私はあなたに力を求めていい存在ではない。しかし、他にできそうな者がいない。だから、こうして祈る。

――それでも、私の行動を認めてくれるなら、どうか力を貸してほしい。

突然、アヴィンは息苦しさを覚えた。尋常でない重圧が全身にのしかかる。黒弓を握りしめる手に力をこめ、奥歯を噛みしめて、アヴィンは目に見えない強烈な力に耐えた。

――祈りは届いているのか……？

これだけではわからない。祈り続けるしかない。

息を吐きだして、アヴィンは再び女神への呼びかけをはじめた。


アヴィンが女神への祈りをはじめて、半刻が過ぎた。

エレンとミルは、黙ってアヴィンを見守っている。

アヴィンは女神に祈りはじめてからほどなく、苦しそうに顔を強張らせたが、それ以外に変化らしい変化はない。少なくとも、二人の身には何も起きていなかった。

——女神に祈るのだ。一刻や二刻どころか、一日や二日を費やす覚悟がいるだろう。

ティグルはどうだったろうかと、エレンは考える。

あの想い人は、神々に対する素朴な恐れと敬意を持ち、狩人として風と嵐の女神エリスを信仰していた。ティル＝ナ＝ファに対する信仰心はなかったはずだが、それでいながら女神を甘く見ることもなく、また媚びることもなく、ごく対等な位置に立っていたように思える。それとも、これは想い人としての贔屓目だろうか。

「私たちは外に出ない？」

さすがに退屈になってきたらしいミルが、エレンに声をかけてきた。緊張はいつまでも持続できるものではない。それに、アヴィンの様子を見るかぎり、急に危険な事態が起きる可能性は小さいように思える。エレンは彼女にうなずいて、神殿の出入り口に視線を向けた。

エレンと、そしてミルが同時に表情を険しくして、武器をかまえる。何者かが近づいてくる気配を感じとったのだ。

出入り口に、黒い人影が立つ。

ミルが左手に持っていた松明を床に落として、前へ蹴った。転がった松明の炎が人影を照らしだす。ティグルだった。左手に白弓を持っている。

「王都に逃げ帰っていなかったのか」

挑発しながら、エレンはティグルの動きを観察した。右手に矢はないが、油断はできない。彼が矢を抜きだし、弓につがえて射放つまでの速さを、エレンは誰よりも知っている。

「おまえを追ってきた」

感情をうかがわせない声で、ティグルは言った。

「アーケンの命令に従い、戦姫であるおまえを討つ」

「ヴァンペールで転げ落ちて多少は反省したかと思ったが、足りなかったようだな」

皮肉を投げかけながら、エレンはアヴィンを守るように立つ。振り向いて彼の様子を確認する余裕はないが、女神への祈りを続けているらしい。中断させるわけにはいかない。

ティグルとの距離を目ではかっていると、長剣を肩に担ぎながらミルが前に進みでた。

「本当に、アーケンに操られてないの？」

ティグルを見据えて、率直に問いかける。エレンは戸惑いと焦りをにじませた顔で、ミルを見た。彼の射放った矢で傷を負ったというのに、いまさら何を言っているのか。

ティグルは動かず、こちらの様子をうかがっている。ミルが続けた。

「エレンさんじゃなくて私に矢が当たったとき、あなたは動きを止めた。私には、驚いているように見えた」

はっとして、エレンはティグルを見つめる。あのときは、ティグルも予想外の事態に次の行動を考え直していると思ったが、言われてみれば動きがなさすぎた。

ミルがさらに一歩踏みだす。

「私は信じてる。あなたのすべてがアーケンに操られているわけじゃなくて、きっと取り戻すことができると」

「それで、何をするつもりだ」

冷静に問いかけるティグルに、ミルは強気な笑みを返した。

「とりあえず、あのときのお返しをさせてもらうわ！」

叫んで、彼女が駆けだす。エレンも同時に動いた。松明を放り捨てる。

「アヴィンは動くな！　こいつは私たちでおさえる！」

叫びながら、風の力を使って加速した。ティグルはよどみない動作で腰の矢筒から矢を取りだし、白弓につがえようとしていたが、エレンの動きを見て判断を変える。ミルに向かって駆けだし、白弓で殴りかかった。

硬質の音が響いた。ミルが剣を横薙ぎに振るって白弓を弾き返し、ティグルは床に転がる。倒れたままの格好で三本の矢を右手に持ち、まとめて白弓につがえた。三つの鏃のひとつひとつが、『力』をまとう。距離をとるために、ミルの剣をあえて受けて倒れたのだ。

──戦姫を討つ、か。私を優先して狙ってくるのはありがたい。

射放たれた矢は、それぞれ上と右と左に向かって弧を描き、エレンに襲いかかる。エレンは上から迫る矢だけをアリファールで打ち砕きながら、風の力で飛翔した。二本の矢が神殿の壁に直撃して小さな穴を穿つ。

──やはり、『力』を分散したのか。一本一本の破壊力は、それほどでもない。

もっとも、石壁に穴を開けるだけの威力は備えている。生身で受ければ容易に致命傷となることは間違いない。エレンは壁を蹴って天井へ跳び、天井も蹴って、上からティグルに襲いかかった。ミルもそれに合わせて床を蹴り、低い位置からティグルに向かっていく。

このとき、ティグルはようやく身体を起こしたばかりである。かわすことは不可能だった。

金属を大岩に打ちつけたような音が二つ、エレンたちの耳を痛めつけた。ティグルは白弓でミルの剣を受けとめ、鏃に『力』をまとわりつかせた矢で、アリファールの斬撃を食いとめたのだ。これにはエレンもミルも驚きを隠せなかった。

ティグルはあえて体勢を崩し、ミルを蹴りとばす。その際、エレンの剣が革鎧を切り裂いて右肩をかすめたが、床を転がって窮地を脱した。右肩から流れでた血が、彼の腕を伝う。

すぐに立ちあがったミルが、強気の笑みを浮かべてティグルに呼びかけた。

「どうにかしのいでるって感じね。遮蔽物や罠がなければ、いくらティグルさんでも二対一で勝てるわけないじゃない」

エレンもまた、アリファールをティグルに突きつける。

「今度は逃がさん」

ティグルは言葉を返さない。呼吸を整えながら、新たな矢を取りだした。

「ねえ、ティグルさん」

額に汗を浮かべて、ミルがやや引きつった笑みを浮かべる。激しい動きによって、左肩が痛みだしたのだ。それでも、彼女は痛みなど感じていないかのように言葉を紡いだ。

「はじめて見たときから言おうと思ってたけど、その弓、似合わないよ。無理矢理握らされているみたい。ルーリックさんだって、それを見たらきっと笑うよ。泣くかもしれない」

ミルの台詞の半ばから、ティグルは聞き流す。彼女に向かって踏みだしながら、白弓に矢をつがえた。ミルもそれに反応して、正面から挑みかかる。

エレンが風をまとい、弧を描くように動いて、ティグルの背後へとまわる。ミルの邪魔をしないためであり、ティグルを確実に追いつめるためでもあった。

ミルとの距離が十歩まで縮んでも、ティグルは矢を射放たない。

ミルとエレンは無言のうちに連携した。ミルが下からすくいあげるように長剣を振るい、エレンが跳躍して上から斬りつける。

だが、二本の刃のいずれも、ティグルには届かなかった。

ティグルが横へ跳ぶ。そして、床に向けて矢を射放った。床に当たった矢は、硬質の音を響かせてはね返る。ミルの腹部を狙って飛んだ。

ミルは剣を振り抜いた直後であり、回避しようにも身体が動かない。自分に迫る鏃を、愕然とした顔で見つめていた。

しかし、矢は彼女に届かなかった。命中する直前で、音もなく粉々に砕け散ったのだ。

ティグルは無理な体勢から矢を射放ったために床に転がっていたが、驚きを隠せない顔で、床に舞い落ちる矢の残骸を見つめた。

体勢を立て直したエレンが、気合いの叫びとともにティグルに斬りかかる。かろうじて、ティグルは反応した。身体を起こし、エレンを見据えながら新たな矢をつかむ。

だが、エレンは眼前に迫っている。矢を射放つ余裕は、もうない。

ティグルは左手の白弓で、エレンの斬撃を受けとめた。押し負けまいと踏みとどまる。そうして、右手の矢に『力』をわずかにまとわせ、エレンの首筋に突きたてようとした。

「お母様！」

ミルが顔を蒼白にして、悲痛な叫びをあげる。

しかし、ティグルの手は、エレンの首筋に触れるかどうかというところで止まった。

エレンはすぐに離れるべきだったが、とっさに剣を引けず、ティグルの顔を見つめる。彼は痛みに耐えるかのように顔を歪め、唇を震わせていた。右の瞼(まぶた)が痙攣(けいれん)している。矢を落とし、よろめきながら後ずさった。

エレンの顔に迷いが浮かぶ。何が起きたのかわからないが、いまのティグルは驚くほどに隙だらけだ。まっすぐ斬りかかれば、おそらく一瞬で戦いは終わる。

──そうするべきだろう。この男がやったことを思いだせ。

アーケンに操られているのだとしても許さないと、自分は言ったではないか。

エレンが迷っていたのは、三つか四つ数えるほどの時間だった。その間に、ティグルは右手で己の顔をおさえながら、さらに後退する。その様子はあきらかにおかしかった。

「エレンさん……」

ミルがエレンの隣に立つ。彼女もどうしていいか判断しかねているようだった。

ティグルは言葉にならない呻き声を漏らすと、右手を顔から離して、宙に泳がせる。腰のベルトに吊りさげている革袋に指を入れ、取りだしたものを放り投げた。小さな音が響いた。

エレンに視線を向けて、何かを伝えるように口を動かすと、ティグルは身体を揺らしながら出入り口へと歩いていく。だが、不意にこちらを振り返って、白弓をかまえた。その目はエレンでもミルでもなく、二人の後ろへ向けられている。

エレンたちも背後から強烈な気配を感じて、振り返った。

アヴィンが立ちあがって黒弓をかまえ、右手に矢を持っている。いつ祈りを終えたのか、エレンたちにはわからなかった。

彼がつがえた矢の鏃は、白く輝いている。これまでに見た黒い光ではない。その輝きから、強烈な『力』の流れを、エレンは感じた。

エレンの持つアリファールの刀身から光があふれて、螺旋を描きながらアヴィンの持つ矢の鏃へと流れていく。その光を取りこんで、白い鏃はその輝きをさらに増す。

「待て、アヴィン……！」

エレンはおもわず彼に呼びかけていた。さきほど、ティグルは何とつぶやいたか。

「エレン」と、自分の名を呼んだ。目には、自分を想う感情がにじんでいたように思えた。

だが、エレンが呼びかけるのと、アヴィンが矢を放つのは、同時だった。

もっとも、呼びかけが早かったとしても、アヴィンは手を止めなかっただろう。女神への祈りを終えた彼が見たものは、まさにティグルが矢を武器として、エレンを殺害しようとしていた瞬間だったのだから。

アヴィンが引きだした女神の力に、アリファールの力を乗せた矢が、一直線に突き進んでティグルを呑みこむ。目を灼くほどのまばゆい光が広がって、エレンとミルは反射的に腕で顔を覆った。すさまじい力の奔流が轟音とともに暗闇を貫き、夜の一点を打ち払う。

　光と音が徐々に小さく、薄くなっていくと、神殿の出入り口は、さきほどまでより一回り以上大きくなっていた。破壊の余波で削られたのだ。

──ティグルは……。

　エレンは目を凝らす。だが、ティグルの姿はない。神殿の外へ出てみたが、それらしい気配はどこにも感じられなかった。見上げれば、月が高く昇っている。

　しばらくの間、エレンは呆然とその場に立ちつくしていたが、気を取り直して神殿の中に戻った。床に視線を向ける。ティグルが放り投げたものを見つけて、拾いあげた。

──指の骨か？　いや、違うな。何かの鍵のようにも見えるが……。

　じっと観察していると、松明を拾ったミルとアヴィンがこちらへ歩いてくる。

「あの男は？」

　そう聞いてきたアヴィンを見て、エレンは顔をしかめた。彼の顔に疲労が色濃く浮かんでいたからだ。心配になって、答える前に問いかける。

「さきほどの一撃によるものか？」

「ええ」と、アヴィンはうなずいて、右手に持っていたものを見せた。彼が射放った矢についていた、白い鏃だ。てのひらからはみ出るほどの大きさで、三つの突起を持っている。

「ティル＝ナ＝ファに祈りを捧げていたら、弓を握っている右手が急に熱くなって……。たまらず開いてみたら、これがありました」

白い鏃が尋常でない力を備えていることを、アヴィンは一目で理解した。すぐさま矢筒から一本の矢を取りだし、鏃を含む先端を短剣で切り落として、この鏃をはめこんだのだという。

「それじゃあ、ティル＝ナ＝ファに祈りが届いたっていうこと？」

ミルが期待に目を輝かせて尋ねる。アヴィンはうなずいた。

「そういうことだろうな。あの男が現れて、俺も必死になったから、ティル＝ナ＝ファが同情してくれたのかもしれない」

「でも、一度使っただけで疲れるとなると、使いどころが難しそうね」

アヴィンの頬をミルがつついた。若者は言い返そうとして、面倒くさくなったらしく、おおげさに肩をすくめる。視線を転じて、エレンが持っている鍵に興味を移した。

「何ですか、それは」

「あいつが落としていったものだ」

そう答えてから、エレンは首をかしげる。本当に落としたのだろうか。あのときのティグルは何もかもが奇妙だった。自分を殺せたはずなのに殺さなかったし、この鍵にしても、わざわざ革袋から取りだして放り投げたように思えた。

――だが、私はあいつが見せた目に期待してしまっているのかもしれない。

どうすべきか考えがまとまらず、エレンはぼんやりと鍵を見つめていたが、暗がりの隅から何ものかの気配を感じて、瞬時に思考に切り替える。ミルとアヴィンもそれに気づいて、すばやく武器をかまえた。

「いや、待て……」

二人を手でおさえながら、エレンはミルたちの前に出る。神殿の隅で蠢く闇を見据えた。この気配には、覚えがある。

「厄介な客の次は、面倒な客か」

「――面倒呼ばわりはひどいな」

からかうような笑声が、暗がりの中から聞こえた。

エレンはミルから松明を受けとって、前にかざす。薄まった闇の中に、小柄な人間の輪郭が浮かびあがった。瞬く間に色がつき、両眼に禍々しい輝きが灯る。

わずかな頭髪。中年にも初老にも見える、肉づきの薄い顔。極端に細い目。痩せた身体を包む薄汚れたローブ。ひとならざるものであることを教える、恐るべき圧迫感。

エレンは渋面をつくり、ミルとアヴィンにいたっては嫌悪感を剥きだしにした。

現れたのは、墓守を自称し、賢者と呼ばれることもあるマクシミリアン＝ベンヌッサ＝ガヌロンだった。

†

　ガヌロンと相対したエレンは、急激に昂ぶったいくつもの感情を心の奥底に押しこめて、気を引き締めた。冷静さを捨ててはいけない。それから忍耐力も。

　この男には知恵があり、知識があり、自分たちにはない不思議な力がある。彼の協力がなければ、エレンは戦姫になれなかっただろう。だが、決して信用してはならない相手だ。考えようによっては、アーケンの使徒などよりもよほど恐ろしい。

「戦いが終わるのを待っていたみたいに現れたわね」

　ミルが、非友好的な視線と声をガヌロンに投げかけながら、剣を背中の鞘に収める。これでも敵意はないと伝えているのだ。

　ガヌロンはといえば、ミルに笑って応じた。

「少なくとも貴様にとっては、私は恩人だ。魔弾の王が貴様を狙って放った矢が、なぜ粉々になったと思う？」

　ミルが目を丸くする。さきほどの戦いで、自分に迫る鏃が鮮明に思いだされたらしく、腹のあたりをさすった。たしかにあれは不可解な出来事だった。

「まさか……」

「礼はいらんぞ。礼儀知らずの田舎者の感謝は、見苦しいのでな。私に借りができたということだけ覚えておけばいい」

　ガヌロンの言葉を、ミルは最後まで聞いていなかった。どうしようもない失態を犯したというふうに、悔しそうな顔で頭を抱える。

「ここに来て最大の失敗だわ……。お母様に知られたら何て言えばいいか」

ミルの言葉に、あることを思いだして、エレンが聞いた。

「そういえば、さきほどはどうして私を『お母様』と呼んだ？」

「えっ」と、間の抜けた声を発して、ミルが顔をあげる。ティグルが『力』をこめた矢を、エレンの首筋に突きたてようとしたときだ。ミルは「エレンさん」と、叫ばなかった。

「あれは、その……」

困り果てた顔で、ミルは視線をさまよわせる。三つ数えるほどの間のあとに、言った。

「ほら、読み書きや算術の先生を、うっかりお父様とかお母様って間違えて呼んじゃうことがあるでしょ」

「うっかりか」

エレンは納得しなかったが、この場はそれですませることにした。いまはガヌロンと話すことの方が重要だ。この男が、自分たちの前に現れるときは、何か目的があるはずだった。

「賢者殿、今度は私たちに何を教えてくださるんだ？」

丁寧な口調で呼びかけたのは、むろん嫌味である。ガヌロンは気にしなかった。

「王都シレジアに行ってきた。国が滅んだいまとなっては、もう王都とは呼べぬかな」

薄気味悪い笑みを浮かべて、さらりと、ガヌロンは驚くべきことを言った。エレンはおもわず身を乗りだす。

「いまは、どうなっている？」

シレジアについては、北東部の諸侯軍が知らせてくれたことぐらいしかわかっておらず、調べる余裕もない。気になるのは当然だった。アヴィンとミルも黙って耳を傾ける。

「静かなものだ。やつらは神殿を破壊したり、つくりかえたりしているが、それ以外のものにはほとんど手をつけず、市街を荒らすような真似はしていない」

エレンは落ち着きを取り戻して、姿勢を正す。とにかく、王都が破壊の嵐にさらされていないのはよかった。サーシャやリュドミラも、この話を聞けばいくらか安心するだろう。

「気になっていたんだが、やつらは食糧をどうやって調達している？　王都には、ろくに食糧は残ってなかったはずだ」

アヴィンが聞いた。ガヌロンは呆れた顔になる。

「知らなかったのか？　アーケンが用意しているに決まっているだろう」

沈黙が訪れた。三人とも、ガヌロンの言葉を理解するのに二つか三つ数えるだけの時間を必要としたのだ。エレンが震える声で尋ねる。

「やつらの食糧は、無限にあるということか……？」

ガヌロンは話にならないと言いたげに、深いため息をついた。

「まさか、そのていどのことも知らなかったとはな。シレジアを奪われるわけだ」

「おかしいとは思っても、調べようがあるわけないでしょ。キュレネー兵を捕虜にすることはできないんだから」

ミルが憤然として吐き捨てる。エレンとアヴィンは無言だが、すさまじい形相で肩を震わせながら、大声で怒鳴りたい衝動を懸命におさえていた。

軍を率いる立場になれば、食糧の確保という問題は常につきまとう。エレンにとっては王都を脱出したころから、アヴィンにとっては偵察隊を任されたころからの悩みどころだった。

自分たちは食糧の備蓄についての詳細がわかっているので粗食にも耐えられるが、兵たちにそれを強いることはできない。彼らの不満を聞いてやってはなだめたり、叱りつけたりしていたが、やりきれなさは消えなかった。

敵軍はそれと無縁だというのだ。ふざけるなと叫びたかった。

「それで、あなたはシレジアに何をしに行ったの？」

いくらか気分を落ち着かせて、ミルが聞いた。ガヌロンは肩をすくめる。

「アーケンの目的を知りたくてな」

エレンは首をかしげた。アヴィンとミルも不思議そうな顔になる。

「やつの目的は、すべての人間の命を自分に捧げさせることだろう？　その上で、私たちのような邪魔になる人間を優先的に排除したいと」

「私もそう思っていた。シレジアで魔弾の王を見るまでは」

顔をしかめ、学者を思わせる表情と態度でガヌロンは続けた。

「アーケンにしてみれば、ティル＝ナ＝ファから力を引きだし、自分を傷つけることのできる魔弾の王はすぐにでも滅ぼすべき存在のはずだ。だが、やつは魔弾の王を忠実な部下とし、軍の指揮権を与え、シレジアを統治させている。なぜだと思う？」

意地の悪い教師のような笑みを浮かべて、ガヌロンはエレンたちに問いかける。しかし、ミルは取りあわなかった。

「私たちがちゃんと答えられるなんて微塵も思ってないでしょ。もったいぶってないで、さっさと言いなさいよ」

「それがひとにものを教わる態度か。躾のなっていない娘だな」

「そういう台詞は、ひとにものを教える態度を身につけてから言うものよ」

「そこまでだ、ミル」

エレンが止めに入る。心の中ではおおいに彼女に共感しているのだが、このまま放っておくと話が進まなくなる恐れがあった。ガヌロンに頭を下げる。

「こいつの暴言については、私が詫びる。アーケンの考えについて聞かせてくれ」

アルサスでガヌロンと話したとき、ティグルは真摯に頭を下げていた。いまは、自分が彼の代わりを務めるべきだった。

エレンの内心を見透かしたのだろう、小さく笑ったあと、ガヌロンは答えを口にする。

「アーケンは、魔弾の王を己の器にしたいようだ。あの肉体に己を降臨させれば、いま以上に力を振るうことができるようになるからな」

アヴィンとミルの顔に戦慄(せんりつ)が走る。ティグルを取りこんだら、アーケンはさらに強大な存在になると、二人は教わっている。降臨によってティグルの肉体を己のものとするというのは、この場合、同じことだ。恐怖と焦りが二人を押し包んだ。

だが、ガヌロンはそんな二人の反応を楽しそうに見やった。

「アーケンにとって、魔弾の王の肉体を得るのは絶対に必要なことだと思うか？」

「そうすれば、いま以上に力を振るえると言っただろう」

アヴィンが困惑した顔になる。ガヌロンは再び意地の悪い笑みを浮かべた。

「重ねて聞くが、必要なことなのか？」

ティル＝ナ＝ファの像に向かって歩きながら、彼は続ける。

「二年前に神征(アテン)をはじめて、キュレネーはいくつの国を滅ぼしてきた？　ジスタートは王都を失った。ブリューヌも西方国境を侵され、いつ王都を攻められてもおかしくない。アーケンは何の問題もなく、キュレネー軍を維持している。いま振るっている力だけでも、地上の命を根絶やしにすることは充分に可能だ。魔弾の王の肉体を使う理由はない」

女神の像を見上げて、ガヌロンは言った。

「アーケンはティル＝ナ＝ファに勝ちたいのだ。かつて自分を退(しりぞ)けた女神にな」

その言葉に、エレンはアルサスで彼から聞いた話を思いだした。

「前に言っていたな。神話の時代に、ティル＝ナ＝ファとアーケンが死者の世界を取りあって争い、ティル＝ナ＝ファが勝ったと……。まさか、あれは本当のことなのか？」

「そうだ」と、ガヌロンはうなずいた。

「この神征からして、ティル＝ナ＝ファへの挑戦なのだ。ティル＝ナ＝ファは魔弾の王や、ひとならざるものたちの存在を通じて、地上に影響を及ぼしているわけだからな。それを根こそぎ消し去るのが、神征の真の目的というわけだ」

エレンたちは衝撃のあまり、言葉を発することができなかった。

女神の像は、三人とガヌロンを静かに見下ろしている。


いくばくかの間を置いて、ガヌロンが沈黙を破った。エレンたちを振り返る。

「キュレネー軍の動きについては、どのていど把握している？」

「先日、戦ったばかりだ」

気を取り直したエレンは、ヴァンペールの戦いについて簡潔に説明した。

「ブリューヌにおけるキュレネー軍の動向についても、多少は知っている」

「なるほど。では、そのあたりの説明はいらぬな」

うなずいてから、ガヌロンは期待できそうにないという顔で聞いてくる。

「ところで、林檎酒（サガルド）はないか」

「ないわよ。いま、お酒は貴重なの」

ミルが苛立たしげに即答した。嘘ではない。食糧を節約しがちなジスタート軍において、酒が充分に足りているわけがなかった。粗悪な酒がひそかに蔓延（まんえん）しては困るというリュドミラの要請を受けて、酒づくりの知識や経験を持つ兵たちが知恵を絞り、乏しい材料から細々とつくっているが、兵たちを満足させられるような結果は出ていないのが現状である。

「キュレネー軍を追い払ったら、好きなだけ用意してやるわ」

「いつになることやら」

小馬鹿にするように笑ったガヌロンに、エレンが聞いた。

「キュレネー軍は、いや、アーケンはシレジアを攻め落としておきながら、どうしてブリューヌの王都ニースを攻めない？」

「いつでも攻め落とせるからだろう。忠実な戦士となった魔弾の王を先頭に立てるだけで、混乱に陥れることができるからな。それに、ニースにはアーケンの求めるものがない」

「シレジアにはそういうものがあったということか？」

「貴様たち戦姫がいただろう」

その答えにエレンは納得しかけたが、寸前で違和感を抱いた。ガヌロンが何かごまかしたように思えたのだ。アーケンが自分やサーシャを警戒しているのはわかっているが、求めるものがないという言い方は奇妙ではないか。

──だが、問い詰めても答えないだろうな。

それに、他に聞きたいこともある。

「いまのティグルを見て、どう思った？」

ミルを矢から助けたのがガヌロンなら、ティグルを見たはずだ。

「どう、ではわからぬ。何について聞きたいのか、具体的に言え」

そっけなく突き放されて、エレンは鼻を鳴らす。言いたいことをどうにか整理した。

「あいつは、自分の意志でアーケンに従っていると言った。それが事実かどうか、私にはわからない。アーケンに操られているのかもしれない。おまえはどちらだと思う？」

「両方だ」

簡単な質問だというふうに、あっさりとガヌロンは答えた。

「魔弾の王の魂と肉体は、アーケンにほとんど侵食されている。アーケンに忠実な戦士となっているのはそのためだ。操られているともいえるし、自分の意志で従っているともいえる」

「では……」

問いかけるエレンの声は、かすかな期待と、それに数十倍する不安とで震えた。

「あいつをアーケンから取り戻すことは、できるか」

「絶対に無理とは言わぬが、ほぼ無理だ」

その態度から、エレンの質問を予想していたのだろう、ガヌロンは即答する。

「アーケンは、あれの肉体に強く根を張っている。手間と時間をかけたのだろうな、感心するほど丹念になじませている。あの状態からアーケンを退けるとなると、それこそ魔弾の王の肉体にティル＝ナ＝ファを降臨させるか……」

そこまで言ってから、ガヌロンは首をひねった。

「魔弾の王は長くティル＝ナ＝ファの力に触れている。やつらがアーケンをなじませようとしているのも、その残滓を消し去ろうとしてのことだろう。それがまだ残っていれば、『力』を注ぎこむだけでもいけるか……」

「よくわからないけど、まだ望みはあるということね」

ミルが言うと、ガヌロンは肩をすくめた。

「それでよかろう。幼児には幼児の理解の仕方がある」

ミルが背中の剣に手を伸ばしかけたが、エレンが止める。腹立たしい気持ちはあるが、同時に感謝したい気持ちもあった。

――ティグルを取り戻せる。

そんなことは無理だと思っていた。ガヌロンの答えも、ほぼ無理というものだ。だが、まだ望みはあるのだ。それだけで、前を向いて進むことができる。

希望を抱くことができたからか、もうひとつ聞きたいことが浮かんだ。ティグルが落としていった白い鍵を、ガヌロンに見せる。

「これは何だと思う？」

ガヌロンは興味のなさそうな顔をしたが、エレンの手にあるものが何かわかると、すぐに真剣な顔つきになった。顔を近づけて、それを凝視する。

「どこで手に入れた？」

「ティグルが落としていった……。いや、わざと放り投げたようにも見えた」

そのときの光景を思いだしながら、エレンは言い直した。ガヌロンは小さく唸る。

「ティル＝ナ＝ファの残滓か、それとも魔弾の王が抗(あらが)おうとしているのか……」

彼はいつになく興奮しているようで、声を弾ませた。

「これは鍵だ。シレジアの王宮にある神殿に……竜具(ヴィラルト)や女神の弓を封じた場所に通じている。私の力を使えば、この場からでも空間を歪めて行くことができる」

エレンは絶句する。アヴィンとミルは愕然として鍵を見つめた。

「どういうこと？　どうしてティグルさんがそんなものを……」

ミルが難しい顔で考えこむ。アヴィンも戸惑いを露わにした。

「俺たちを誘いこむ罠か？　だが、それならこんな渡し方をするとは……」

エレンはガヌロンを見据えて、短く問いかける。

「たしかなのか？」

「シレジアに行ってきたと言っただろう。連中に気づかれる恐れがあったので近づきはしなかったが、気配はつかんだ。間違いない」

そこまで言ってから、ガヌロンは陰険な、嘲笑（ちょうしょう）に酷似した笑みを浮かべた。

「もっとも、魔弾の王の意図はわからん。罠の可能性も充分にある」

「それでもかまわん」

神殿の鍵を握りしめて、エレンはガヌロンに言った。

「こいつを使って、私をその場所へ連れていけ。おまえならできるのだろう」

この発言にはアヴィンが慌てた。

「ま、待ってくれ、エレンさん！　冷静になって……」

「私は冷静だ」

エレンは彼を見て静かに言葉を返す。

「私たちにとって何より重要なのは、竜具を取り返して戦姫を増やすことだ。そうしてようやくアーケンに剣の切っ先を突きつけることができる。こいつがたとえ罠だとしても、やつらの思惑を飛び越えてやる」

「もしもエレンさんがやられたら、戦姫はアレクサンドラ様だけになるのよ！　それに、ティグルさんを取り戻せるかもしれないんでしょ。そのとき、エレンさんがいなかったら……」

　ミルの叫びに、エレンは言葉に詰まった。

「竜具を二つ解放できれば、戦姫をひとり失っても黒字にはなるがな」

　ガヌロンが口を挟む。アヴィンが彼を睨みつけてから、エレンに訴えた。

「罠の可能性がある以上、軽はずみな行動は慎むべきです。俺たちは、三人がかりでアーケンにかなわなかった」

　そのときのことを思いだして、エレンの表情に迷いが生まれる。神殿の鍵を見つめたあと、ガヌロンに聞いた。

「おまえの考えは？」

「むろん、貴様にアーケンの神殿へ行って、竜具を手に入れてほしい」

　ぬけぬけという態度で、ガヌロンは答えた。怒りを露わにするアヴィンとミルを楽しむように一瞥してから、彼は言葉を続ける。

「だが、前回と同じ轍を踏まれては困る。行ってもらうのは、多少なりともアーケンの力を弱めてからだ」

「そんなことができるのか……？」

　エレンは警戒の眼差しを向けた。そんなことが可能なら、なぜいままでやらなかったのか。

「このヴォージュの南の端に、古い時代の神殿がある。朽ち果てた廃墟だがな。そこで詳しい話をしてやる」

そう言うと、話は終わったとばかりにガヌロンの姿が薄れ、色を失っていく。エレンが呼びとめるも、ガヌロンはそのまま消えてしまった。

「また、言いたいことだけを言って……これか」

苛立ちまじりのため息をついて、白銀の髪をかきまわす。アルサスで会ったときも、ティグルを失ったときも、ガヌロンはこうだった。わかっていても腹が立つ。

「二人は……」

どうすると聞こうとして、エレンはアヴィンとミルの様子がおかしいことに気づいた。二人とも、息が詰まったかのような苦しい顔をして、さきほどまでガヌロンがいた場所を見つめている。アヴィンなど、額に汗をにじませていた。

エレンの訝しそうな視線を受けて、ミルが気を取り直す。

「も、もちろん私はいっしょに行くわ！」

その声で、アヴィンも我に返った。「俺も行きます」と、告げる。

――ガヌロンの言葉の何かが引っかかったみたいだが……何だ？

思い返してみるが、わからない。とにかく、二人は来るというのだ。

ヴォージュ山脈の南端となると、馬を駆けさせてでもかなりの日数がかかる。この神殿のように、数日で行って帰るというわけにはいかない。戦姫の長期不在は、ジスタート軍の拠点にとってよくないだろう。

――だが、竜具を取り返せるのなら……。

神殿の鍵を、エレンはじっと見つめた。

†

エレンたちの前から去ったあと、ガヌロンは真夜中の草原をひとりで歩いている。

「おもわぬ収穫だったな。場合によっては、事態が加速するやもしれぬ」

彼がエレンたちに接触した理由は、二つあった。

ひとつは、ティグルについて、自分の知らない情報を持っているのではないかという期待。

もうひとつは、ジスタート軍が春まで持ちこたえられるかどうかを知るためだ。

彼女たちは呆れるほど何も知らなかったが、行動力はある。話を聞くかぎり、ジスタート軍もひとまず冬は越せるようだ。

竜具を解放し、新たな戦姫を誕生させてくれれば、アーケンの意識はますますジスタート軍に向けられるだろう。そうなってくれれば、自分はさらに動きやすくなる。

ふと、彼は足を止めて、右手を持ちあげた。その手の中に、大人の腕ほどの長さと太さを持つ湾曲した白い牙が現れる。

竜の牙だ。ガヌロンは、ジスタートの王宮の地下でこれを手に入れた。メルセゲルよりわずかに先んじたのである。

「これが二本で一対であること、アーケンも、その使徒たちもまだ気づいておらぬようだ。しばらくそのままでいてもらうとしようか」

ガヌロンには、彼の目的がある。

そのために、強大な力を秘めているこの竜の牙はどうしても必要だった。

——しかし、アーケンは何を求めている。

手の中の牙を消し去りながら、ガヌロンは心の中で独りごちる。

エレンたちに話したように、アーケンの目的がティル＝ナ＝ファに勝つことであるのは間違いない。だが、それだけなら竜の牙を求める必要はない。他に何かあるのだ。

それを突き止めるには、戦姫たちにもっと動きまわってもらわなければならない。自分も手を貸す必要がある。

——神とは、人間ごときでは何もできぬから神なのだ。

それは、かつて彼がティグルに言ったことだった。だが、ティグルを器にしようとしていることといい、竜の牙を求めていることといい、アーケンは地上に介入しすぎている。

神に叛く人間たちの剣が、神を脅かす輝きを放つ可能性が出てきた。

ヴォージュの南端にある廃墟でエレンたちと再会したとき、何が起きるか。

この先のことを想像しながら、ガヌロン暗闇の中を歩いていった。

　ティグルは、ティル＝ナ＝ファの神殿からだいぶ離れた斜面に、仰向けに倒れていた。全身を襲う痛みに耐えながら、星空を見上げている。起きあがれないほど打撃を受けたわけではなかったが、なかなかその気になれない。今日の敗北を、彼は素直に受けいれていた。

——恐ろしい一撃だった。まともに受けていたら、このていどじゃすまなかったな。

　アヴィンが白い鏃の矢を放ったとき、ティグルは白弓をかまえていた。『力』のある矢を射放つのは間に合わないと判断し、白弓を中心に『力』を広げて、防御膜を張り巡らせたのだ。そのおかげで、アヴィンの矢の威力を弱めることができた。神殿の外まで吹き飛ばされ、斜面を転がって地面に倒れたが、それだけですんだのである。

——しかし、記憶にずれがあるな。

　たしか、自分はエレンの首筋に『力』をまとわせた矢を突きたてようとしていたはずだ。

　それが、次の瞬間にはエレンから離れて、出入り口のそばに立っていた。いつのまにかアヴィンが黒弓をかまえて、こちらを見据えていた。

——エレンから予想外の反撃を受けて、記憶が混濁したか？

　あるいは、ガヌロンかもしれない。彼の気配に気づいたのは、ミルを狙って射放った矢を粉々にされたときだ。あの得体の知れない自称墓守なら、何をやってもおかしくない。

「シレジアに帰るか……」

ため息とともに結論を出して、ティグルは身体を起こす。暗闇の中で、髪や服、外套についた土を大雑把に払い落とした。

アヴィンが新たな力を手に入れた上に、ガヌロンまで加わったとなると、ひとりでは勝ち目が見出せない。ガヌロンがエレンたちに積極的に協力するとは考えにくいが、彼がアーケンの存在を快く思っていないことはたしかなのだ。

──アーケンが新たな命令を出してくれたら、それに従うのだが。

だが、アーケンからの命令はない。神話の時代の出来事についてセルケトに尋ねたときのように、自分を罰する動きもない。シレジアに帰還するしかなかった。

月明かりしかないにもかかわらず、ティグルは地面が鮮明に見えているかのように、斜面を駆けおりていく。実際、あるていどは把握できていた。体内に宿しているアーケンが、大地の輪郭を感じとって自分の意識に送りこんでくるのだ。

勢いがつきすぎたところで一度、足を止める。ティル＝ナ＝ファの神殿がある方角を、何気なく振り返った。

キュレネー兵のように命を捨てて挑めば、ひとりぐらいは葬り去れるかもしれない。

首を左右に振ってその考えを捨てる。ティグルはあらためて斜面を下りていった。

6　凍漣の雪姫(ミーチェリア)

その日の夜、エレンは夢を見た。

森の中の、木漏れ日(こもれび)が幾筋も射しこむ明るい場所に自分はいる。

正面にティグルが立っていた。麻の服の上に革鎧をつけて、ありふれた弓を背負っている。

右目には、自分が贈った黒い眼帯をしていた。見慣れた姿だった。

左目に優しい輝きを湛(たた)えて、ティグルは穏やかな微笑を浮かべている。右手をこちらへ差しだして、エレンの名を呼んだ。

エレンはまっすぐ駆けていって、想い人の胸に飛びこむ。受けとめてくれた若者を、おもいきり抱きしめた。涙を流しながら、何度もティグルの名を呼んだ。背中にまわされた左手と、頭を撫でてくる右手の感触が心地よかった。

顔をあげて、ティグルを見つめる。ずっと一緒だと笑いかけた。

そこで、目が覚めた。

視界に広がる薄闇を、しばらくの間ぼんやりと見つめる。

ここはティル＝ナ＝ファの神殿だ。ガヌロンが去ってから、一刻が過ぎたかどうかというころだろう。視界の端に映る明かりは、出入り口のそばで起こした火だ。火のそばではアヴィンかミルのどちらかが見張りをしているはずだった。

夢だと自覚すると、夢の中の素直な自分に対して苦笑してしまう。

——裏切り者と呼んでも、憎んでも、これが私の本心ということか。

ずっと、その感情は封印してきた。斬るべき敵だと毎日のように自分に言い聞かせてきた。

そうやって自分を追いこんでいかなければ、剣が鈍るという恐れがあった。

だが、ティグルをアーケンから取り戻せるかもしれないとわかった途端に、その封印は解けてしまった。万に一つ、いやそれ以下の可能性だとしても、希望を手にしてしまった。

王都を失ったときのことを思いだす。戦姫として、自分は誓った。

民を護り、民のために戦う。そして、心の中にいる王のために戦うと。

心の中の王は、戦いを叫んだ。奪われたものを取り戻せと。その王に、生まれたばかりの希望は新たな活力を与えた。

——待っていてくれ、ティグル。

目を閉じながら、エレンは心の中で想い人に呼びかけた。

†

ティル＝ナ＝ファの神殿でティグルと戦ってから三日後、エレンとアヴィン、ミル、そしてリュドミラの四人は馬に乗って、ライトメリッツ公国にある街道を駆けていた。南を目指してまっすぐ進んでいる。

ヴァンペール山に戻ったエレンたちは、神殿での出来事をサーシャとリュドミラに話した。ティグルが落としていった神殿の鍵を見せ、ガヌロンから聞いたことを語った。

ちなみに、ガヌロンの話を細かい部分まで正確に覚えていたのはアヴィンだけである。エレンは概要だけを覚えており、ミルにいたってはほとんど覚えていなかった。

「どうせアヴィンが覚えてるもの。役割分担よ」と、ミルは傲然とうそぶいたものだ。

戦姫ひとりだけでは拠点の防衛が難しくなるとサーシャが判断した場合は、エレンは拠点に残り、アヴィンとミルに行ってもらうつもりだった。

しかし、サーシャは少し考えたあと、エレンに「行ってきて」と、短く告げた。

「正直、ガヌロンの言葉は腹が立つ。でも、竜具の奪還は、僕たちにとって可能なかぎり優先すべきことだ。キュレネー軍とどれだけ戦っても、それはかなわない」

キュレネー軍と戦って勝つことはせいぜい時間稼ぎにしかならず、アーケンの力を弱めることにはつながらないと、エレンたちは理解している。もしも戦場での勝利がアーケンを脅かすのであれば、神征はもっと違う形のものになっただろうからだ。

「だが、必ず竜具を取り返せるとはかぎらない」

サーシャを前にして、エレンはいつになく慎重になっていた。だが、黒髪の戦姫は、白銀の髪の親友の背中を、いつものように穏やかな表情で押したのである。

「それは何だってそうだよ。僕はここに残る。だから、君に任せる」

ところが、そこで意外な人物が手を挙げた。

「私も同行させてください」

リュドミラだ。先の戦い以来、彼女はなるべく軍衣をまとうようにしているが、この日もそうだった。「この方が動きやすいから」と、周囲には言っているが、兵たちには好評である。過日の戦いの勝利を象徴しているように、彼らには思えるのだろう。

セルケトとの戦いで失った槍も、新しく用意した。竜具とともに壁に立てかけてある。

リュドミラの申し出に驚かない者はいなかった。サーシャでさえ不思議そうな顔をする。しかし、彼女はすぐに反対せず、やわらかな物腰で理由を尋ねた。

「戦姫になりたいんです」

リュドミラの青い瞳には、思いつきではないことを示す、強い意志がみなぎっている。

「賛成しかねる」

エレンは困惑した顔で、神殿の鍵を持つ手を振った。

「まがりなりにもアーケンの使徒と戦える私やアヴィン、ミルでさえ危険なんだ。戦姫になりたいというリュドミラ殿の気持ちは尊重するが、竜具は空間を超えて、選んだ相手の前に現れるのだろう？　私のときもそうだった」

エレンはアーケンの神殿に封じこめられていたアリファールを解放し、その直後に戦姫になったのだが、たしかに竜具は空間を超えて彼女の前に現れた。短い距離ではあったが、飛んできたわけではない。

「私たちが必ず竜具を解放するわ。ここで待っていてもらうことはできないの？」

ミルも説得しようとする。リュドミラは彼女ではなく、アヴィンを見た。

「あなたは賛成してくれるんじゃないかしら」

「それは……」

アヴィンは言葉に詰まる。戦姫になってくださいと、たしかに彼女に言った。そのために協力しろと言われれば、断るのは難しい。

「でも、アーケンの神殿に行っても、竜具に選ばれない可能性はある」

残酷な可能性を、サーシャが静かに指摘する。リュドミラはその視線を受けとめた。

「そのときは、竜具を奪還するためにできることをやります」

彼女は、ヴァンペールでセルケトに襲われたときのことを話した。

「魔弾の王がリュドミラ殿を殺そうと思っていただと……？」

エレンが驚愕の表情になる。その反応に、リュドミラは意外な思いを抱いた。

「エレオノーラ様は、魔弾の王について何かご存じなのですか」

「ティグルのことだ」

苦虫（にがむし）を何匹もまとめて噛み潰したような顔で、エレンは白銀の髪をかきむしる。

「断っておくが、あいつが自らそう名のったことは一度もない。だが、ティグルをそう呼んでいたやつらがいる。かつてアルサスを襲った怪物、アーケンの使徒、それからガヌロンだ」

リュドミラが顔色を変える。二人を落ち着かせるように、サーシャが口を挟んだ。

「魔弾の王という言葉の意味は、わかっていないままだったね」

「二年前に怪物を滅ぼしたあと、私とティグルで調べてみたことはあった。だが、何の手がかりも得られなくてな……」

悔しそうに答えてから、エレンは深刻な表情で続ける。

「ともかく、アーケンの使徒だけでなく、アーケンに操られているティグルまでリュドミラ殿を敵視していたとなると、ますますもって危険だぞ」

「望むところです」

リュドミラは覇気に満ちた顔で、四人を見回す。

「アーケンが相手だろうと、私は戦います。だから戦姫になりたい」

短い沈黙が、会議室を支配する。最初に口を開いたのはエレンだった。

「わかった。さきほどの言葉は撤回する」

驚きの眼差しで理由を問うアヴィンとミルに、エレンは笑って答える。

「おまえたちとアーケンの神殿に潜りこんだとき、私はただの傭兵で、使い慣れた剣しか持っていなかった。戦姫になれるとは、まったく思っていなかった。戦姫になりたいから神殿へ行くというリュドミラ殿の方が、いくらか立派だ。とはいえ……」

エレンはサーシャに視線を転じた。

「リュドミラ殿が果たしてくれている役割は、大きい。私はもちろん、おまえでも代わりは務まらないかもしれない」

もしもリュドミラを失うようなことになれば、ジスタート軍には致命的な傷が生じる。エレンたちはその傷をふさぐために奔走することになるだろう。

サーシャは考えこむように両目を閉じたが、すぐに目を開けた。リュドミラを見る。

「竜具の奪還、頼んだよ」

その翌日、エレンたちはリュドミラを加えて、ヴァンペール山を発ったのだった。

ヴォージュの南端は遠いので、今度は山の中を進むのではなく、山を下りて街道を駆ける。

また、ゆっくり見てまわる余裕こそないが、ライトメリッツとオルミユッツの様子をあるていどつかみたいとも思っていた。

「ライトメリッツの地理は私に任せて！　いい道を知ってるから！」

張りきった顔で言ったのは、ミルだ。リュドミラの同行について、エレンとサーシャが決めたあとは、彼女は何も言わなかった。むしろ嬉しそうにしている。

彼女はエレンが驚くほどライトメリッツの街道に詳しく、迷う様子も見せずに先頭に立って馬を走らせた。町や村、集落の場所もよく知っていて、どこで休憩をとればよいか、食糧などを調達するにはどの村がよいかということまでわかっていた。

「見事なものだな」と、エレンは感心して、ミルを褒めた。

「おまえはブリューヌ人だと思っていたが、もしかしてジスタート人だったのか？」

「どっちも当たり。お父様がブリューヌ人で、お母様はジスタート人。基本的にはジスタートというか、このライトメリッツで暮らしてたんだけどね」

ミルは笑顔で答えて、小さく舌を出す。とにかく、彼女のおかげでライトメリッツ公国を抜けるまでの旅は順調だった。

「ライトメリッツの公都では、お母様といっしょに買いものをしたわ。お母様に、バターをたっぷり塗ったジャガイモを買ってもらって、二人で食べたの」

「食べものの話はなるべく勘弁してくれ。バターもジャガイモも恋しくなる」

アヴィンが真面目くさった顔で口を挟み、エレンとリュドミラは複雑な苦笑を浮かべた。

オルミュッツに入ると、今度はリュドミラが先頭に立った。

「こちらについては、私に任せてください」

ライトメリッツを通過する間は口数も少なく、硬い表情をすることが多かった彼女だが、生まれ育ったオルミュッツの風景は、いくらか彼女の気持ちをなごませたようだった。

エレンたちを驚かせたのは、彼女が街道にこだわらなかったことだ。

　こちらの方が早いと言って街道を外れては草原を突っ切り、冬の気配が迫る森を抜け、枯れ草で覆われた丘を越えた。それでいながら町や村に欠かさず立ち寄り、馬を休ませ、蹄鉄(ていてつ)の具合を確認することを怠らなかった。

「長旅に慣れているんだな」

　感心するエレンに、リュドミラは微笑を浮かべて首を横に振った。

「母が公国内を視察するときに、よく連れていってもらったんです。近道の多くは母に教えてもらったもので、当時は私も呆れたものでした。いまになって役に立つなんて……」

「行動的な母君だったのだな」

　半ば呆れ、半ば感心した顔で、エレンは言った。

　そんな二人を、アヴィンは後ろから安堵(あんど)した顔で見つめている。オルミュッツに入ったら、皆を先導する役目は自分だと思っていたのだが、リュドミラにはかなわない。そのことをまったく残念に思わず、むしろ嬉しかった。

　休憩をとったとき、アヴィンはそのことをリュドミラに言った。

「俺もオルミュッツの街道については、それなりに知っているつもりでしたが、リュドミラさんに同行してもらってよかったと思います」

「アヴィンも、両親のどちらかがジスタート人なのか？」

　エレンの質問に、アヴィンは首を横に振る。

「俺の両親は、どちらもブリューヌ人です。ただ、師がジスタート人で」

「詳しく話を聞きたいものだが、難しいか」

エレンの言葉に、アヴィンは小さく頭を下げた。

「申し訳ありません。ただ、近いうちに話せると思います」

アヴィンの表情と声音は、どこか確信めいていた。エレンは眉をひそめる。ようやく話す気になったというより、話さなければならないと言っているように聞こえたのだ。

「いま話せることだと、父と師がオルミュッツの公都に詳しかったことでしょうか。主要な通りだけでなく、裏道や脇道にも精通していました。小さいころは、路地裏などに行くのは厳禁で、十二になってから、はじめて連れていってもらって……。驚きの連続でした」

この言葉に、リュドミラは興味を示したようだったが、質問はしなかった。二人の距離は、ヴァンペール山にいたときからほとんど変わっていない。

目的地である廃墟まで、エレンは二十日以上かかるだろうと考えていた。ヴァンペール山はヴォージュ山脈の北東端にある。そこから山脈の南端に向かうのだから、山脈に沿ってジスタートの大地を縦断するようなものだ。

だが、ミルとリュドミラの先導によって、十三、四日ほどにまで縮めることができた。

ライトメリッツでも、オルミュッツでも、エレンたちは人々のさまざまな声を聞いた。王都が陥落したことは、もう誰もが知っている。それぞれの公国に、新たな戦姫がいまだに生まれないことは、彼らの不安を増大させていた。

ブリューヌに逃げることを考えている者がいれば、キュレネー軍と戦おうという者がいた。守りを固めている町や村があれば、捨てられた無人の町や村もあった。食糧などを巡って対立している町や村もあった。

エレンは、卑怯であると自覚しながらも、自分が戦姫であることを明かさなかった。戦姫であると明かせば、目の前の争いを止められただろう。未来に絶望し、悲嘆に暮れる者たちを元気づけることができただろう。

だが、そうすれば、足を止めなくてはならない。目的地に行くのが遅くなってしまう。

この旅は、自分の感情を一時的に満足させればいいというものではない。拠点の守りをサーシャたちに任せてのものだ。看過できない非道が行われているのでもないかぎり、先を急ぐしかなかった。

†

シレジアに帰還したディエドは、疲労していた。

ヴァンペール山からシレジアまでの距離がつらかったのではない。連れ帰った百人の兵たちの恨みがましい視線が、彼を精神的に消耗させたのだ。彼らは戦いに参加できなかったことを悔やみ、自分たちを陽動に使ったディエドに不満を抱いていた。

ディエドにしてみれば、「戦いに参加していたら、おまえたちも死んでいたんだぞ」と言ってやりたいのだが、まさに兵たちは死ぬことを望んでいるのだ。反応を想像するだけでもうんざりで、帰還の途上で何度か、彼らを部下にしたことを後悔したほどだった。

それでも、王宮にある自分の部屋に戻って休むと、たとえ恨まれようとも、彼らを死なせずにすんでよかったと考え直すことができた。

窓から市街の風景を見ると、日が落ちかかっている。通りには、巡回しているキュレネー兵の姿がまばらに見えた。ヴァンペールで失われた兵と同じ数の援軍が、ディエドたちが帰還するよりも早くシレジアに到着していたのだ。

――いつになったら、この戦は終わってくれるんだろうか。

暮れてゆく冬の空を見上げて、ディエドはため息を吐きだした。

生まれ育ったキュレネーを発って、わずか二年の間に、どれだけの町や都市が陥落するのを見ただろうか。そして、どれだけの戦友の亡骸を埋葬してきたか。

兄が生きていたら、自分の気持ちを聞いてくれただろうか。そう思って、無理だろうと思い直す。神征に従ってキュレネーを発つときには、兄は戦友たちと同じようになっていた。死を厭わず戦うと公言していた。

そして、その通りになった。ヴァルティスの戦いで、兄はジスタート軍に殺された。

──閣下なら、こんな話でも聞いてくださるだろうか。

ティグルは、ディエドたちとともに帰還を果たしている。ヴァンペールの戦いのあと、彼は別行動をとっていたが、シレジアに到着する数日前に合流したのだ。馬を駆っているので、歩兵の集団であるディエドたちに追いつけたのだった。

ヴァンペールで兵を見捨てるようなことを言ったときは驚き、腹立たしさを覚えたが、二十日近くが過ぎて落ち着いたいまでは、ティグルはできることをやったのだと思える。

──あの方と話していると、人間と話している気がする。

恐ろしいところはある。だが、やはり、いい主だと思う。仕えていて安心する。

──閣下は戦が終わったら、キュレネーに来るのだろうか。

この国にとどまるのであれば、そのときは自分を引き続き仕えさせてくれないだろうか。

キュレネーに帰りたい気持ちはもちろんあるが、帰るのが恐ろしいという気持ちも同時にあった。これだけ兵を送ってきている本国は、いったいどうなっているのだろうか。

ディエドは窓のそばから離れてベッドに腰を下ろす。ため息をついた。

ふと、気配を感じて顔をあげる。目の前に、神官衣をまとった男が立っていた。

──アーケンの使徒……！

たしかメルセゲルという男だ。いつのまに部屋に入ってきたのだろう。扉の開く音など聞こえなかった気がする。

——どうして、アーケンの使徒が俺のところに……？

ディエドは不思議そうな顔でメルセゲルを見上げたあと、慌てて顔を伏せた。一兵士に過ぎない自分が、無遠慮に見つめていい相手ではない。何か用事があって現れたのだろうから、声をかけてくるはずだ。

はたして、メルセゲルは思いもよらない問いかけをしてきた。

「貴様の兄を殺した者を、知りたいか」

頭を下げたまま、ディエドは息を呑む。彼はずっと兄を慕っていた。神征が宣言されて、兄がかつての兄ではなくなってからも、気遣っていた。

——殺した相手がわかるのか？

そう考えたとき、心の奥底で何かがゆらめくのを、ディエドは感じた。

それは、怒りと殺意だった。兄を殺した相手にせめて一矢報いるまでは、自分の戦いは終わらない。家族にも、兄と親しかったひとたちにも顔向けできない。

「知りたいです」と答えると、「顔をあげよ」という声が降ってきた。

ディエドが顔をあげると、メルセゲルの手の上に、球状をした白い光の塊があった。光の塊は丸い輪となって、内側に何かを映しだす。どこかの戦場のようだ。

「ヴァルティスだ」と、メルセゲルが言った。

いくつもの死体が転がっている中に、二人の男が向かいあっていた。ひとりは自分の兄だ。

その姿に、ディエドは目を背けそうになった。左脚は奇妙な方向にねじ曲がり、左腕は肘から先が失われている。手にしている剣は半ばから折れ、革鎧も傷だらけだった。

その兄と対峙している男を見て、ディエドは愕然とした。弓を持ったティグルだ。

兄がティグルに向かっていく。ティグルは冷静に矢を射放ち、二矢で兄を仕留めた。

自分の目に映っている光景が、ディエドには信じられなかった。もっとも仕えたいと思っている相手が、誰よりも尊敬していた兄を殺した者だったのだ。声が出なかった。

ディエドの心の中で、ひとつの決意が生まれていく様子を、メルセゲルは冷然と見ている。

ヴァンペールで敗北しておめおめと帰還した魔弾の王を、アーケンは許した。セルケトも何も言わなかった。メルセゲルだけが、彼を許すべきではないと考えた。

——何のために、我は分かたれた枝の先からこの世界へ来たのか。

アーケンの壮大な計画を成功させるためだ。そのためには多少の独断専行も必要だろう。

魔弾の王は滅ぼさなければならない。偉大なるアーケンに器はいらないのだ。

†

深い森を抜けた先に現れた廃墟を、エレンは驚きと不審の目で見つめた。

ヴォージュ山脈の南端にたどりついたのは、昨日の昼過ぎである。このあたりは森が広がっていて、木々はすっかり葉を落とし、地面は落ち葉で埋まっていた。

これでは古い時代の建物をさがすのは難しいだろうとエレンは考え、アリファールの力で飛びまわりながら、時間をかけて見つけるしかないと思っていたのだ。

だが、一晩休んで夜明けとともに出発すると、アヴィンとミルが先導した。

「どうして道を知っている？」

道すがら、エレンは尋ねたが、「着いたら話します」としか、アヴィンは言わなかった。

そして、まったく迷うことなく、エレンたちは廃墟に到着したのである。

「二人とも、このあたりにずいぶんと詳しいのね」

さすがにリュドミラも疑いの目を向ける。

「俺たちは、ここから旅をはじめたんです」

アヴィンがそう答えた。ヴォージュ山脈の南端から旅をはじめたという二人の話を、エレンは思いだす。この近くで二人は暮らしていたのか。それとも何か理由があって、ここから旅をしなければならなかったのか。

「行きましょ、エレンさん、リュドミラさん」

ミルが歩きだす。エレンたちはいくらか緊張しながら、廃墟の中に入った。

さほど広くない、半球状の屋根を持つ建物だった。

——ガヌロンは古い時代の神殿と言っていたが……。

屋根や壁にいくつか穴が開いており、そこから光が射しこんでいる。扉は見当たらない。

床に敷き詰められた石畳は、すり減って角が丸くなり、隙間だらけになっていた。壁は真っ黒に汚れていて、装飾の痕跡はあるものの、よくわからない。

ミルが中央まで歩いていったかと思うと、こちらを振り返る。エレンを見つめた。

「エレンさん、前に私が話した『騎士グリーシャの選択』、覚えてる？」

ミルの気配が変わったように思えて、エレンは顔をしかめつつも、うなずいた。視線だけを動かしてアヴィンを見たが、彼は黙ってミルを見ている。

ミルが背負っていた剣を抜いて、高く掲げる。彼女が何かをつぶやくと、剣の刀身が強烈な青い輝きを放った。

次の瞬間、壁や天井に無数の青い輝きが生まれる。ミルの剣に呼応するかのように。輝きの大きさは幼児ほどで、楕円形をしていた。廃墟の中は青い光によって隅々まで照らされる。

「これは何……？」

常識を越えた出来事に、リュドミラが呆然と立ちつくした。声が震えている。

アヴィンが壁に浮かぶ無数の輝きの前まで歩いていって、エレンに呼びかけた。

「ひとつか二つほど、見ていただけますか」

エレンもリュドミラに劣らず、驚きと混乱に包まれていたが、二人が自分に何かを伝えたいのだと察して、慎重な足取りで彼の隣まで歩いていく。輝きのひとつを見つめた。

その中には、奇妙な光景が映っていた。

どこかの建物の中で、自分とティグルがテーブルを挟んで談笑している。ただし、自分はゆったりとしたドレスをまとっており、ティグルは絹服を着ていた。右目もある。

──何だ、これは。どうして私とティグルが……？

当惑していると、輝きの中の自分たちが不意に立ちあがった。

二人はまるで仲のよい夫婦のように、連れだって歩いていく。その先にはくすんだ赤い髪をした小さな男の子がいて、二人に手を振っていた。輝きの中の自分が小走りに駆けて、嬉しそうに男の子を抱きあげる。この二人の子供なのだと、エレンは直感で理解した。

輝きから一歩離れて、エレンは頭を振る。冷静になれず、肩で息をしていた。

他の輝きにも、何か映っているのだろうか。そう思って、隣の輝きへ視線を移す。

そこにも、自分とティグルの姿があった。二人とも十七、八ぐらいだろうか。ティグルは麻の服と黒弓という姿だが、自分は薄汚れた外套をまとい、手にアリファールを持っている。二人で手を取りあって、大木の姿をした怪物と戦っていた。

──二年前に私たちがアルサスで戦ったレネートではないな……。

サーシャが四年前に、巨大な老木に顔が浮きでたような魔物と戦ったという話を思いだす。

これは魔物なのだろうか。

今度は少し離れた輝きを覗きこむ。そこに映っているのは、自分と親友のリムだ。

二人とも甲冑を着こんで、数百人の男たちに指示を出している。男たちは武装がまったく統一されておらず、その雰囲気から傭兵と思われた。

——騎士グリーシャの選択……。

なぜ、ミルは、あの話を覚えているかと聞いてきたのか。

エレンは深いため息をつくと、驚きから覚めやらぬ顔でミルを見た。

「これらは、私なのか？　どこかでいまとは違う選択をした……」

優しさと悲しさのいりまじったような微笑を、ミルが浮かべる。

「分かたれた枝の先。異なる道が生まれるたびに、世界が枝分かれするように増えていくからそう呼ばれてるんだって。私は、そのひとつから来たの。お父様はティグルヴルムド＝ヴォルン。お母様はエレオノーラ＝ヴィルターリア」

場が、沈黙に包まれる。エレンは衝撃を受けていたが、どこかで納得もしていた。

出会ったときから、ミルはあまりに自分に似ていた。髪や瞳の色だけでなく、考え方も。ブリューヌ人の父とジスタート人の母という言い方も、いまならわかる。

——お母様か。

ティル＝ナ＝ファの神殿で、ミルは自分をそう呼んだ。たしかに彼女は間違えたのだ。彼女の世界のエレンと、自分を。

「おまえは私の娘であって、私の娘ではないというわけか」

「そうよ。私のお母様がライトメリッツの戦姫になったのは、十四のとき」

ミルは笑って続けた。

「お父様と会ったのは十六のときで、そこは同じなんだって思った。ちなみに、私のお父様はなんと、ジスタートとブリューヌの両方の王様」

さきほどとは別の沈黙が訪れる。エレンはとっさに言葉が出てこなかった。

「ティグルが、王……？」

いったい何があったのだ。ティグルが王ならば、自分は王妃ということになるのか。いや、そんなはずはない。ジスタートにも、ブリューヌにも王家は存在する。そもそも、二国の王になることなど可能なのか。

「そのへんは話すと長くなるから、今度の機会にね」

表情を困ったような苦笑に変えて、ミルは言った。エレンはぎこちなくうなずき、アヴィンを見る。視線で問いかけると、アヴィンはやや気まずそうに髪をかき回した。

「俺の父はティグルヴルムド＝ヴォルンですが、母はブリューヌ貴族です。父はいろいろあって行方不明ということになっています。いずれは何とかするつもりらしいですが……」

何があった。もう一度、こみあげてきたその疑問を、エレンは何とか口に出さずに耐えた。

――私とティグルが結ばれない世界もあるのか……。

あらためて、無数の輝きに視線を巡らせる。

ブリューヌの内乱で、ティグルに協力しなかった場合について考えたことを思いだした。自分とティグルが結ばれたのは、自分たちの意志によるものだ。定められた運命などではない。

二年前に自分が傭兵団を失い、ティグルが右目を失い、アルサスに多大な犠牲が出たときだってそうだった。ティグルが自分に追いつき、強く求めてくれたから、自分は足を止め、ティグルを求めることができた。これからもともに歩んでいこうと思えた。

先のことはわからず、よいことも、悪いことも、可能性は無限にある。

おそらく、いくつになっても。


エレンと、そしてリュドミラが無数の世界を見つめている間、アヴィンは周囲を見回していたのだが、ふと気まずそうな顔になって髪をかきまわした。

「どうしたのよ」

ミルに聞かれて、アヴィンは「いや……」と言葉を濁しかけたが、彼女の紅の瞳に追及の色が浮かんでいるのを見て、ため息をついた。

「ここにはじめて来たときのことを思いだしていたんだ。半年前のことなのに、ずいぶん昔のことのように思えてな」

その説明に納得しかけたミルだったが、次の瞬間、彼女は顔を真っ赤にして、大股でアヴィンに詰め寄り、殴りかかった。アヴィンは慌ててかわし、後ろへ跳び退る。

「あれは俺のせいじゃないだろう！」

エレンには説明しなかったが、異なる世界へ渡るのには大きな制約がある。

空間を超えて世界を渡ることができるのは、魂と、アヴィンが両親から渡された黒弓や、ミルが母から借り受けた長剣などの『力』を持つものだけだ。生身の肉体は、空間を超える際に押し潰されて粉々になるという。

『力』を持つ武器はそのまま送ればよいが、人間の場合は、肉体から魂だけを抜きだして異なる世界へ送り、事前に用意しておいた肉体に定着させなければならないのだ。

この世界におけるアヴィンとミルの肉体を用意したのは、人間ではない。魔物と呼ばれる存在だった。ドレカヴァクという老人の姿をした魔物と、レーシーという巨木の魔物である。

約二年前、アーケンが神征をはじめようとしていることを知って、ドレカヴァクは強い危機感を抱いた。アーケンの目的が地上の命だけでなく、ティル＝ナ＝ファに勝つことであるのを見抜いたのだ。魔物たちはティル＝ナ＝ファを崇めている。

どのような手段を使ってでもアーケンを退けなければならぬとドレカヴァクは考え、同じ魔物に協力を呼びかけつつ、とある理由から分かたれた枝の先……アヴィンの世界とミルの世界にも干渉し、それぞれの世界のティル＝ナ＝ファに助けを請うた。

魔物については、レーシーのみが協力した。この世界の他の魔物は、ガヌロンを除いてアーケンに滅ぼされたのだ。レーシーは四年前にサーシャと戦って滅ぼされかけ、傷を癒やすために身を潜めていたので、逃れることができたのだった。

アヴィンの世界でも、ミルの世界でも、魔物は人間に害をなす恐るべき敵だ。それゆえにティグルや戦姫たちと戦い、滅ぼされた。

そのこともあって、それぞれの世界のティグルたちは最初、彼らの話を信じなかったが、ティル＝ナ＝ファに確認して、話に乗った。彼らの世界にとっても他人事ではなく、放っておくことはできないとわかったのだ。

ちなみに、この世界の戦姫の協力は得られないのかとティグルに聞かれて、ドレカヴァクは首を横に振った。「この世界の戦姫たちは、ひとならざるものについての知識がなく、混乱を招きかねない。時間がいる」というのが、その理由だった。

アヴィンとミルはそれぞれの両親から詳しい話を聞かされた。二人とも、行くと即答した。自分を信頼して話してくれたのだから、応えたかった。

この世界での肉体、衣服、金銭については、ドレカヴァクとレーシーが用意した。

そして、神征から一年半ほどが過ぎたある日、二人はこの世界に渡ったのだ。

だが、二人とも、降りたった先に自分以外の誰かがいることを想像していなかった。

この世界に無事、渡ってくることができたとき、アヴィンとミルの目の前にはおたがいが立っていた。何も身につけていない姿で。それぞれが持ってきた武器は、足元にあった。

十を数えるほどの間、アヴィンとミルは呆然とした顔で見つめあった。この世界に無事に来られたことに対する驚きと安堵、自分以外の者がいることへの困惑が頭の中で乱れて、羞恥心が呼び起こされるまでに時間がかかった。

正面から見えるものは、二人ともすべて見た。

「なっ……」

ミルが顔を真っ赤に染めるのと、長剣を振りあげるのと、まっすぐ駆けだすのは、ほとんど一瞬で行われた。背を向けたり、肌を隠したりするようなことはなかった。

「なに見てるのよっ！」

アヴィンは総毛立った。とっさに床を転がって、理不尽な一撃をかわす。

「待て、待て！」と、弓を持った手を前に突きだして彼女を制止しながら、もう片方の手で自分の股間を隠した。それを見て、ミルもこちらに背を向ける。首だけ振り返って、横顔で殺意も露（あら）わに睨（にら）みつけた。

何か身につけられるものがないかと、アヴィンは周囲を見回す。衣服と、貨幣の入った革袋が置かれているのを見て、世界を渡る直前の話を思いだし、身体から力が抜けそうになった。

これが二人の出会いだった。

幸い、ミルはこのことをいつまでも根に持つ人柄ではなかったし、アヴィンも早々に、手のかかる妹のような相棒だと彼女を認識したので、二人の関係は険悪なものにならなかったが、そうでなかったら、二人の旅路はもう少し面倒なことになっていたかもしれない。

エレンがアヴィンとミルから衝撃的な話を聞かされている間、リュドミラは三人の会話に口を挟む余裕もなく、無数の輝きを見つめていた。もっとも、彼女たちの話が聞こえていなかったわけではない。

無数の輝きの中で落ち着きを取り戻し、考えて、彼女はアヴィンに視線を向けた。

「あなたの世界の私は、何ものだったの？」

それは答えを予測した、冷厳な問いかけだった。アヴィンは息を呑んだあと、背筋を正して正直に答える。

「オルミュッツを治める戦姫です。そして、俺の武芸の師でもあります」

リュドミラは小さく息を吐くと、アヴィンに歩み寄る。

「だから、戦姫になってくださいと私に言ったのね」

うなずいたアヴィンの頬を、彼女は平手で叩いた。

「ここまで腹の立つ理由もなかなかないわね。あなたの世界の私と、この私はまったくの別人でしょう。勝手に重ねられて、いい迷惑だわ」

「返す言葉もありません」

頬の痛みに耐えながら、アヴィンは深く頭を下げる。

エレンとミルは二人を見守っている。口を挟むべきではないと、わかっているからだ。

「リュドミラさんの気持ちはわかるけど」と、ミルが小さな声で言った。

「私も、剣を振るう元気なエレンさんを見て、嬉しくなったから、アヴィンが思いを重ねちゃうのは少しわかるというか」

「何だ、おまえの世界の私は元気がないのか。戦姫なんだろう？」

不思議そうに尋ねるエレンに、ミルは肩をすくめる。

「元気はあるけど、子供が成長して落ち着いたって感じかな。年齢も四十近いし、公国の主としての立場もあるし。あと、お父様にべったり」

自分のことではないとわかっているのに、エレンは複雑な気分になったが、すぐに気を取り直す。そもそも、ここまで来た目的はアーケンの神殿へ行くためだ。

「それで、この無数の世界が、いったいアーケンと何の関係がある？」

「そこから先は、私が説明しよう」

低い声とともに、暗がりの一部が色濃くなる。浮きあがって、いくつかの輝きを背後に押しやった。不気味な気配とともに、ガヌロンが姿を現す。

反射的に槍をかまえたリュドミラを、アヴィンが手で制した。エレンとミルも、声が聞こえた時点で予想できたので、とくに驚かない。呆れた顔でガヌロンに言った。

「おまえは出入り口から堂々と入ってくるということができないのか？」

「魔弾の王の屋敷では、礼儀を守って扉から入ったではないか」

「扉を開けもしなかっただろう」

憮然とするエレンを見ながら、アヴィンがガヌロンについて、リュドミラに説明する。とりあえず敵ではないとわかったので、彼女は胸を張ってガヌロンの前まで歩いていった。

「はじめまして。ティル＝ナ＝ファについて詳しい墓守のマクシミリアン様ね」

思えば、ガヌロンのことを調べて、ティグルに教えたのは自分だ。本当に先のことはわからないものだと思う。ガヌロンは口元に不気味な笑みを浮かべた。

「戦姫の娘か。姫に成り得る者だが、なぜここに来た？」

「アーケンの神殿に行って、戦姫になりたいと言ってな」

エレンが横から割って入る。

「ティル＝ナ＝ファの神殿で、おまえは言ったな。アーケンの力を弱めた上で、アーケンの神殿に行ってほしいと。そして、ここで詳しい話をすると」

「うむ」と、ガヌロンはうなずいた。

「やつの力を弱める前に、ひとつ話をしようか。ティル＝ナ＝ファが、三柱の女神がひとつになったものだという話は知っているか？」

「三面女神という話のことなら、聞いたことがある」

　エレンが答えると、ガヌロンはゆっくりとうなずき、侮蔑するような笑みを浮かべた。その笑みは、エレンたちではなく、神に向けられたものだ。

「神話の時代に、ティル＝ナ＝ファに敗れたアーケンは、どうすれば勝てるのかと考えた。敗北は許容できぬ。だが、無策で挑めば、また退けられるやもしれぬ」

　そこで一旦、言葉を切って、ガヌロンは廃墟の中の無数の輝きを見回した。

「長い思索の果てに、アーケンはティル＝ナ＝ファを模倣（もほう）した」

　一呼吸分の間を置いて、リュドミラが反応する。

「模倣って……他に二柱の神をさがして、ひとつになったというの？」

「そうだ。より正確にいうと、アーケンは他の世界の自分を頼った。他の神を見つけられなかったか、あるいは見つけたが拒まれたのかまではわからんがな」

　エレンとリュドミラは唖然（あぜん）として、ガヌロンを見つめた。アヴィンとミルが落ち着いているのは、とうに知っていたからだ。そうでなかったらエレンたちと同じ反応をしていただろう。

　十を数えるほどの時間が過ぎて、ようやくエレンは呻き声を漏らす。

「そんなことが、可能なのか……？」

「実際にやってのけたのだから、できるのだろうよ。アーケンが選んだ二柱の神は……」

　ガヌロンが視線を巡らせ、ミルとアヴィンに固定する。アヴィンが言った。

「俺の世界では、アーケンは地上に降臨することを目論んで、使徒たちを動かしていました。

そして父と母、それからリュドミラ様に退けられています」

「私の世界ではあまり目立った動きをしていなかったけど、お父様もお母様もその脅威は認識していたわ」

ミルもそう説明し、ガヌロンが楽しそうに口の両端を吊りあげた。

「世界ごとに貴様が違うように、アーケンも世界ごとに違うだろうからな。ティル＝ナ＝ファへの恨みを引きずっているものもいれば、気にしていないものもいようし、他の世界への干渉をおもしろがって話に乗ったものもいよう」

「ちなみに、あんたは私の世界では争いを引き起こして多くの血を流したとんでもない悪人だから。お父様もお母様もさんざん苦労させられたって言ってたわ」

ミルがガヌロンを睨みつけて怒りをぶつければ、アヴィンも同調する。

「俺の世界でも、おまえは陰謀家で、初代国王をよみがえらせて混乱を起こした魔物だよ」

ガヌロンは呆れた顔で二人を見て冷笑を浮かべた。

「筋違いだな。貴様らの世界の私と、この私は無関係だ。頭が悪いにもほどがある」

「話を先に進めてくれ」

たまりかねたように、エレンが三人の睨みあいに割って入る。

「おまえたちの話を聞いていると、頭がおかしくなりそうだ」

リュドミラはといえば、仲裁(ちゅうさい)する気も起こらないらしく、憮然としていた。

アヴィンが「すみません」と謝り、説明する。

「ひとつになったアーケンは、この世界で神征をはじめようとしました。ドレカヴァクという魔物がそれに気づいて、俺とミルの世界のティル＝ナ＝ファに助けを求めたんです。ちょうど俺やミルの世界にも、アーケンがひとつになった影響が出はじめていて……」

「具体的には、世界のいろいろなところが冥府……亡者の世界になりはじめたの。死体が集団で歩きまわって、仲間を増やそうと襲いかかってくるのよ。エレンさんは、ウヴァートとかいうアーケンの使徒と戦ったときに見たでしょ。あれがもっと大規模になった感じでね」

ミルが説明を引き継ぐ。エレンはそのときの光景を思いだして、渋面をつくった。

「他人事じゃない。三つの世界の力を合わせて、アーケンを退けないといけない。それで、俺とミルがこの世界に来たんです。この世界の魔物たちの力を借りて」

アヴィンが言うと、ミルがこれまでの旅を思いだして、笑った。

「大変だったわ。同じところもあれば、違うところもあるし、キュレネー軍がうろつきまわっているしで。でも、エレンさんたちに会えた」

彼女が紅の瞳を輝かせて、エレンを見つめる。それから、周囲を見回した。

「いま、この場所は無数の世界とつながってるわ。ほとんどは、その世界が見えているというだけなんだけど、私の世界とアヴィンの世界だけは、つながりが強い。三つの世界のアーケンがひとつになっているから」

「そこまでわかっているなら、私が手を出さずとも貴様らだけでできそうだな」

ガヌロンの言葉に、アヴィンが黒弓を用意する。ただし、矢は抜きださない。

「いまから、二つの世界とのつながりを弱めます。そうすれば、アーケンの力も弱まる。一時的なものでしかありませんし、二度は使えないですが……」

「失敗しないでよ」

ミルがアヴィンに軽口を叩く。アヴィンも笑って返した。

「安心しろ。これだけは念入りに教わってきたからな」

アヴィンが黒弓を真上に向けてかまえる。その右手に黒い光が生まれた。

エレンの持つアリファールの刀身から白い輝きが放たれ、アヴィンの右手へ流れていく。黒い光と白い輝きが入りまじって、ひとつの白い矢になった。

リュドミラが声もなく、アヴィンを見つめる。これだけのものを見て、これだけの話を聞かされて、もう驚く感覚は麻痺してしまっていると思っていたのに、そんなことはなかった。アヴィンと、白い矢を、きれいだと思った。

アヴィンが矢を放つ。それは天井に届く前に音もなく砕け散り、無数の白い粒子となって青い輝きの中に振りまかれた。

アリファールの刀身が、淡い光をまとう。それによって、エレンにはわかった。アヴィンの矢が、三つの世界のつながりにたしかな一撃を加えたことを。

「鍵をよこせ」

ガヌロンが言い、エレンは神殿の鍵を放った。それを受けとったガヌロンが虚空に手をかざすと、空間が歪み、光の射さない深淵を思わせる円形の穴が出現する。

「歪廊と、私は呼んでいる。この前のようなアーケンの介入は、しばらくない。だが、長くはもたん」

ガヌロンがそう言ったときだった。

禍々しさをともなった重圧が、その場にいる五人を襲う。明確な敵意をまとった気配が天井に現れ、底冷えする声が降ってきた。

「――行かせるわけにはいかぬ」

エレンが顔を強張らせる。この中で彼女だけが、その声に聞き覚えがあった。

襟や袖口に刺繍のほどこされた白い神官衣をまとった、褐色の肌の男が、天井に逆さに立って五人を見下ろしている。蛇に似た小さな両眼が、怒りを帯びた光を放っていた。

アーケンの使徒メルセゲルだった。

†

メルセゲルが急降下して、アヴィンを狙う。

真っ先に反応したのはエレンだった。この男が尋常ならざる強敵であることを、彼女は知っている。床を蹴って跳躍し、風をまとって加速して、横合いからメルセゲルに斬りつけた。

金属的な衝突音が響きわたる。ともに吹き飛んだ戦姫とアーケンの使徒は、空中で姿勢を立て直して床に降りたった。

「早く行け！」

リュドミラに大声で呼びかけながら、エレンはメルセゲルを睨みつけた。その顔には戦慄がにじんでいる。彼女の斬撃を、メルセゲルは右腕を振るって弾き返したのだが、そこには浅い傷しかなく、傷口から立ちのぼる黒い瘴気もわずかだった。

――サーシャは、やつの肘をもっと深く斬り裂いていたが……。

メルセゲルはといえば、自分の身体の具合をたしかめるように右腕を軽く振る。ただそれだけで、エレンから受けた傷は消え去った。

「貴様たちは、許されざる大罪を犯した」

メルセゲルがエレンを見据える。彼は正確に悟っていた。人間たちが三つの世界のつながりを断ち切って、アーケンの力を弱めたことを。

「貴様らをすみやかに葬り去って、その魂をアーケンに捧げる。この場にいない双剣使いの戦姫も、遠からずはるかな眠りの旅に導こう」

「サーシャに斬られたことが、そんなに悔しかったか」

エレンは強気な笑みを浮かべて、アリファールをかまえた。

対峙する二人を横目に、リュドミラが歪廊に向かって駆けだす。長くはもたないと、ガヌロンは言っていた。急がなければならない。急いで竜具を取り返さなければ。

だが、彼女に後ろから駆け寄ったアヴィンが、その腕をつかんで引きとめる。

直後、リュドミラの目の前の床に黒い瘴気が生まれ、そこから大木ほどの胴体を持つ白い大蛇が飛びだした。もしもアヴィンが彼女に追いついていなかったら、リュドミラは大蛇に呑みこまれていただろう。

「行かせぬと、言ったであろう」

リュドミラたちを見もせずにつぶやいて、メルセゲルが前に踏みだす。次の瞬間には、彼の姿はエレンの目の前にあった。

風をまとって後ろへ跳びながら、エレンは長剣を振るう。しかし、その動きを予測していたかのように、メルセゲルは彼女との距離を詰めた。アリファールの刀身を左手で受けとめ、右腕をエレンへと伸ばす。その右腕が、手首のあたりから大蛇に変化した。

大蛇が異様なほどに胴体を伸ばして、エレンの身体に何重にも巻きつく。自由を奪い、締めあげた上で、メルセゲルは彼女を床に叩きつけた。

あと十を数えるほどの時間が与えられていれば、メルセゲルはエレンを葬り去ったかもしれない。だが、彼は異変を察知して戦姫から視線を外す。リュドミラの前に生みだした巨大な白蛇を振り返った。

白蛇はリュドミラとアヴィンをまとめて呑みこまんと襲いかかったが、アヴィンが黒弓につがえて放った二本の矢に両目を潰され、さらに駆けつけたミルによって胴体を斬り裂かれ、大きくのけぞって苦痛に喘いでいた。

そして、リュドミラは白蛇を大きく避けて、歪廊に飛びこもうとしている。

「戦姫の他にも『力』を操る者がいたか」

つぶやきが消える前に突風が巻き起こって、大蛇と化していたメルセゲルの右腕が、手首からちぎれ飛ぶ。エレンがアリファールから風の刃を生みだして、斬ったのだ。

「戦いの最中によそ見とは、たいした余裕だな」

メルセゲルが、大蛇が絡みついたままのエレンを蹴りとばす。エレンはとっさにアリファールで防いだが、それでも勢いを止められずに床を転がった。

力を失った大蛇を投げ捨て、呼吸を整えながら、エレンは立ちあがる。視界の端で、リュドミラとアヴィンが歪廊に飛びこむのが見えた。しかし、ミルだけは二人に続かず、こちらへ駆けてくる。メルセゲルの後ろに立ち、エレンと挟撃する形をとった。

メルセゲルは右腕を再生させながら、エレンにもミルにも注意を向けず、床を見つめる。

「――セルケト。この場は任せる」

その呼びかけに応じ、床から浮かびあがるようにして、ひとりの娘が姿を現した。長い黒髪の持ち主で、神官衣をまとい、左右の手に湾曲した剣をそれぞれ持っている。セルケトだ。

彼女はメルセゲルの隣に立ち、微笑を浮かべながらも苦情をぶつけた。

「神殿に向かった娘は、私にとって仇（かたき）なのですが」

「他の世界の貴様にとって、であろう」

それ以上取りあうつもりはないというかのように、メルセゲルが姿を消す。

残されたセルケトはエレンを見つめて、おおげさに肩をすくめてみせた。

「少々、不本意ですが、仕方ないですね。戦姫を葬り、その竜具を永久に封じこめるという使命をないがしろにすることはできませんから」

エレンは油断なく身がまえながら、不敵な笑みを返す。

「二本の剣を操る長い黒髪の女……サーシャに叩きのめされて逃げだしたやつか」

「ええ。あの戦姫は強かった」

エレンの挑発を受け流して、セルケトはサーシャに対する敗北をあっさりと認める。

「ですが、あなたからは、あの戦姫ほどの強さを感じられません」

その挑発にエレンが言葉を返す前に、ミルが気合いの叫びとともに突進して、背後から斬りかかった。セルケトは彼女に背を向けたまま、優雅に跳躍して斬撃をかわす。エレンたちから離れたところに着地した。

ミルはエレンの隣に並んで、セルケトを睨みつける。

「何が使命よ。もう勝ったつもりでいるなんて、自信過剰にもほどがあるわ」

エレンは相手の動きに注意しながら、ミルを小声で叱(しか)りつけた。

「どうしておまえも行かなかった」

その声音には焦りがある。メルセゲルは、一対一ではエレンでも勝てないだろう強敵だ。アヴィンには荷が重すぎる。リュドミラは戦力にならない。誰かが助けに行かなければ、二人ともやられてしまう。

「二人がかりの方が、早く倒せるでしょ。それに、あいつは行ったみたいだから」

その言葉に、エレンはようやく気づいた。いつのまにか、ガヌロンの気配がこの場から消えている。彼はリュドミラたちを追っていったのだ。

「まるで安心できないのが困ったところだな」

そう言いながらも、エレンの口元には笑みが浮かぶ。

不意に、セルケトが床の中に溶けこむように沈んだ。エレンたちは驚いたが、サーシャから聞いた話を思いだして、その場から大きく飛び退(との)く。直後、そこから二本の刃が飛びだした。

——サーシャから話を聞いていなかったら、避けられなかったかもしれん。

水面から浮かびあがるように、床からセルケトが首だけを覗かせる。

「よくかわしましたと言いたいところですが……いまのあなたたちの動きは、あの双剣使いの戦姫のように、私の気配を読みとったものではありませんね」

再び、セルケトが床の中へと沈む。エレンはミルに呼びかけた。

「私から離れるな」

自分と彼女を風で包む。大気の流れをつかんで、相手の動きを読みとろうというのだ。

次の瞬間、離れた壁からセルケトが飛びだした。すさまじい速さでエレンたちに肉迫し、二本の剣で斬りかかってくる。

──いや、この剣は囮だ。

戦士としての直感が、エレンにそれを悟らせた。左腕でミルを抱き寄せ、右手でアリファールを振るいながら横へ跳ぶ。

ほとんど同時に、セルケトが口から黒煙のようなものを細く吹きだした。猛毒の吐息だ。正面からセルケトと剣をまじえていたら、二人とも全身に吐息を浴びていただろう。

──かわしてばかりでは勝てん。反撃しなければ。

エレンは空中で軌道を変えて、ミルを床に下ろす。セルケトに斬りかかった。

火花が無数に散り、刃鳴りが連鎖する。エレンの猛攻を、セルケトは二本の剣を巧みに操って防ぎ、あるいは受け流した。エレンも猛毒の吐息を警戒して、うかつに踏みこめない。風をまとっているのだから防げると思うが、油断はできなかった。

斬撃の応酬が続くところへ、ミルが横合いから斬りつける。セルケトはエレンから目を離さずに、首を軽く振った。長い黒髪が大きく舞う。

何かが不可思議な軌道を描いて襲いくることに、ミルは気づいた。あえて体勢を崩し、剣で己を守る。強烈な衝撃とともに、金属的な響きが大気を震わせた。

床に倒れながら、ミルはサーシャから聞いていた話を思いだす。セルケトは髪の中に毒針を仕込んでいたという。

風を切り裂く音がして、とっさに転がる。一瞬前までミルのいた場所を、毒針が穿った。

「手数(てかず)は多いが、質がともなわないようだな」

セルケトと斬り結びながら、エレンが吐き捨てる。言葉ほどの余裕はない。敵の攻撃はひとつひとつが危険きわまるものである上に、壁や床の中を移動して、おもわぬ角度から攻撃してくる。ミルと二人がかりでも厳しい。

「そういえば、あなたは魔弾の王が人間であったころの想い人でしたね」

たったいま思いだしたというふうに、セルケトがエレンに話しかけてきた。

「あの方は、いずれその身にアーケンを降臨させます。そのために、私がお手伝いして身を清めております。いかがでしょうか、あなたもアーケンに――」

エレンは最後まで言わせなかった。

力強さと速さをともなった斬撃が、ひときわ強烈な音を響かせる。セルケトが後退した。

怒りを帯びた眼光を、エレンはアーケンの使徒に叩きつける。

「あいつを弄ぶのは、許さん」

「怖い顔をするのですね。あの方が見たら、どう思うやら」

揶揄（やゆ）するセルケトを、エレンは鼻で笑った。冷ややかな視線を相手に向ける。

「そのていどのことも想像できないのか。——あいつなら喜ぶに決まっている！」

風を唸らせて鋭く斬りつけた。セルケトはかわしきれず、黒髪が数本舞い散る。

ほんの一瞬ではあったが、彼女は両眼に怒りをちらつかせた。

†

歪廊に飛びこんだリュドミラとアヴィンは、まず視界を失った。

何もない暗闇の中に放りこまれて、右も左もわからなくなったのだ。次いで、足場を失い、体勢を崩した。つかむものもなく、ゆっくり浮きあがるような、その逆にゆっくり沈んでいくような、不思議な感覚に襲われる。おもわず叫んだが、声が出なかった。

次の瞬間、視界が暗転する。天と地が逆さになるような、振りまわされる感覚に襲われたかと思うと、足が固い床に触れた。視界がぼんやりと明るくなり、輪郭が徐々に鮮明になる。

石造りの広大な部屋の中に、二人は立っていた。

天井や壁それ自体が淡い光を放って、この空間から闇を消し去っている。奥には閉ざされた両開きの扉があり、目の前には、見上げるほどに巨大でいびつな琥珀（こはく）の柱が六つ、静かにそびえたっていた。

「これが竜具と、ティグルさんの弓です」

琥珀の柱に圧倒されかけていたリュドミラだったが、アヴィンの言葉に気を取り直す。柱に近づいて目を凝らし、息を呑んだ。

――竜具！　本当に……！

彼女は他の竜具を見たことがある。戦姫だった母が存命だったころも、文官としてファイナに仕えていたころも、そうした機会は数多くあったからだ。黒い影として沈んでいる数々の武器は、間違いなく竜具だった。

リュドミラはひとつひとつ琥珀の柱を観察していき、途中で足を止める。

彼女がもっともよく知る槍の竜具、かつて母が振るい、ファイナ＝ルリエが振るっていたラヴィアスが、柱の中で一切の輝きを失っていた。

柱に触れる。目に見えるのに、手は届かない。もどかしさに、握り拳を叩きつける。

「これをどうやって取りだすの？」

アヴィンに聞いたときだった。強烈な二つの気配を感じて、リュドミラは槍をかまえながらそちらに向き直る。アヴィンも黒弓を握りしめ、矢をつがえながら視線を転じた。

両開きの扉の前に、二人の男が立っている。

ひとりはメルセゲルだ。自分たちを追ってきたらしい。

もうひとりは、白弓を持ったティグルだった。感情の存在を感じさせない冷たい表情で、自分たちを見つめている。

リュドミラは肌が粟立つのを感じた。彼女が最後にティグルを見たのは四ヵ月近く前、彼がエレンとともにシレジアを発ったときだ。キュレネー軍の手先となったティグルを見るのは、これがはじめてであり、恐怖と、悲しみと、それから強い憤りが湧きあがった。

――どうしてそこにいて、そんな顔をしているのよ。

メルセゲルが、ティグルに命令を下す。

「アーケンの忠実な戦士たる魔弾の王よ。やつらを葬れ。その肉体をひとかけらも残すな」

実のところ、リュドミラとアヴィンを打ち倒すのは、メルセゲルひとりで充分に可能だ。だが、彼はあえてティグルをこの場に呼びよせた。人間たちに敗れて死ぬのならば、それでよいと思ったからだ。アーケンがどうしても人間を器として望むのなら、他の人間の中から適性のあるものを選びだせばいい。

ティグルが白弓をかまえる。その右手には、すでに矢があった。

「リュドミラさん、下がって……！」

アヴィンが、ティル＝ナ＝ファに祈りを捧げる。彼が弓につがえた矢の鏃が、黒い光をまとった。ティグルもまた、黒い瘴気を矢にまとわせる。

行動はアヴィンがわずかに速かったはずだが、矢を射放つのは同時だった。

両者の中間で二本の矢がぶつかりあい、閃光と衝撃をまき散らす。リュドミラは手で顔をかばいながら、反射的に後退した。

光がおさまったときには、ティグルが新たな矢をつがえながら駆けだしている。アヴィンも同じように動いていた。

――私は……。

考えかけたとき、背後に気配を感じて、リュドミラは槍を横に薙ぎ払いながら振り向く。いつのまにそこへ移動したのか、メルセゲルが立っていた。

メルセゲルが右手を掲げる。次の瞬間、彼の背後に胴体が大木ほどもある、巨大な蛇が出現した。その蛇は身体をくねらせたかと思うと、すさまじい速さで急襲してくる。

とっさにリュドミラは床を転がってかわした。

アヴィンとティグルを一瞥(いちべつ)して、メルセゲルはリュドミラに視線を戻す。

「何の力もない、ただの人間か」

「その通りよ。それでも、おまえにはもったいないぐらいでしょ」

リュドミラは気丈に言い返す。自分をたやすく一呑みにできそうな大蛇を生みだす怪物に、かなうはずがない。恐怖と絶望で足が震えそうになる。

――戦姫になるために、ここへ来たんでしょう！

心の中で自分を怒鳴りつける。まったくかなわない敵が待ち受けていることなど、充分に予想したではないか。その上で、わがままを言った。皆、そのわがままを聞いてくれた。

自分がなりたい戦姫は、戦う前から諦めるような、皆を失望させてしまうような、みっともないものではない。

――それに、こいつはセルケトと同じくファイナ様の仇……！

前へ駆けだす。それに反応して、大蛇が首をもたげた。

相手の動きを目で捉えようとせず、想像して、槍を振るう。衝撃が槍先から伝わってきて、体勢を崩した。視界には、目のあたりから黒い瘴気を噴きあげている大蛇の姿がある。

――私の槍が通じた……？　セルケトには通じなかったのに。

ありえない。そう思ったとき、リュドミラは奇妙な気配を感じた。

『気を抜くな』

彼女の意識に、禍々しさを感じさせる声が呼びかけてくる。ガヌロンのものだ。

リュドミラは驚いたが、それを言葉にする余裕はなかった。大蛇がその身体をくねらせて、姿勢を低くする。牙を見せながら、上から襲いかかってきた。

――これは陽動……！

恐怖をねじ伏せて身体をひねり、身がまえる。予想通り、大蛇の顎はリュドミラの頭上で止まり、尻尾がすさまじい勢いで床を滑るように迫ってきた。

――これでもない！

　心の中で叫びながら、自分から尻尾に向かっていく。全身を激しく揺さぶられるような衝撃を受けて、リュドミラは吹き飛んだ。床に倒れたところへ、メルセゲルが飛びかかってくる。

　目だけを動かして彼を見上げ、リュドミラは笑った。顔の動きとしては口を引きつらせただけだったが、彼女には相手を出し抜いたという手応えがあった。

　槍の柄を握りしめる。激痛を訴える身体を叱咤して、起きあがる。自分に拳を振りおろそうとするメルセゲルを狙って、怒号とともに槍を突きだした。穂先は相手の神官衣を引き裂き、肩をかすめる。メルセゲルの拳もまた、リュドミラの軍衣を裂いた。

　攻撃の勢いを利用して、リュドミラは床を転がる。数歩分の距離をとって、立ちあがった。こちらを睨みつけるメルセゲルの肩から、一筋の黒い瘴気が立ちのぼっている。

　自分の槍を見ると、切っ先に黒い瘴気がまとわりついていた。これが、大蛇やメルセゲルに一撃を与えた力なのだろう。

――あなたの仕業？

　声には出さず、この戦いを見ているだろうガヌロンに呼びかける。

『貴様に死なれては面倒なのでな』

　腹の立つ言い草だが、彼の助けがなければ、自分がとうに死んでいたのは間違いない。

――感謝するわ。ただの人間の私に、戦う力を与えてくれて。

　視界の端に、琥珀の柱が映る。待っていてくださいと、母とファイナに呼びかける。

何としてでも解放してみせる。自分が戦姫になれないとしても。

メルセゲルが床を蹴って、一息に間合いを詰めてくる。鋭い突きを、リュドミラは身体を後ろへ倒すことでかわした。その体勢から槍を操って、足払いを仕掛ける。しかし、大木か何かを打ち据えたような音が響いて、メルセゲルの足は微動だにしなかった。

──そんなに頑丈なら……！

リュドミラはそのまま床に倒れ、メルセゲルの足を蹴りとばす。その反動を利用してわずかに距離をとると、相手の手を狙って槍を突きこんだ。

鈍い手応えが伝わってくる。水をたっぷり含んだ泥の中に突きいれたような。リュドミラは眉をひそめて槍の先にあるものを確認し、目を瞠った。

メルセゲルの手に、白い蛇が巻きついている。その蛇が、槍の穂先を口で受けとめていた。視線の先で、槍先が瞬く間に光沢を失う。まるで砂でできていたかのように、音もなく崩れ去った。槍が、ただの長柄の棒になる。

『出過ぎるな。貴様の役目は耐え忍ぶことだ』

ガヌロンの声を聞き流し、リュドミラは急いで後ろへ跳んだ。足元から何かが迫ってくるのを感じとって、さらに右へ駆ける。

床に黒い瘴気がわだかまって、そこから白い大蛇が飛びだした。相手の攻撃をかわしたとリュドミラは思ったが、すぐに誘導されたことに気づく。

天井からも、白い大蛇が落ちかかってきた。無理な体勢を承知の上で、リュドミラは床を蹴る。黒い瘴気が彼女の周囲に湧きあがって、守るようにその身体を取り巻いた。

突風に、強烈な衝撃が続いた。身体が宙に舞い、背中から床に叩きつけられる。苦痛の呻きを漏らすリュドミラの視界の端に、真っ二つに折れた長柄の棒が映った。

──助かったわ……。

ガヌロンに礼を言う。死なずにすんだのは、彼のおかげだ。痛みはあるが、意識もある。床を指で引っかく。それによって、両手の指がすべて動くことをたしかめる。

立ちあがり、喘ぐように荒い息をしながら、リュドミラはメルセゲルを睨みつけた。

満身創痍で、戦う力など残っていない。それでも、やれることをやる。最後まで。母やファイナもそうだったろうから。

慎重に、リュドミラはアーケンの使徒との間合いを詰めていった。

アヴィンとティグルの戦いは、傍から見ると恐ろしく単純だった。

正面から『力』をこめた矢を射放ちあうという、ただそれだけだ。だが、アヴィンにとってはきわめて苦しい戦いだった。

ティグルが新たな矢を取りだし、白弓につがえ、黒い瘴気をまとわせて放つまでの動きには一切の無駄がない。しかも、瘴気は充分に集束しており、まともにくらったらアヴィンの身体は骨のかけらすら残らないとわかる。それを表情ひとつ変えず、休みなく射放ってくる。

アヴィンはティグルに劣らず正確な動きで矢をつがえ、彼に負けないだけの黒い光を鏃にこめて、相殺しなければならない。指が震えて矢をつがえるのが間に合わなかったり、黒い光を充分にこめられなくなったりすれば、その瞬間に敗北が決まる。

――アーケンが力を取り戻す前に、竜具を解放しなければならないのに……。

エレンとミルが姿を見せないということは、セルケトと戦っているのだろう。リュドミラでは琥珀の柱に歯が立たないだろうから、自分がやるしかない。

だが、ティグルの静かな猛攻の前に、アヴィンは動くことすらろくにできない。

ティル＝ナ＝ファの神殿で手に入れた白い鏃は、使う余裕がない。尋常でないほど体力の消耗が激しい武器だ。ここぞというところで使わなければ、自分を不利にするだけだった。

戦いがはじまってから、両者はすでに十本の矢を射放っていた。アヴィンの顔には疲労が色濃く浮かび、呼吸は乱れっぱなしだ。それでも気力を振りしぼって十一本目の矢をつかむ。

――このままでは、いつか負ける。

十本の矢を放つ間に、アヴィンは少しずつ追いこまれていた。

一本目は、二人の中間で激突した。それが五本目のときは、矢はアヴィンに近い位置でぶつかりあった。自分の動きが、ティグルより鈍くなっているのだ。

リュドミラは、アーケンの使徒を相手に粘っている。自分も諦めるわけにはいかない。

──矢を射放つだけじゃ、だめだ。違う行動を……。

新たな矢を黒弓につがえながら、アヴィンは懸命に叫んだ。

「目を覚ませ、ティグルさん！」

アーケンの力が弱まっているのなら、もしかしたら届くかもしれない。

だが、ティグルはまったく耳を貸さず、矢を放つ。アヴィンはやむを得ず応戦した。すぐ目の前で閃光と衝撃が拡散する。

「アーケンと戦うんだ！　エレンさんを、アルサスを、愛するすべてを守るために！」

不意に、ティグルが白弓に矢をつがえたところで動きを止める。それを見たアヴィンは一瞬の半分の間、期待を抱いた。矢をつかみかけたところで、様子をうかがう。

だが、期待は打ち砕かれた。ティグルは矢を持った手を矢筒に戻したかと思うと、新たに二本の矢を指の間に挟んで、駆けだす。完全に意表を突かれて、アヴィンは反応が遅れた。

走りながら、ティグルが黒い瘴気をまとわせた矢を三本、射放つ。そのうちの二本は左右からアヴィンに迫った。そして、残りの一本は曲線を描いてアヴィンの頭上を越える。リュドミラを狙ったのだ。

アヴィンは後退しながら、黒い光をまとわせた三本の矢を射放つ。かろうじて間に合い、ティグルの矢をことごとく打ち砕いた。三つの閃光が虚空を灼き、衝撃波が重なって渦を巻く。

白弓に早くも新たな矢をつがえながら距離を詰めてくるティグルを見て、アヴィンは反射的に矢をつがえ、『力』をこめて射放つ。だが、それはティグルの狙い通りだった。

ティグルは足を止め、白弓を中心に防御膜を展開してアヴィンの矢を受けとめる。そうして耐えきると、アヴィンが次の矢を用意する前に、黒い瘴気をまとわせた己の矢を射放った。

アヴィンは床を転がって避けようとしたが、ティグルの矢が起こした衝撃波で吹き飛ぶ。琥珀の柱のひとつに叩きつけられた。膝から崩れ落ちそうになったが、両足に力を入れて自身を支える。口の中を切ったので、血を吐きだした。

──俺の考えが甘かったか。

向かってくるティグルを見据えながら、考えを切り替える。どうすればいい。

──二つ数えたとき、それはどんなふうに動いているだろう。

唐突に父の言葉が思いだされて、おもわず笑みが浮かんだ。この状況で、どうしてこんな場違いな記憶が引っ張りだされるのか。回避できない死が迫ってくるという諦念なのか。

そう思ってから、アヴィンはあることに気づいて、眉をひそめた。

──なぜ、ティグルさんは向かってくる？

ティグルは白弓に矢をつがえてはいるが、射放とうとせず、距離を詰めてくる。

すぐにわかった。自分が琥珀の柱を背にしているからだ。万が一にもアヴィンが彼の矢をかわせば、柱が傷つくかもしれない。それを警戒しているのだろう。

――二つ数えたとき……。

ティグルの動きを想像することに、アヴィンは残りの時間を注ぎこむと決めた。矢を射放ってこない。背後をとってくることもない。それなら、自分でも想像できるはずだ。

――ティグルさんの予想を外して、俺の一撃を叩きこむ。

ティグルが跳躍した。数歩分の距離を一気に縮めて、白弓で殴りつけてくる。

アヴィンは左手に握りしめた黒弓で、その一撃を受けとめた。

ティグルが目の前に降りたつ。彼の右手には、『力』をこめた矢があった。ティル＝ナ＝ファの神殿でエレンにやろうとしたときのように、アヴィンの首筋に突きたてようというのだ。

――そうだろう。

アヴィンは右手に矢を持っていない。矢筒から抜くだけの力が残っていないように装った。

ティグルは冷徹に考えたのだろう。もしもアヴィンが右手でティグルの矢を受けとめようとすれば、てのひらに穴が開く。ティル＝ナ＝ファの『力』をてのひらにこめようとしても、矢の射放ち合いで消耗したいまなら充分に集まらず、自分の矢で貫ける。

硬質の音が響きわたった。アヴィンは口の端を吊りあげる。

ティグルの矢は、アヴィンが右手に持った白い鏃に、受けとめられていた。

――女神が授けてくれたこの鏃ならと思ったが……読みきったぞ。

白弓と矢のどちらかでアヴィンを仕留めようと、ティグルがそれぞれに力をこめる。アヴィンも必死に押し返そうとしたが、残っている体力にかなりの差があるようだった。白弓と矢がじりじりと迫ってくる。

ティグルの身体を黒い瘴気が幾重にも取り巻いたのは、そのときだった。

『魔弾の王を手こずらせるていどの力はあったか』

アヴィンの耳に届いた声は、ガヌロンのものだ。少しぐらいは評価してやろうといわんばかりの言葉に、アヴィンは状況も忘れて悪態をついた。

「おまえに命を救われたときのミルの気持ちが、よくわかる」

いつ、こちらへ来たのかなどとは問わなかった。おそらく、もっと早く来て、リュドミラに加勢していたのだろう。そうでなければ、戦姫としての素質を持つ彼女といえども、メルセゲルを相手に戦い続けることなど不可能だ。

『感謝もろくにできぬとは、親の顔が見たいものだ』

ガヌロンが、この空間のどこにいるのかはわからない。だが、彼がティグルを黒い瘴気によって拘束しているのはたしかだった。ティグルは抵抗しているが、黒い瘴気に引きずられて理不尽な後退を強いられている。

――この機会を、逃さない。

自由を回復したアヴィンは、後ろを振り返る。自分がさきほどまで押しつけられていた琥珀の柱を睨みつけて、黒弓をかまえた。

柱の中には槍の竜具が沈んでいる。

メルセゲルがリュドミラの隙を突いて、大蛇を放った。だが、その大蛇はガヌロンの放った瘴気によって絡めとられ、粉々になって消滅する。

アヴィンは白い鏃を右手で握りしめて、ティル＝ナ＝ファに祈った。右手から黒い光があふれて、白い鏃にまとわりつき、矢幹を形成する。一瞬のうちに矢が完成した。

このときを、どれほど待ち望んでいたことか。

「よみがえれ、ラヴィアス！」

矢が、放たれる。巨大な水晶が粉砕されたかのような轟音が、大気を震わせた。琥珀の柱が粉々に砕けて、アヴィンを吹き飛ばす。

床に叩きつけられたアヴィンの目に、淡い光が飛びこんできた。

柱のあった空間に、一本の槍が浮かんでいる。淡い光は、その槍から放たれたものだ。

透明な氷塊を削りだしたかのような穂。見事な装飾をほどこされた石突き。冷気をまとったそのたたずまいは、見る者に気高さを感じさせる。

離れたところに立っているリュドミラが、槍を見つめてつぶやいた。

「ラヴィアス……」

その声には喜びだけでなく、不安がにじんでいた。しかし、彼女はそれをすぐに自覚して、首を横に振る。背筋を伸ばし、息を吸いこんで、竜具に命じた。

「いまこそ私を選びなさい、ラヴィアス！」

虚空に浮かぶ竜具に、まっすぐ手を伸ばす。おまえがいるべき場所はここだというように。

その瞬間、リュドミラの手の中に光の塊が出現した。ラヴィアスが空間を跳躍したのだ。

ラヴィアスを、しっかりとつかむ。不思議な活力が湧きあがってくるのを、彼女は感じた。

──竜具が……ラヴィアスが、私の手の中にある。

小さく息を吸い、吐きだして、リュドミラは視線を転じる。メルセゲルを見据えた。

アーケンの使徒の顔が、禍々しく歪んだ。


リュドミラが床を蹴って、メルセゲルに挑みかかる。ラヴィアスをかまえて、立て続けに刺突を繰りだした。一撃ごとに大気が唸り、凍りつく。

メルセゲルは左右の拳でそのことごとくを受けとめ、弾き返す。自分がこの場にいながら竜具を奪い返されるという失態は、彼を激昂させていた。リュドミラを殺害し、アヴィンを殺害し、どこかに潜んでいるガヌロンも滅ぼさなければ、自分を許せなかった。

メルセゲルが咆える。天井と床に黒い瘴気がそれぞれ生みだされ、そこから大蛇が飛びだしてきて、リュドミラに食らいつこうとした。

リュドミラは、自分でも驚くほど冷静だった。メルセゲルとの戦いで疲れきっており、身体

中が痛むのに、それでも戦意は衰えず、動きによどみが生じない。

床から現れた大蛇に接近して、大木のような胴体にラヴィアスを突きたてる。そして、リュドミラは槍を操って大蛇の軌道を強引に変えた。天井から落ちてきた大蛇に、衝突させる。

二匹の大蛇がもつれあって床に転がったときには、リュドミラはとうにラヴィアスを引き抜いて、メルセゲルへの距離を詰めていた。

七年前、戦姫になれなかったときに失ったと思っていたものを、胸の奥に感じる。それは自分が放りだしていただけで、朽ち果ててはいなかった。静かに眠り続けていた。

——いまの私は、戦士だ。『凍漣の雪姫(ミーチェリア)』だ。

気合いの叫びとともに、ラヴィアスを突きこむ。メルセゲルは両手で槍をつかんで受けとめたが、ラヴィアスが冷気を放って、彼の両手を白く凍りつかせた。

「つくづく、貴様とは相性が悪い。他の世界でもそうだった」

呪詛(じゅそ)を唱えるような声で吐き捨てると、メルセゲルはすさまじい剛力を発揮して、リュドミラごと、ラヴィアスを勢いよく振りまわす。壁に向かって放り投げた。

リュドミラは空中で姿勢を変え、壁にラヴィアスを突きたてて、激突をまぬがれる。だが、すぐに反撃には移れなかった。彼女の周囲に、小さな白い蛇が無数に出現したのだ。それらは大きく口を開けて、リュドミラにかじりつこうとする。

——これはさっきの……!

リュドミラの槍の穂を、砂のように破壊した蛇と同じものだ。一匹でも仕留めそこなえば、牙を突きたてられてリュドミラは命を落とすだろう。

リュドミラはそこから動かず、ラヴィアスに意志を伝える。

ラヴィアスから放たれたおびただしい量の冷気が、彼女の周囲に張り巡らされた。リュドミラに飛びかかった蛇たちは、その冷気に触れるや、瞬く間に尻尾の先まで凍りつく。落下して床に叩きつけられ、粉々に砕け散った。

刹那（せつな）、リュドミラの目の前にメルセゲルが現れる。青い髪の戦姫の顔に戦慄が走った。大量の蛇は、自分にラヴィアスの力を使わせるための囮だったのだ。

メルセゲルの拳を、リュドミラはラヴィアスで受ける。すでに凍りついていたメルセゲルの右手が、無数の氷塵となって吹き飛んだ。だが、リュドミラも身体を支えきれずに吹き飛ばされる。床に叩きつけられた。

すぐに起きあがったものの、メルセゲルの姿が見当たらない。そう思った直後、背後に強烈な気配を感じた。ラヴィアスで薙ぎ払いながら振り返るが、誰の姿もない。

気配が頭上に移ったと思った瞬間、強烈な衝撃を受けて、リュドミラはうつ伏せに倒れた。

懸命に身体を起こす。離れたところにメルセゲルが立っていた。その右腕は凍りついて、いまだに再生していない。そのことが彼の攻撃を弱めたのだ。

――相性が悪いというのは、そういうことね。

思えば、メルセゲルはエレンを軽くあしらう実力の持ち主だ。戦姫になったばかりの自分がこうして戦えているのは、そこに助けられているのだろう。

――でも、このままではやられる。

ふつうに戦っていては追いつけないほどに、メルセゲルの動きは速い。何か手を考えなければならない。

呼吸を整えながら、リュドミラは走りだした。ラヴィアスに命じて、床を広く凍りつかせていく。氷上を滑るように、駆けた。とにかく、動きを止めてはならない。その瞬間にメルセゲルの攻撃を受けてしまう。

床を駆けまわりながら、視線を巡らせる。アヴィンはティグルとの戦いで疲れきったのか、倒れたまま動かない。意識はあるようだ。

ティグルは空間の隅で、黒い瘴気に包まれて身動きがとれずにいる。かすかに聞こえた声によるとガヌロンの仕業らしい。

残っている琥珀の柱は、あと五つ。何とかしたいところだが、これを解放しようとしたら、メルセゲルに致命的な隙を見せる。

突然、床から大蛇が現れる。リュドミラは眉をはねあげた。大蛇をどのようにかわそうと、そこへメルセゲルが攻撃を仕掛けてくるのは間違いない。

「――ラヴィアス！」

　リュドミラの叫びに応じて、ラヴィアスが冷気をほとばしらせる。凍りついた床から、先端を尖らせた氷の柱が勢いよく伸びあがった。リュドミラは氷の柱を滑るようにのぼる。そうして空中に飛びあがりながら、手の中で槍の竜具を回転させる。

　背後に気配を感じた瞬間、ラヴィアスを後ろへ突きたてた。浅い手応えに、呻き声が続く。

──しまった。

　手傷は負わせた。だが、それはメルセゲルをひるませるほどのものではなかった。

　背後から延びてきた何かが、リュドミラを囲むように螺旋を描く。それは、彼女の胴体ほどの太さと、驚異的な長さを有する蛇だった。リュドミラには見えなかったが、メルセゲルが己の右腕を蛇に変えて、繰りだしたのだ。

　その蛇は反応の遅れたリュドミラに絡みつき、締めあげる。しかし、彼女はその身に冷気をまとうことで、即座に蛇を凍りつかせた。身体をひねりながらラヴィアスを振るって、凍りついた蛇を粉砕すると、リュドミラは床に降りたつ。

──危ないところだったわ……。

　わずか一呼吸分でもこちらの動きが遅れていたら、全身を強く締めあげられて、骨という骨を砕かれていただろう。

　敵の手強さに、焦りを覚えた。この神殿に足を踏みいれて、それなりの時間が過ぎている。竜具を取り返すという目的は達成した。あの廃墟へ戻るべきではないか。

るだろう。

　歪廊は、まだ維持されている。いまの自分なら、アヴィンひとりぐらいは背負うことができ

瘴気に拘束されているティグルを見る。彼はどうすべきか。エレンたちは彼を助けたがって

いたが、ガヌロンが動きを封じているいまのうちに、仕留めるべきではないか。

　そこで、リュドミラの胸中に疑問が湧きあがる。

──メルセゲルはどうして彼を助けないのかしら。

　思えば、戦いがはじまった時点からおかしい。こちらが連携をとれなかったのは、自分の力

不足によるものだ。ティグルの相手はアヴィンに任せるしかなく、リュドミラは時間稼ぎ以上

の行動ができなかった。だが、彼らは違う。

　もしもメルセゲルとティグルが連携をとってきたら、もっと早く勝負はついていただろう。

リュドミラたちの敗北という形で。ガヌロンの助けも間に合わなかったに違いない。

──おそらくだけど、両者の仲は悪い。少なくとも、よくはない。

　絶対とは言いきれない。賭けではある。だが、他によい手が浮かばない。

「ヴォルン伯爵！　いま、助けます！」

　リュドミラは叫び、ティグルに向かって駆ける。彼のもとにたどりついた瞬間、そのそばに

メルセゲルが現れた。リュドミラがティグルに気をとられるだけでなく、彼を巻きこむような

攻撃はできないと考えたのだろう。

リュドミラたちの頭上に、白い大蛇が現れる。これまでにメルセゲルが生みだしてきたものより一回り以上大きく、威圧感も尋常ではない。しかも、自分だけでなくティグルもまとめて呑みこむつもりだ。

――残念だったわね。

リュドミラは、床にラヴィアスの穂先を突きたてた。竜具が竜技の使い方を教えてくれる。

「――空さえ穿ち凍てつかせよ！」

氷塊を思わせる穂から膨大な冷気が放たれて、彼女の足下に六角形の結晶を描く。

刹那、その冷気が白い光とともに爆発した。

床が厚い氷に覆われ、大気が凍てついて、先端の鋭く尖った氷の槍が無数に生みだされる。それらは大蛇にいくつもの穴を穿って瞬時に滅ぼし、氷の嵐を巻き起こして、すさまじい勢いでメルセゲルに襲いかかった。不意を突かれたらしいメルセゲルは、神官衣を引き裂かれながら冷気に呑みこまれる。

リュドミラがラヴィアスを持ちあげ、石突きで床を叩くと、この空間の一隅を埋めつくすほどの氷の槍が、一気に砕け散った。氷の破片をまき散らしながら霧散する。

大きく息を吐くと、リュドミラは周囲に視線を巡らせた。

メルセゲルの姿はない。手応えはあったので、逃げられたらしい。

ティグルは、彼を拘束している瘴気も含めて無傷だった。可能なら、ティグルを避けるようにとラヴィアスに伝えたのだが、そうしてくれたらしい。

「ありがとう、ラヴィアス」

礼を言うと、竜具はそれに応えるように微弱の冷気を吹きつけてくる。

だが、戦いを終えた余韻に浸る時間は、ガヌロンの声によって吹き飛ばされた。

『戻れ。アーケンが力を取り戻しはじめた』

リュドミラはおもわず声をあげる。歯がゆさと無念さに満ちた顔で、五つとなった琥珀の柱を見つめた。まだラヴィアスしか取り戻すことができていない。だが、ここで逃げそこねたらどうなるのかは、火を見るよりあきらかだった。

ティグルにかまっている余裕はない。リュドミラはアヴィンに駆け寄って、彼を支える。ようやく自分の足で立ったアヴィンは、リュドミラに笑いかけた。

「やりましたね」

「あなたのおかげよ」

リュドミラも微笑を返す。二人の間にあったわだかまりが、ようやく消えたようだった。

二人は歪廊まで歩いていく。この場所を訪れたときよりも、穴は安定せず、揺らいでいるように見えた。リュドミラは、アヴィンを先に行かせようとする。

そのとき、後ろの方で音がした。二人はそれぞれ武器をかまえて振り返る。目を瞠った。

十数歩先に、ティグルが立っている。ガヌロンが拘束を解いたようで、彼にまとわりついていた黒い瘴気は消え去っていた。

白弓をかまえて、ティグルは矢をつがえる。まだ戦う気力は残っているようだが、その動きは鈍く、そうとう消耗していることがうかがえた。

「戻れと言いながら、なんてことをしてくれるのよ」

ガヌロンを罵りながら、リュドミラは迷う様子を見せる。

すぐにでも歪廊に飛びこんでエレンたちのもとへ戻るべきだが、ティグルは自分たちを追ってくるか、『力』のある矢を穴に射放つかもしれない。そのようなことをされたらどうなるかわからない以上、ここでティグルを撃退しておくのが正解かもしれなかった。

アヴィンは、静かに行動に移る。黒弓をかまえて、いつのまにか手元に戻ってきた白い鏃を右手に握りしめた。

「お願いがあります、リュドミラさん」

ティグルから視線を離さずに、アヴィンは続ける。

「俺がこの矢を射放ったら、すぐに俺をつかんで穴に飛びこんでください」

彼はティグル以上に消耗している。ガヌロンの助けによって、わずかながら休息の時間を得たが、どうにか歩けるていどに回復しただけに過ぎなかった。

リュドミラはうなずき、アヴィンの後ろに立って彼を見守る。

呼吸を整えながら、アヴィンは女神に祈りを捧げる。右手に黒い光が生まれて、白い鏃に矢幹を形成した。額に汗が浮かび、身体が重くなる。だが、アヴィンは耐えた。

ティグルもまた、白弓につがえた矢に黒い瘴気をまとわせる。

かすれた小さな声で、アヴィンが呼びかける。

「この鏃は、ティル＝ナ＝ファが授けてくれたものだ」

ティグルは言葉を返さず、微塵（みじん）も表情を動かさない。かまわず、アヴィンは続けた。

「分かたれた枝の先の存在である俺のものじゃない。あなたが持つべきものだ。でも、女神は俺にこれを渡した。その意味がわかるか」

二人の矢は、ひとつ数えるごとに『力』を集束させていく。

「女神は俺にこう言ったんだと思う。大切なものを守れ、そして取り戻せと」

ティグルが矢を射放った。黒い瘴気をまとった矢は、虚空を漆黒の刃で切り裂いて、まっすぐアヴィンたちに向かっていく。一呼吸分遅れて、アヴィンも矢を射放った。

黒い光をまとった白い鏃は、アヴィンの眼前でティグルの矢と衝突する。激しくせめぎあったのは一瞬かそれ以下の時間で、白い鏃がティグルの矢を粉砕した。

弾けとんだ黒い瘴気を吹き散らして、白い鏃はティグルに向かって突き進む。ティグルは避けようとせず、白弓を前に突きだした。黒い瘴気で防御膜を張り巡らそうとしたのだ。

だが、白い鏃はその防御膜すらも貫いて、ティグルの胸に突き刺さった。

鏃を中心に、目がくらむほどの光が広がって、この空間を満たしていく。

光の中で、アヴィンの身体がぐらりと傾く。

気を失ったらしい彼の腕をつかんで、リュドミラが歪廊に飛びこんだ。


光に包まれながら、ティグルは少しずつ小さくなって消えていく穴を、ぼんやりと見つめていた。それから、手にしている白弓に視線を落とす。いまの一撃を受けて生じたのだろう、亀裂が走っていた。

身体が熱い。体内に長く根を張っていた何かが、この光を浴びて暴れている。胸に突き刺さった鏃から、逃げだそうとしている。

全身に激痛が走った。立っていられなくなり、受け身もとれずに倒れる。

激痛は一向にやまず、床の上を転がってのたうちまわった。白弓を放りだす。

肉という肉が悲鳴をあげ、骨という骨がきしみ、臓腑(ぞうふ)が暴れまわる。何度も吐いた。吐くものがなくなったあとは、胃液らしいものが口からこぼれた。

何かが、出ていっている。そのことを漠然と感じとる。

同時に、意識の奥底でいくつもの光景がめまぐるしく展開する。

白銀の髪と紅の瞳を持つ娘の笑顔が浮かびあがったところで、意識を失った。

エピローグ

気がついたとき、ティグルはアーケンの神殿の床に倒れていた。

頭痛がする。右目も異常な熱を発している。喉が渇いていて、声がうまく出ない。

百を数えるほどの時間、苦しんだあと、不意にティグルは身体を起こした。

「俺は……」

左目には理性の輝きがある。アーケンに操られているときの、意識に霞がかかっているような感覚はない。月がもっとも高く昇ったわずかな時間に得られていた、いつもの自分だ。

──エレンがうまくやってくれた……。

セルケトから渡された神殿の鍵は、本来ならティグルしか使うことができない。

だが、ティグルはシレジアからヴァンペール山までの行軍中、毎晩、己を取り戻すたびに、体内に宿ったアーケンの力を使って、自分以外の者でも使えるよう少しずつ鍵の『力』を変質させていった。このようなことにアーケンの力を使えるかどうかは賭けだったが、おそらくティル＝ナ＝ファが欺いてくれたのだろう。

自分でいられる時間は非常に短い。ヴァンペール山に着くころに、ようやくうまくいって、ティグルは胸を撫で下ろしたものだった。

次の悩みは、鍵をエレンたちに渡す方法だったが、それについては望外の幸運に恵まれた。アーケンに侵食された自分が、ヴァンペールの戦いが終わったあともエレンを追って、ティル＝ナ＝ファの神殿にまで行ったからだ。しかも、夜襲を仕掛けてくれた。

自分がミルを殺害しようとしたときは、何も考えられなくなるほどの衝撃を受けたが、ガヌロンに助けられた。言いたいことは数多くあるが、感謝するべきだろう。

そして今日、アヴィンとリュドミラがこの神殿に現れた。

リュドミラは槍の竜具ラヴィアス（ヴィラルト）を手に入れて、戦姫になった。

アヴィンは、アーケンに侵食された自分の猛攻にも負けなかった。懸命に呼びかけを続け、自分の行動を読んで、竜具を解放した。

胸元を見る。彼がティル＝ナ＝ファから授かった白い鏃（やじり）は、驚くことに自分の身体からアーケンを引き剥がすという真似（まね）までやってのけた。そんなことは不可能だと思っていたのに。

――アヴィンとティル＝ナ＝ファには、どれだけ頭を下げても足りないな。

記憶が整理できたところで、周囲を見回す。自由を回復した以上、やることはひとつだ。

――俺は帰る。皆のもとに帰ってみせるぞ。

だが、次の瞬間、不可視の重圧がティグルの全身にのしかかる。空気が一変した。

――気づかれたか。

アーケンが自分を見ている。内心で舌打ちをした。

――どうする？　武器は……。

琥珀の柱のひとつを睨みつける。その中には、ヴォルン家の家宝である黒弓があった。これを解放することができれば、この場を切り抜け、王都を脱出することもできるだろう。

琥珀の柱に触れる。殴りつけたが、当然ながら小揺るぎもしない。

――落ち着け。ティル＝ナ＝ファに祈れば、もしかしたら……。

アーケンに見られているこの状況で、女神に祈りが届く可能性は非常に小さい。だが、できることはすべてやるべきだ。

そのとき、ティグルはゆっくりとした足取りで自分に向かってくる人影に気づいた。ディエドだ。その手には短剣が握られており、顔はどこかうつろだった。

「どうしてここに……？」

自分でさえ、鍵がなければこの神殿に入ることはできない。自由に出入りできるのはアーケンの使徒だけだ。つまり、セルケトかメルセゲルのいずれかが、彼を中に入れたのだ。

「仇……兄の仇を……」

何ごとかをつぶやきながら、ディエドはこちらへ歩いてくる。彼は、メルセゲルによって、兄の仇であるティグルを殺せという命令を植えつけられていた。状況次第でティグルを殺害できるよう、メルセゲルはディエドを神殿の近くに待機させていたのだ。

ディエドがきわめて危険な状態にあることを認識しながら、ティグルは彼を突き放すことをためらった。この少年の人柄はよくわかっている。自分の意志でこのような真似をするはずがなく、誰かに操られているのだろう。できれば傷つけたくない。

ディエドが短剣を両手で握りしめる。ティグルは呼びかけようとしたが、彼はそれより先に床を蹴って、身体ごとぶつかってきた。

ティグルは避けようとして、失敗した。腹部に痛みが走った。

琥珀の柱にもたれかかりながら、ティグルはディエドを受けとめて、ずるずると座りこむ。血が服を赤く濡らしているのが見えた。

ディエドの身体から力が抜け、寄りかかってくる。顔を覗きこむと、気を失っていた。ティグルを傷つけたことで、用済みになったのだろう。

ディエドの手を丁寧に、短剣の柄から外す。それから短剣を抜いて、放り捨てた。痛みは増した気がするが、刺さったままにしておくよりはいい。

天井を睨みつける。アーケンに、身体が熱くなるほどの怒りを覚えた。

「ふざけるな……」

琥珀の柱を勢いよく叩く。自分を滅ぼしたければ、己の手でやればいいではないか。ディエドはたしかに兄の仇を討ちたいと言っていたが、なぜ、このような手を使う。

「アーケン、貴様は……貴様らは敵だ。俺にとって、必ず倒すべき敵だ」

琥珀の柱を睨みつける。その中で眠る家宝の弓を。

どうにかして、これを取りだすことはできないのか。何か武器がほしい。何でもいい。

琥珀の柱に、険しい形相をした自分の顔が映っている。

ティグルが武器の存在に気づいたのは、その瞬間だった。

一切ためらわずに、左手の指を右目に突き入れる。乱暴にやったせいで、右目から血が流れて頬を伝った。かまわず指を動かし、ようやく目当てのものをさぐりあてる。

つまみだしたそれは、黒弓の小さな破片だった。約二年前、レネートという怪物に右目を潰されたとき、飛びこんだものだ。

「――ティル＝ナ＝ファよ！」

その破片を握りしめて、女神に祈りを捧げる。女神の像の石片からでも、『力』を引きだすことができたのだ。黒弓の破片なら造作もないはずだ。

ティグルの身体を取り巻く大気が渦を巻き、左手から――破片から黒い瘴気があふれる。瘴気はティグルの手を包みこんで上と下へ伸びていき、一張りの弓を形作った。

額に汗が浮かび、身体中の熱と活力を奪われるような感覚に襲われる。腹部の傷が痛みを増した。だが、ティグルは傲然と立って、琥珀の柱を睨みつける。怒りが、奮いたたせていた。

瘴気が黒い矢を生みだす。ティグルはそれを右手に持って、瘴気の弓につがえた。

「返してもらうぞ、俺の弓を！」

叫びとともに、矢を放つ。矢は、琥珀の柱に吸いこまれるようにして消えた。

次の瞬間、柱に亀裂が生じる。亀裂はすさまじい速度で広がっていき、柱の表面が崩れ落ちていく。そして、内側からの圧力に耐えかねるように、粉々に吹き飛んだ。

無数の琥珀の破片を浴びながら、ティグルはまっすぐ前を見つめている。

視線の先には、亀裂の走った一張りの弓が浮かんでいた。暗闇から弓の形を切りとってつくりあげたような、弓幹も弓弦も黒い弓。五年前から二年前まで、ティグルと幾多の戦場をともにしてきた、ひとならざる相棒だった。

ティグルは手を伸ばして黒弓をつかむ。

右手に、新たな瘴気の矢が生まれた。瘴気の矢といっても、さきほどのものとは違う。ティグルの肉体にかかる負担はずいぶんと少ない。

黒弓をかまえ、矢をつがえて、閉ざされた両開きの扉に狙いを定める。

矢を射放つ。轟音とともに、扉はひしゃげて吹き飛んだ。

†

メルセゲルは、王宮の片隅に倒れていた。アーケンの神殿からはだいぶ離れている。

彼はリュドミラの竜技(ヴェーダ)に耐えきったものの、これ以上の戦いは難しいと判断して、戦場から離れたのである。ぼろきれ同然になった神官衣をまとい、全身に負った傷から黒い瘴気を流しながら、彼は怨嗟（えんさ）の呻きを漏らした。

「このままではすまさぬ。傷が癒（い）え次第、あの戦姫だけは我が手で……」

「おめでたいものだな」

　不意に聞こえた声に、メルセゲルは目を見開いた。わざとらしく足音を響かせて、ひとりの男がメルセゲルのそばに立つ。自称墓守のガヌロンだった。

「傷が癒えるときが、いまの貴様に訪れると思っているのか？」

　残忍な笑みを浮かべて、ガヌロンはメルセゲルを見下ろす。

　メルセゲルは両眼から激情をあふれさせて何かを言おうとしたが、ガヌロンの行動の方が早かった。彼は無造作に足を動かして、メルセゲルの顔を踏み砕く。それほど力を入れたふうでもなかったのに、アーケンの使徒の首から上は粉々に吹き飛んだ。黒い瘴気が舞いあがって、ガヌロンの顎をくすぐる。

　頭部を失ったメルセゲルの身体からは、急速に色が失われ、枯れ木のように乾いていった。首の断面から少しずつ、瘴気と化して崩れ去っていく。

「わざわざ分かたれた枝の先からやってきて、この結末か。だが、アーケンのために尽くすことができたのだ。本望だろうて」

　ガヌロンは嘲笑（ちょうしょう）すると、身を屈（かが）めて、黒い瘴気の塊となったメルセゲルの亡骸（なきがら）に手を突っこんだ。そして、大人の腕ほどの長さと太さを持った、湾曲した白い牙を取りだす。この王宮の地下にあった竜の牙だ。これこそが、彼の目的だった。

「私が有効に使ってやろう」

竜の牙を見つめて、ガヌロンは満足そうに笑った。戦姫は三人になり、自分は竜の牙を二本とも手に入れた。アーケンの使徒もひとりだけになった。すべて順調に進んでいる。

「神を超える力を持ちながら、女神に従う竜よ、いよいよ私の前に……」

しかし、ガヌロンの言葉はそこまでしか続かなかった。

急に違和感を覚えて、ガヌロンは自分の胸元を見る。

湾曲した剣の切っ先が生えていた。傷口から、彼が魔物であることを示す黒い瘴気が流れている。

「見かけよりもしぶといのですね」

娘の冷ややかな声が背後から聞こえて、ガヌロンは愕然(がくぜん)とした。背後に立たれたにもかかわらず、剣で貫かれるまで、相手の存在に気づかなかったのだ。

身体中から力が抜けていく感覚に、ガヌロンは膝をつく。剣が抜けて、倒れこんだ。竜の牙が床に転がる。それを、褐色の肌の手が拾いあげた。

ガヌロンは目だけを動かして、その手の主を見上げる。

アーケンの使徒セルケトが、冷笑を浮かべて立っていた。

「馬鹿な……」

ガヌロンは呻いた。信じられない光景だった。彼が調べたかぎりでは、セルケトはメルセゲルなどよりも弱かったはずだ。だが、いまの彼女からは驚くほどの威圧感が伝わってくる。

セルケトがガヌロンの背中に右手を押し当てた。彼の体内から浮かびあがってきたものを手にとる。竜の牙だ。メルセゲルが発見する前に、手に入れていたものだった。

セルケトは左右の手に一本ずつ持った竜の牙を愛おしそうに見つめていたが、思いだしたように、ガヌロンに向かって一礼する。

「手間を省(はぶ)いてくれたこと、ありがとうございます」

ガヌロンは答えない。答えるだけの力が残っていないからではなかった。

床に倒れているのはガヌロンではなく、瘴気でそれらしくつくった肉体だった。

「逃げたのですか……」

今度はセルケトが驚く番だった。ガヌロンは、あえて竜の牙を彼女に奪わせて、そちらに注意を向けさせ、その隙に逃げたのだ。

「まあよいでしょう。竜の牙が二本、そろったのですから」

二本の竜の牙が、光の粒子となって消え去る。セルケトはその場に膝をついた。

「偉大なるアーケンよ。あなた様の真の目的が、まもなく果たされようとしています」

神官として、彼女は厳かにつぶやいたのだった。

あとがき

はじめまして。前巻からおつきあいくださっている方はおひさしぶりです。
川口士です。『魔弾の王と叛神の輝剣』二巻をお届けします。

前巻の最後で、ティグルは皆を裏切ってキュレネー軍の手先となり、エレンたちは守るべき王都を陥とされてしまったわけですが、この巻では、エレンたちは反撃のための拠点を築き、ティグルとキュレネー軍を迎え撃ちつつ、勝利をつかむべく行動を起こします。はたしてティグルはどうなるか。

今回、表紙を飾ったミルとアヴィンはもちろん、エレンやサーシャ、リュドミラ、それから自称賢者も活躍しますので、楽しんでいただければ幸いです。

ひとつ宣伝を。
かたせなのさん、早矢塚かつやさんによる『恋する魔弾と戦姫のアカデミア』が、ニコニコ静画内「水曜日はまったりダッシュエックス」にて連載中です。

小さいころからティグルに仕えていることでおなじみ侍女のティッタを主人公にしたスピンオフで、ちょっと変わった学園を舞台に、学生となったティッタや戦姫たちがどたばたと日常を過ごしていくコメディです。興味を持ってくださった方はぜひ。

それでは謝辞を。エレンたちに加えて、リュドミラやサーシャなどを新たに描いてくださった美弥月いつか様、ありがとうございました！　リュドミラは前作『魔弾の王と凍漣の雪姫』とは違う感じにしてもらったわけですが、この世界の彼女らしくなったかと。また、敵であるセルケトも、イメージを変えるべく若い姿で新たに描いていただきました。

編集のH塚様、うちの事務所のT澤さんも諸々、ありがとうございました。

本作が書店に置かれるまでの工程に携わった方々にも、この場を借りて厚くお礼を。

最後に、読者の皆様。ありがとうございました。一巻でも書きましたが、この作品は全三巻予定でして、次が最終決戦となります。

ティグルとエレンの物語がどのような結末を迎えるか、どうか最後までおつきあいくださいませ。予定としては春の終わりぐらいかな。

また、これも一巻で書いたけど、『魔弾』とは違う完全新作も進めているほか、もう一作、思いついた物語を刊行する予定になったので、二作ともご期待ください。

どうにも寒暖の安定しない年の暮れに　　川口　士

待っているわ
あなたの矢が
あの蒼氷星に
届くのを
冬の夜、少年と少女はひとつの約束をかわした
それから三年、ティグルヴルムド＝ヴォルンと
リュドミラ＝ルリエは戦場で再会を果たす
二人の行く手に、大きな戦乱とひとならざる
ものたちとの戦いが待ち受けているとも知らず
魔弾の王と凍漣の雪姫
川口士
魔弾の王と凍漣の雪姫
著：川口士　挿画：美弥月いつか　全12巻発売中

魔弾の王
対
魔弾の王
建国王アルトリウスと円卓の騎士が
現世に甦り、アスヴァールを制圧した
遠き異国の地で異変に巻き込まれた
ティグルとリムの大きな戦いが始まる
あらたな時空の魔弾の王の物語が開幕
魔弾の王と聖泉の双紋剣
瀬尾つかさ
魔弾の王と聖泉の双紋剣/天誓の鷲矢
著：瀬尾つかさ　挿画：八坂ミナト,白谷こなか　シリーズ発売中

魔弾の王と戦姫
合本版 全7章(巻)予定
集英社ダッシュエックス文庫DIGITALより刊行
電子書籍各ストアにて発売中
魔弾の王の伝説、その原典が著者自身の手による
大幅加筆修正、イラストも完全刷新して、ここに復活！
New Project！
もしもソフィーが先にティグルと出会っていたら―
新作制作の合間に思いついて、真面目に書きはじめたら
筆が乗ってしまいました（川口士 談）
2024年開幕予定　Illustration：植田亮

ダッシュエックス文庫

魔弾の王と叛神の輝剣2

川口 士

2024年1月30日 第1刷発行

★定価はカバーに表示してあります

発行者 瓶子吉久
発行所 株式会社 集英社
〒101−8050 東京都千代田区一ツ橋2−5−10
03(3230)6229(編集)
03(3230)6393(販売/書店専用) 03(3230)6080(読者係)
印刷所 図書印刷株式会社

造本には十分注意しておりますが、印刷·製本など製造上の不備がありましたら、お手数ですが小社「読者係」までご連絡ください。

古書店、フリマアプリ、オークションサイト等で入手されたものは対応いたしかねますのでご了承ください。

なお、本書の一部あるいは全部を無断で複写·複製することは、法律で認められた場合を除き、著作権の侵害となります。

また、業者など、読者本人以外による本書のデジタル化は、いかなる場合でも一切認められませんのでご注意ください。

ISBN978-4-08-631539-5 C0193
©TSUKASA KAWAGUCHI Printed in Japan